Wildflowers 2

Rune & Adam

Cristina Evans

Impressum

1. Auflage
© 2020, Cristina Evans
Bildmaterial: Shutterstock
Covergestaltung: Cristina Evans
Lektorat / Korrektorat: Eva Benedikt

Herstellung und Verlag: BoD – Books on Demand, Norderstedt

ISBN: **9783750487949**

Über dieses Buch

Ist es möglich, einen längst vergangenen Zauber wieder aufblühen zu lassen oder sind die Wunden der Vergangenheit
zu tief?

Rune und Adam waren nie besonders gut darin perfekt zu
sein. Ihre Liebe war unerschütterlich, bis das Schicksal ihre
Wege trennte. Fünf Jahre sind seit ihrer letzten Begegnung
auf einem Polizeirevier in Nevada vergangen und nun stehen
sich zwei scheinbar fremde Menschen gegenüber. Die Ge-
schehnisse der letzten Jahre haben sie verändert. Was ist aus
Adams Wildblume geworden?

Im zweiten und letzten Band von *Wildflowers* geht es darum,
zu seinen Schwächen zu stehen, verpasste Chancen zu nutzen und auf einem scheinbar steinigen Weg nicht zu verzwei-
feln.

Playlist

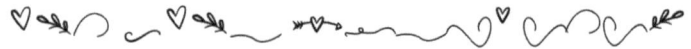

flora cash – You're Somebody Else
Julia Jackling – Body
Adam French – My Addiction
The National – I Am Easy to Find
Temporex – Nice Boys
Shawn Mendes – There's Nothing Holdin' Me Back
Lucy Dacus – My Mother & I
Limbo – Time Will Tell (feat. Joe Shoemaker)
boy pablo - Flowers
Aquilo & Syml – The Road Less Wandered (SYML Rework)
Darius – Espoir
Limbo – Airplane Mode
Syml – Take Me Apart
Fyfe & Iskra Strings – Love Hurts (Acoustic)
Syml – Where's My Love
Radiohead – High And Dry
FVR DRMS – Hallelujah
Alice on the roof feat. Fyfe – Give Me A Second
dodie – Ready Now
Hayden James – Something About You (ODESZA Remix)

Für alle Wildblumen,
für alle Träumer, für alle Kämpfer.

Prolog

30. Dezember 2013 – Nevada

Rune

Ich setzte mich auf die breite Steinmauer, die nach hinten in den abgelegenen Garten führte. Hier draußen war es stockdunkel und ich hörte nichts außer meinem eigene Atem. *»Happy Birthday to me«*, wisperte ich und öffnete die Sektflasche, die ich aus dem Kühlschrank der Hotelküche geklaut hatte. Es war zwei Minuten nach Mitternacht und ich offiziell achtzehn Jahre alt.

Mein neues Lebensjahr begann wie immer fast zeitgleich mit einem neuen Kalenderjahr. Normalerweise sah ich der nächsten Jahreszahl positiv entgegen, aber das war jetzt nicht mehr so. Früher war ich aufgeregt und gespannt, was die folgenden zwölf Monate bringen würden. Mia und ich hatten uns immer einen Abend vor Silvester Vorsätze fürs neue Jahr gemacht. Meistens nahmen wir uns vor noch mehr Bücher zu lesen, auf keinen Fall weniger Süßigkeiten zu essen und Tom und Liam das Leben für immer und ewig mit Rihanna Songs schwer zu machen. Ich musste lächeln und im selben Moment liefen mir Tränen übers Gesicht. Wie jedes Mal, wenn ich über Mia oder Nick nachdachte. Die Erinnerungen waren so schmerzhaft, dass ich sie fast nicht ertrug.

So ließ ich den Korken aus der Flasche knallen. Die kalte Flüssigkeit lief mir über meine Schürze und die Jeans, die ich darunter trug.

»Scheiße«, schimpfte ich leise. Jetzt würden Rita und alle andere in der Küche merken und vor allem riechen, dass ich mich am Sekt bedient hatte.

Scheiß drauf, was soll's. Dann sollten sie es mir doch von meinem Hungerlohn abziehen. Rita, die Küchenchefin, genauso wie Mr Richardson, der Besitzer des Hotels, wussten, dass ich die mit Abstand fleißigste Aushilfe war, die sie bekommen konnten. Der Lohn war mickrig, doch ich bekam ein eigenes Zimmer, in dem ich übernachten durfte. Auch wenn es vielmehr einer Art Abstellkammer glich, war das völlig in Ordnung. Schließlich hatte ich lange genug auf engem Raum gelebt.

»Kleine Rune«, hörte ich Jasons Stimme plötzlich hinter mir und verzog qualvoll das Gesicht. Niemand durfte mich so nennen. Niemand, außer Zauberer Augustus. Der Gedanke an ihn verursachte mir noch weiteren Schmerz.

Jason blieb dicht hinter mir stehen. Er war mir so nah, dass ich seinen Atem an meinem Hals spüren konnte.

»Du trinkst Sekt? Ohne mich?«, fragte er und setzte sich schließlich unaufgefordert auf die Mauer neben mich. Uns trennten jetzt wenige Zentimeter.

Ich hätte ihn gerne gefragt, was ihm das Recht gab, mich einfach *kleine Rune* zu nennen. Und warum er dachte, wir müssten den Alkohol immer zusammen trinken, geschweige denn warum er meinte, sich so nah zu mir zu setzen.

Doch ich war es leid. Ich war es leid zu protestieren, mich zu rechtfertigen oder zu wehren. Ich war alles leid und hielt ihm die Sektflasche schließlich entgegen.

»Oh. Da war aber jemand durstig«, stellte er fest und nahm einen kräftigen Schluck. »Später, sobald die Küche zu macht, besorge ich uns wieder den Brandy, okay?«

Ich nickte wortlos. *Tu was immer du nicht lassen kannst,* dachte ich mir.

Jason legte seine freie Hand auf mein rechtes Bein und wanderte damit meinen Oberschenkel hinauf. Ich rührte mich nicht, so wie immer. Die Tatsache, dass ich keine Anstalten machte, etwas dagegen zu unternehmen, war Grund genug für ihn weiterzumachen und seine Hand unter meine Schürze zwischen meine Schenkel zu führen.

»Ich kann es kaum erwarten, dir heute Nacht wieder einen Besuch abzustatten, kleine Rune«, raunte er jetzt bereits erregt.

Ich machte mir nichts draus und wünschte mir nur, er würde nicht allzu viel trinken. Je nüchterner er war, umso schneller würde er fertig sein. Doch trank er zu viel, schaffte er es gute dreißig Minuten lang, sich in mir zum Höhepunkt zu treiben. Das Schlimmste? Ich hatte keine Kraft, mich dagegen zu wehren und schließlich waren es seine Eltern, die mir diesen Job gegeben hatten. Bis vor wenigen Minuten war ich noch nicht mal achtzehn und sollte froh sein, überhaupt irgendwo mein Geld verdienen zu können.

Also würde ich es auch dieses Mal wieder über mich erge-
hen lassen, solange, bis ich genug Geld zusammengespart
hatte, um endlich eine neue Bleibe zu finden.

Willkommen zurück, Rune. Ich wünschte, ich könnte sagen, ich wäre wieder ganz die Alte. Doch ich war viel schlimmer als die alte Rune.

Kapitel 1

Juni 2018 – San Diego, Kalifornien

Adam

Ich spüre die zarte Haut ihrer Finger, die meine Hand berühren.
»Ich bin froh, dich kennengelernt zu haben. Auch wenn ich nicht lange in dieser Stadt bleibe, gibt es hier jemanden, an den ich immer gerne zurückdenken werde«, haucht sie mir durch ihre wunderschönen Lippen entgegen.

»Ich mag dich, Adam«, höre ich ihre Stimme, während das Meer vor uns tobt.

»Ich werde auf dich warten. Egal wo ich bin, ich werde warten und ich werde für dich da sein. Immer. Ich verspreche es.«

Runes sanfte Stimme verstummt plötzlich und ein dunkler Schatten legt sich über ihre weichen Züge.

»Es ist Schicksal, dass ich in diese Stadt kam«, sagt sie jetzt nicht mehr so verträumt.

»Es ist Schicksal, dass wir uns begegnet sind«, ihre Stimme erklingt nur noch als kratziges Flüstern.

»Es ist Schicksal, dass Mia und Nick nicht mehr da sind«, höre ich ihre Stimme jetzt eindringlich an meinem Ohr.

»Du bist schuld, dass sie nicht mehr da sind.«

Schweißgebadet schrecke ich auf, draußen ist es noch

stockdunkel. Mein Herz rast und meine Kehle ist trocken, als wäre ich einen Marathon gelaufen. Ich setze die Füße auf den Boden, renne in den Flur und in das gegenüberliegende Bad. Dort erreiche ich gerade noch die Toilette, in die ich mich sofort übergebe.

Meine Finger greifen verzweifelt nach einem Handtuch, das neben mir hängt. Der Angstschweiß läuft mir immer noch über die Stirn und an den Schläfen hinab. Mit einem tiefen Atemzug lehne ich mich an die gefliste Wand. Die eiskalte Oberfläche trifft auf meine nackte, heiße Haut und mein Gesicht verzieht sich schmerzhaft. Doch ich spüre wieder Luft durch meine Lungen fahren. Und das ist ein gutes Gefühl. Gleichzeitig hoffe ich, dass mich niemand gehört hat.

Es ist eine Ewigkeit her, dass mich dieser Traum zuletzt heimgesucht hat. Im ersten Jahr, nachdem Rune verschwand, begleitete er mich jede Nacht.

Mir ist klar, warum ich gerade heute wieder davon träumen musste.

Rune ist wieder da.

Ihr gestern Abend zum ersten Mal nach fünf Jahren in die Augen zu sehen, löste eins der unglaublichsten Gefühle seit langem in mir aus. Halb nackt auf dem Boden hockend, grinse ich dumm vor mich hin und genieße die Kühle der Fliesen in meinem Rücken.

Ich denke an ihre zierliche Figur, das kurze Haar. Nichts erinnert mehr an die Rune von damals. Doch als wir uns in der Bar verabschiedeten, sah ich etwas in ihrem Blick. Etwas Neugieriges und Freches. Es war dieses gewisse Etwas, das ich schon vor vielen Jahren durch die Scheibe des Kassenhäuschens von *Devil Rock* gesehen habe. Nur mit dem Unterschied, dass ihr Blick nun erwachsen war.

Wir hatten uns damals versprochen, für immer füreinander da zu sein, auf den anderen zu warten. Wir waren so jung, verrückt nacheinander und unsterblich verliebt. Doch unsere Liebe war wohl nicht für immer bestimmt. Fünf Jahre haben wir getrennt verbracht. Sind ohne den anderen erwachsen geworden, haben uns ein eigenes Leben aufgebaut.

Rune existierte all die Jahre nur in meinen Träumen.

Der Gedanke daran, wie ich die Zeit ohne sie verbringen musste, lässt meinen Magen schmerzhaft verkrampfen.

Ich stehe auf, wasche mein Gesicht und gehe zurück in das Gästezimmer. Es ist still in dieser Etage, weil ich das glückliche Los gezogen habe, mir mit niemandem das Zimmer teilen zu müssen. Es ist sowieso viel zu klein und mehr so etwas wie eine Abstellkammer. Nichtsdestotrotz ist das tausendmal besser, als sich mit Jonny das Wohnzimmer zu teilen. Kevin und Daniel waren heute Mittag diejenigen, die den Kürzeren gezogen haben, denn wer einmal mit Jonny in einem Zimmer geschlafen hat, weiß, dass niemand so laut und pausenlos schnarcht wie er. Doch ich vermute stark, dass jetzt nur noch Kev der Glückliche ist, der Jonnys Schnarchen ertragen muss. Wir sind heute bei Debby untergebracht, einer guten Bekannten von Daniel. Es war nicht zu überhören, dass

Daniels Weg vor einigen Stunden in Debbys Schlafzimmer geführt hat. Es liegt dem Gästezimmer schräg gegenüber und die Wände sind sehr hellhörig.

Egal, in welcher Stadt wir auftreten, einer von uns kennt immer irgendjemanden, bei dem wir übernachten können. Dadurch sparen wir uns zumindest jedes Mal die Kosten für eine Unterkunft.

Der Mond scheint durch das Dachfenster hinein und wirft ein angenehmes Licht auf mein Gesicht. Ich schiebe den Fensterrahmen nach oben, um frische Luft in den Raum zu lassen. Nach mehreren tiefen Atemzügen lege ich mich wieder auf die Matratze. Von hier aus kann ich immer noch den klaren Sternenhimmel sehen.

Rune sagte mir gestern, dass sie seit einem halben Jahr hier in San Diego wohnt. *San Diego*, unsere Stadt. Ich kann es immer noch nicht glauben. Während der letzten paar Jahre war ich nur noch selten hier. Unsere Band lebt über die ganze Westküste verteilt und seit einem Jahr treffen wir uns alle paar Wochen, um etwas Geld mit unseren Auftritten dazu zu verdienen. Außerdem ist es eins unserer größten Hobbys. Jonny und Daniel leben in Los Angeles. Kev lebt, genauso wie ich, in San Francisco. Oder sagen wir es so: Kev und ich haben dort Wohnungen, in denen wir leben, wenn wir gerade in San Francisco sind. Ich lernte ihn bereits während des Studiums kennen und gemeinsam arbeiten wir seit Kurzem für ein bekanntes Forschungsinstitut. Das haben wir seinem Großvater zu verdanken, einem hohen Tier in der

Branche. Mir hätte im Grunde nichts Besseres passieren können.

In Gedanken vertieft schlafe ich wieder ein und werde kurze Zeit später von einem lauten Klopfen wach. Kev stürmt in das Zimmer und bleibt vorwurfsvoll vor mir stehen.

»Das ist das letzte Mal, dass du gewinnst!«, schimpft er.

Verschlafen sehe ich ihn an und versuche mich zu sortieren. Endlich schaffe ich es meine Augen offen zu halten.

»Das Los hat entschieden.«

»Das Los kann mich mal! Hat Daniel gestern nach dem Auftritt eigentlich zu tief ins Glas geschaut?«

»Wie kommst du drauf?«

»Ich dachte, ich hätte heute Nacht etwas gehört, als würde sich jemand im Badezimmer hier oben übergeben.«

Ich zucke mit den Schultern. »Alles was ich weiß, ist, dass er die Nacht bei Debby verbracht hat.«

Kev hebt eine Augenbraue. »Typisch. Komm, lass uns irgendwo was zum Frühstück holen. Jonny schnarcht immer noch und Daniel hat sich auch noch nicht blicken lassen.«

Im selben Moment hören wir ein lautes weibliches Stöhnen aus dem Flur. Besser gesagt, aus dem Zimmer von Debby.

»Ja, gehen wir«, antworte ich und ziehe mir mein Shirt und die Jeans von gestern an. Wenige Minuten später befinden wir uns auf dem leeren Gehweg vor Debbys Haus.

»Es trifft sich super, dass wir heute noch einen zweiten Auftritt in einer anderen Bar haben. Jonnys Kontakte sind

Gold wert. Dadurch, dass wir die Flugtickets so günstig er-
gattert haben, springt sogar ein kleiner Gewinn für uns raus«,
höre ich Kev positiv gestimmt neben mir sprechen, während
ich mich suchend nach einem Starbucks oder dergleichen
umschaue. Offensichtlich hat er sich wieder beruhigt und
die schlaflose Nacht so gut wie vergessen.

»Heute Abend bist du aber pünktlich, ja?«, stichelt er von
der Seite und gibt mir einen Schubs gegen die Schulter.

»Ich war pünktlich.«

Kev lacht. »Für deine Verhältnisse vielleicht, ja. Wo hast
du denn so lange gesteckt? Und was sollte Jonnys komischer
Spruch, dass er sich fünf Jahre in die Vergangenheit zurück-
versetzt gefühlt hat?«

Ich hebe eine Augenbraue. Warum ist Kev eigentlich immer so neugierig? In Wahrheit habe ich ihm noch nie etwas
über Rune erzählt. Ich wüsste gar nicht, wo ich anfangen
sollte. Es gibt wenige Menschen, die von ihr wissen.

»Erzähle ich dir mal bei Gelegenheit«, versuche ich dem
Verhör auszuweichen, weiß aber, dass er vermutlich nicht
lange locker lassen wird.

»Die Gelegenheit wird kommen, das weißt du. Spätestens
wenn wir wieder wochenlang auf einem Schiff für unsere
Forschungszwecke festsitzen.«

Ich verdrehe die Augen, weil er recht hat. Die Wochen,
wenn wir in engen Räumen und Laboren irgendwo auf dem
Ozean eingesperrt sind und unsere Tests und Ergebnisse eva-
luieren oder Berichte schreiben, können endlos sein. Doch

sie sind für einen guten Zweck und ich möchte mich nicht beschweren. Sollte ich Kev jemals von Rune erzählen, weiß ich jetzt schon, dass er enttäuscht sein wird, warum ich ihm nicht viel früher von ihr erzählt habe. Kev und ich sind mittlerweile wirklich gut befreundet. Doch, warum auch immer, habe ich alles, was mit Rune zu tun hat, bisher für mich behalten.

Endlich erreichen wir ein Lokal, in dem wir unseren ersten Kaffee noch an der Theke trinken. Anschließend laufen wir mit ein paar Muffins für alle und einem weiteren Kaffee zurück.

»Wenn Jonny jetzt immer noch schnarchend auf dem Sofa liegt, stopfe ich ihm diesen Blaubeermuffin in den Mund«, droht Kev und hält eine der Papiertüten hoch.

Ich muss schmunzeln. Als wir Debbys Wohnung betreten, stellen wir fest, dass mittlerweile alle wach sind.

»Oh, hey. Dankeschön«, begrüßt uns Daniel und greift unaufgefordert in eine Tüte hinein, holt sich einen Muffin heraus und lässt sich aufs Sofa fallen. Debby kichert und setzt sich auf seinen Schoß.

»Und was steht heute auf dem Plan, Leute? Unser nächster Auftritt ist erst am Abend, ich habe Urlaub und möchte was erleben«, ertönt Jonnys selbstbewusste Stimme durch das Wohnzimmer. Mir ist klar, dass das gerade von ihm kommen musste. Er hat tatsächlich nicht mehr viel zu lachen in seinem Job bei einer Bank. Ich bezweifle, dass er glücklich ist, doch er streitet es vehement ab, unzufrieden zu sein.

Während sich alle darüber unterhalten, was sie heute gerne unternehmen möchten, drehe ich mein Handy zwischen Daumen und Zeigefinger herum.

»Erde an Adam«, ruft mir Jonny zu. Ich blicke ihn an und erkenne sofort, dass er genau weiß, was ich heute viel lieber täte. Er kennt mich von allen, leider, am längsten. Außerdem hat auch er Rune gestern gesehen und erkannt. Sein Blick ist vorwurfsvoll. Ich weiß, was er denkt. Seit einem Jahr treffen wir uns an sämtlichen Orten zu unseren Band-Auftritten. Im Grunde sind wir gute Freunde geworden, hängen gemeinsam ab, haben Spaß. Wenn ich mich jetzt ausklinke, würde das wieder unserem *Groove* schaden. Und was das letzte Mal geschah, als unser Groove ins Wanken geriet, muss ich nicht erwähnen. Außerdem bin ich heute, fünf Jahre später, ein klein wenig mehr auf Jonny und seine Kontakte angewiesen.

»Wie lautet der Plan für heute also?«, frage ich und Kev schaut mich verwirrt an.

»Du hast wirklich gerade nicht zugehört?«, fragt er verwundert. Ich fühle mich ertappt und grinse freundlich, doch schon im nächsten Augenblick lasse ich das Display meines Smartphones aufleuchten und lande im Telefonbuch bei Runes Nummer, die ich gestern Abend eingespeichert habe. Meine Finger kribbeln. Ich möchte sie anrufen. Schließlich bin ich *jetzt* in San Diego und habe keine Ahnung, wann ich wiederkomme.

»Adam hat etwas Besseres vor heute«, neckt Jonny unüberhörbar.

»Ja? Was denn?«, fragt Kev und schaut sich überrascht in der Runde um. Daniel ist sowieso nicht bei der Sache, sondern vielmehr damit beschäftigt, an Debbys Bluse herumzufummeln.

Ich seufze. *Ruf sie an, ruf sie nicht an*, höre ich, wie meine Gedanken wirr durcheinander sprechen.

Da von mir offensichtlich keine Antwort zu erwarten ist, ergreift Kev wieder das Wort: »Jonny sagte gerade, dass ihr beide früher oft surfen gewesen seid. Lasst uns einen Tag am Strand verbringen!«

Ich schaue Jonny an. Es ist eine Ewigkeit her, dass wir zusammen auf dem Wasser waren. Er hebt eine Augenbraue und sieht mich erwartungsvoll an.

»Also?«, fragt Kev.

»Also, wir sind dabei!«, ruft Daniel und steht mit Debby auf.

Ich sperre das Display meines Smartphones wieder, die Beleuchtung erlischt und Runes Name ist nicht mehr zu sehen. »Ja, lasst uns gehen.«

Kapitel 2

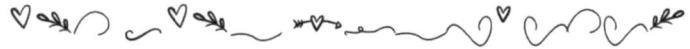

Rune

Der nachtblaue Himmel färbt sich langsam aber sicher in helle Facetten. Mit jeder weiteren Minute verändern sich die Farben und kündigen den baldigen Sonnenaufgang an. Ich kann die Sekunden zählen, bis er diesen einen Punkt erreicht, in dem der erste orangene Streifen am Horizont zu sehen ist.

Egal zu welcher Jahreszeit, ob Sommer oder Winter, ich bin jeden Morgen zur selben Zeit wach und beobachte dieses kleine Schauspiel der Natur. Es beruhigt mich, irgendwie. Dieses Gefühl, genau zu wissen wann die Sonne aufgeht, ist eins der wenigen beständigen Dinge in meinem Leben. *War* eins der wenigen beständigen Dinge in meinem Leben. Vieles hat sich jetzt verändert, denn im letzten halben Jahr haben sich immer mehr Konstante gebildet.

Ich betrete jeden Morgen nach Sonnenaufgang das Badezimmer, trage dabei einen flauschigen Bademantel und passende Hausschuhe. Ich glätte meine Haare, trage Make-up auf, ziehe ein Outfit an, das in sich perfekt aufeinander abgestimmt ist. Ich gehe in die Küche, begrüße meine Mitbewohnerin Cathy, trinke zwei Tassen Kaffee, ohne Milch und einer Prise Zucker. Dabei lese ich Zeitung auf unserem iPad und gehe bereits die ersten paar geschäftlichen E-Mails durch. Cathy und ich verlassen zeitgleich das Haus und gehen ab dann getrennte Wege. Sie nimmt ein Taxi in die Privatklinik, in der sie als Assistentin des Chefarztes tätig ist, und ich nehme die Straßenbahn zum Immobilienbüro ihrer Mutter, wo *ich* als Assistentin arbeite.

Heute jedoch ist etwas anders, denn ich bin das erste Mal allein auf dieser geräumigen Etage. Fiona, meine Chefin, hat sich gestern Mittag bereits ins verlängerte Wochenende verabschiedet.

Es ist schwer zu glauben, wie schnell ich mich an diese eintönigen Abläufe gewöhnt habe. Der Gedanke, heute den ganzen Tag auf mich allein gestellt zu sein, lässt mich straucheln. Ich tippe dreimal in Folge das Passwort meines Computers falsch ein und schmeiße anschließend einen Kunden versehentlich aus der Leitung, obwohl ich ihn nur in die Warteschleife schieben wollte, um nach seiner Akte zu suchen. Es ist offensichtlich, dass ich nicht bei der Sache bin. Ich bin mir sicher, dass wenn Fiona jetzt hier wäre, nicht alle fünf Minuten etwas schieflaufen würde. Sie ist zufrieden mit mir, weil ich fleißig bin, meine Aufgaben gewissenhaft erledige und einen sehr höflichen Umgang mit unseren Kunden pflege. Das weiß ich von Cathy, die mir einmal im Monat eine Moralpredigt darüber hält, wie glücklich ich sein sollte, dass sie mir diesen Job verschafft hat. Das bin ich. Sie hat keine Ahnung, wie dankbar ich dafür bin. Ein gefälschter Schulabschluss und angebliche Kurse, die ich im Anschluss besucht habe, sind alles, was ich in meinem Lebenslauf vorzuweisen habe. Natürlich wissen das weder Cathy geschweige denn ihre Mutter. Ich sah keine andere Möglichkeit und es war ein Risiko, das ich eingehen musste, um endlich die besagte Konstante in mein Leben zu bringen.

Schon damals, als junges Mädchen, wollte ich Beständigkeit, ein Leben wie all die anderen Jugendlichen in meinem Alter. Die Quittung, die ich dafür bekam, war schmerzhaft und brach mein Innerstes entzwei. Die darauffolgenden Jahre waren alles, nur nicht beständig. Es gibt keinen Ort, an dem ich nicht war und keinen Aushilfsjob, in dem ich nicht tätig war.

Doch irgendwann erreichte ich den Punkt, an dem mir klar wurde, dass es so nicht weitergehen konnte. Und so führte mich mein Weg hier nach San Diego. Sofort schweifen meine Gedanken zu Adam und dem eigentlichen Grund, warum ich heute nicht bei der Sache bin, es mir aber nicht eingestehen möchte.

Ich betrachte meine Handfläche und spüre immer noch die sanfte, doch eindringliche Berührung, als er am Hafen meine Hand nahm. Die Art wie er mich hinter sich herzog, zu der Bar, in der ich ihn das allererste Mal mit seiner Band spielen sah. Mein Herz zieht sich immer noch zusammen, weil ich an die Worte denke, die er gesungen und an all die Gefühle, die er damit in mir verursacht hat.

Unser Zusammentreffen gestern war kurz doch so intensiv, dass ich beim Gedanken an seine Blicke immer noch ein aufgeregtes Kribbeln auf meiner Haut verspüre. Lebt er ebenfalls hier in San Diego? Was tut er sonst, außer mit seiner Band in Bars aufzutreten? Ich kann nicht glauben, dass ich ihm keine einzige Frage gestellt habe. Stattdessen konnte ich nicht aufhören, ihn anzustarren, weil er sich so gefreut hat, als er erfuhr, dass ich hier einen festen Job habe.

Das Bedürfnis ihn wieder zu sehen ist in diesem Moment so groß, dass ich mich gar nicht wiedererkenne. Ich kann mich nicht erinnern, wann ich mich das letzte Mal so oft dabei erwischt habe, unauffällig in mich hinein zu grinsen. Adam ist ein Teil meiner Vergangenheit. Alles, was mit der alten Rune zu tun hat, habe ich die letzte Zeit konsequent übergangen und ignoriert.

Ihm gestern jedoch vor die Augen zu treten und zu sehen, dass er mich nicht mehr hasst und mir vielleicht vergeben kann, hat sich wie ein verdammter Weckruf angefühlt. Endlich ist da wieder jemand, der sich wirklich für mich interessiert. Adam kennt mich wie kein anderer und nach fünf Jahren hat er es wieder geschafft mir das Gefühl zu geben, etwas Besonderes zu sein.

Das plötzliche Klingeln meines Handys reißt mich aus den Gedanken. Eine unbekannte Nummer ruft an.

»Fiona Bergmanns Büro, Rune Gibson am Apparat«, nehme ich den Anruf entgegen, da es meistens Kunden sind, die mich auf dieser Nummer anrufen.

Es ist, als würde ich eine Ewigkeit nichts hören und dann: »*Rune, hey. Hier ist Adam.*«

Mein Herz macht einen Satz und ich spüre wieder dieses prickelnde Gefühl durch meine Venen fahren. »Hallo, Adam«, antworte ich. Warum höre ich mich an wie eine Maschine?

»Ich wollte dich fragen, ob du spontan Zeit hättest, deine Mittagspause mit mir zu verbringen. Ich bin heute in La Jolla. Hast du Lust?«

Das Rauschen in meinen Ohren nimmt zu und ich versuche, mich zu konzentrieren. Wie versteinert bleibe ich stehen und habe keine Ahnung, was ich als Nächstes tun soll.

»Rune? Bist du noch dran?«, höre ich ihn wieder.

Ich räuspere mich. »La Jolla. Das ist fast vierzig Minuten von hier entfernt«, sage ich und stelle fest, dass das keine Antwort auf seine Frage ist und füge erklärend hinzu: »Ich bin heute allein im Büro und habe sehr viel zu tun.«

Es vergehen einige Minuten und ich beginne bereits zu bereuen, dass ich nicht einfach zugesagt habe. *»Wenn deine Chefin nicht da ist, kann sie schon nichts dagegen haben, wenn du die Mittagspause ein wenig überziehst, oder?«*, antwortet er und es folgt sein warmes und leises Lachen.

Ich möchte es erwidern, denn die frühere Rune hätte das bestimmt getan. Doch ich schlucke trocken und atme tief durch.

»Nein, schon gut, Rune. Ich verstehe das. Wenn du nicht viel Zeit hast, könnte ich dir etwas zu essen vorbeibringen. Hast du Lust?«

Ich schließe die Augen, presse meine Lider so fest aufeinander, wie ich nur kann, atme noch einmal tief durch und antworte: »Okay, alles klar.« Und ich schwöre, dass ich Adams breites Grinsen vor mir sehen kann.

Kapitel 3

Adam

Fast drei Stunden haben Jonny und ich auf dem Wasser verbracht, während Debby, Kev und Daniel uns vom Balkon des Strandrestaurants aus beobachtet und zugejubelt haben, wenn einer von uns lang genug auf einer Welle geritten ist.

Wir haben festgestellt, dass wir beide kaum noch in Form sind und man merkt uns an, dass wir das eine Ewigkeit nicht mehr getan haben. Als wir zum Stand kommen, wo wir die geliehenen Surfbretter zurückgeben, sind wir immer noch außer Atem.

»Das hat echt Spaß gemacht, Mann«, sagt Jonny lächelnd.

Ich streiche mir eine nasse Strähne aus der Stirn. »Ja. Ich hatte ganz vergessen, wie gut es sich anfühlt.«

»Das ist Freiheit«, stellt er fest und wird plötzlich ernst.

»Gepaart mit einer Portion Wagemut und Adrenalin.«

Er hält in seiner Bewegung inne und sieht mich an. »Du willst sie treffen, oder?«

Ich habe keine Ahnung, ob die Wörter Wagemut und Adrenalin ihn auf Rune bringen, doch er meint seine Frage offensichtlich ernst. Ich gebe ihm keine Antwort.

»Tu es. Ich werde dir dabei nicht im Weg stehen«, sagt er schließlich.

»Ich brauche deine Einwilligung dafür nicht, das ist dir klar, oder?«, entgegne ich mit einem sarkastischen Unterton.

»Du hast aber ein schlechtes Gewissen bekommen heute Morgen und bist deswegen mit uns zum Strand gefahren.«

Ich kneife meine Augen zusammen. »Jonny, ganz ehrlich. Was willst du mir damit sagen?«

Er klopft mir freundschaftlich auf die Schultern, während wir zurück zum Restaurant laufen, wo Handtücher, Klamotten und unsere Freunde auf uns warten. »Bleib locker, Mann. Das will ich dir damit sagen.«

»Hey, zwei heiße Surfer-Boys im Anmarsch!«, zieht uns Kev schon von weitem auf. »Jonny, dir sieht man deinen Bürojob mittlerweile ganz schön an. Hattest wohl ein paar Donuts zu viel, hm?«

»Halt die Klappe«, gibt Jonny sofort von sich, als wir die hölzernen Treppen zur Veranda hinaufsteigen.

»Aber unser Adam hier? Dem fehlt es nur ein bisschen an Bräune, doch ansonsten kann er ganz gut mit den anderen Surfern an diesem Strand mithalten. Aber, dass man als Laborratte nicht viel Tageslicht abbekommt, ist ja bekannt«, führt Kev seine Feststellung, in einem kaum überhörbaren Ton, fort.

Debby und Daniel fangen an zu lachen und auch ich muss grinsen. Jonny findet es immer noch nicht lustig.

»Wir haben uns schon mal etwas zu essen bestellt«, verkündet Debby. »Ihr seid bestimmt am Verhungern.«

Ich schlüpfe in meine Klamotten und nehme das Handy

in die Hand. »Zum Essen werde ich mich heute ausklinken.« Mein Portemonnaie steckt bereits in meiner Hosentasche und ich möchte schon auf dem Absatz kehrtmachen, als ich im Augenwinkel sehe, dass Kev aus allen Wolken fällt.

»Moment, du möchtest was? Dich ausklinken? Was heißt denn das jetzt?«, fragt er völlig perplex.

Ich schaue ihn an und grinse von einem Ohr zum anderen. »Erzähle ich dir ein anderes Mal. Wir sehen uns heute Abend. Bye!« Mit diesen Worten laufe ich die Stufen wieder hinab, über den Sand und in die Richtung der Hauptstraße. Dort rufe ich Rune an. Es geschieht wie aus dem Affekt und ich spüre das Adrenalin wieder in meinen Adern.

Wir verabreden uns in ihrem Büro und ich schnappe mir sofort das erste Taxi, das ich kriegen kann. Ich gebe dem Fahrer die Adresse durch und starre die ganze Fahrt über auf die Visitenkarte.

Rune Evelyn Gibson, persönliche Assistentin.

Immobilienbüro Fiona Bergmann.

Ich kann dieses Gefühl von Stolz kaum in Schach halten. Schon gestern hätte ich sie am liebsten vor Freude umarmt. Ich kann es kaum erwarten, sie heute nochmals zu sehen. Die Tatsache, dass ihre Stimme vorhin am Telefon gar nicht diesen verspielten Unterton beinhaltete, der vor vielen Jahren Teil von ihr war, versuche ich zu ignorieren. Vielleicht habe ich es mir nur eingebildet.

Weiter habe ich keine Zeit darüber nachzudenken, denn der Taxifahrer hält an einer vielbefahrenen Straße vor einem

Hochhaus an. »Wir sind da«, sagt er und ich gebe ihm das Geld für die Fahrt. Als ich aussteige, überfällt mich der Lärm der Autos und Menschen laufen gehetzt an mir vorbei. Bevor ich in das Gebäude gehe, in dem sich Runes Büro befindet, gehe ich eine Ecke weiter und besorge uns ein paar hausgemachte Snacks, Getränke und zwei Kaffee.

Im Hochhaus führt mich der Lift in den zehnten Stock. Die große Aufschrift auf der gläsernen Tür zeigt mir, dass ich richtig bin. Bevor ich die Büroräume betrete, sehe ich Rune durch die Scheibe an einem Computer sitzen. Ihre Haltung ist kerzengerade, ihr Blick auf den Bildschirm gerichtet und konzentriert. Ich sehe sie nur im Profil, doch ihre Miene ist so ernst, dass ich mir einen Moment nicht sicher bin, ob sie es wirklich ist.

Ich nehme einen tiefen Atemzug und betrete den Raum.

»Hey«, sage ich leise und ihr Kopf dreht sich abrupt in meine Richtung. Ihr Blick wirkt erschrocken, doch als sie mich erkennt, verändern sich ihre Züge augenblicklich. Sie werden weicher und ich sehe, dass ihre Lippen sich zu einem dezenten Lächeln formen.

»Du bist schon da«, entgegnet sie und steht von ihrem Bürostuhl auf. Sie trägt einen hellgrauen Blazer, eine helle Bluse und die passende Hose dazu. Mit ihren Absätzen ist sie ein paar Zentimeter größer als sonst, jedoch immer noch deutlich kleiner als ich.

»Jep und ich hoffe, du hast Hunger.« Ich halte die Tüte aus dem *Grocery Store* hoch.

»Komm, wir gehen in die Küche.« Sie läuft an mir vorbei und ich rieche den blumigen Duft ihres Parfüms. Es ist nicht derselbe Duft, den ich in Erinnerung hatte. Wir betreten eine kleine Mitarbeiterküche, in der Rune in den Schränken zwei Teller und Gläser, sowie Besteck heraussucht.

»Setz dich«, bittet sie, sieht mich dabei aber nicht an.

Ich tue es und hole die Einkäufe aus der Tüte heraus. Sie betrachtet meine Errungenschaften und erkennt, dass es sich ausschließlich um vegetarische Snacks handelt.

»Dachtest du etwa, ich hätte vergessen, dass du kein Fleisch isst?«, frage ich, weil ich ihren überraschten Ausdruck sehe.

Jetzt schenkt sie mir einen kurzen Augenaufschlag. »So etwas hättest du nie vergessen«, stellt sie fest und liegt damit goldrichtig. Ich erinnere mich an alles, jedes Detail und jede einzelne Kleinigkeit.

Sie setzt sich auf einen der gegenüberliegenden Stühle und bedient sich an einem Käsesandwich.

»Du warst heute in La Jolla?«, fragt sie, bevor sie hineinbeißt.

»Ja! Es war großartig. Ich war schon viel zu lange nicht mehr surfen.«

Rune mustert mich aufmerksam. Ich sehe ihr an, dass ihr zig Fragen auf der Seele liegen. Wieso stellt sie sie nicht einfach?

»Hast du heute Abend schon etwas vor?«, frage ich dann, weil mir die Stille zwischen uns zu laut wird.

Ihr bleibt das Stück Brot fast im Hals stecken, doch sie schafft es gerade noch so, hinunterzuschlucken, bevor sie sagt: »Heute Abend?«

»Ja, ich habe noch einen Auftritt mit der Band. Es werden vermutlich wieder dieselben Songs sein wie gestern. Aber anschließend gehen wir meistens noch etwas trinken, oder feiern. Komm doch mit.« Kaum habe ich meinen Satz zu Ende gesprochen, werde ich unsicher. Auf einmal weiß ich nicht, ob es das Richtige ist. Denn es ist nicht zu übersehen, dass sie sich unwohl mit der Frage fühlt. *Gott, ich wünschte, ich könnte ihre Gedanken lesen.* Es ging nicht mehr. Als ich Rune damals kennenlernte, konnte sie das ebenfalls gut: Was in ihr vorging, nicht der Außenwelt zu präsentieren. Es vergingen jedoch nur wenige Tage und wir schwebten bereits auf derselben Wellenlänge. Als läge zwischen uns eine unsichtbare und wertvolle Verbindung. Ich wusste, was sie dachte und anders herum. Warum funktioniert es nicht jetzt? Warum verschließt sie sich so vor mir?

»Heute Abend ... ich weiß nicht. Meine Mitbewohnerin hat wahrscheinlich schon wieder irgendwas geplant«, antwortet sie und ich werde das Gefühl nicht los, dass sie sich eine Ausrede zusammenreimt. »Das tut sie immer, an einem Freitagabend«, fügt sie noch hinzu und verdreht gespielt ihre Augen.

Mir wird sofort klar, dass das nicht der Wahrheit entspricht und mich überkommt ein komisches Gefühl. Rune ist stets freundlich. Das war sie am Telefon und das ist sie auch jetzt. Doch ich glaube, sie hat vergessen, wer vor ihr sitzt. Ich kann damit leben, dass unsere Begrüßung vorhin so kühl ausfiel. Doch ich komme nicht damit klar, dass sie mit mir so spricht, als wäre ich irgendwer.

Ich bin kurz davor, ihr das zu sagen, doch beiße mir so fest auf die Zunge, dass ich scharf einatmen muss. »Verstehe«, antworte ich stattdessen und gebe mir Mühe, gelassen dabei zu klingen. »Vielleicht hat deine Freundin ja auch Lust mitzukommen. Ich gebe dir nachher den Namen der Bar durch. Ich hab ihn gerade nicht im Kopf.«

Natürlich weiß ich, wo wir heute Abend auftreten, doch ich möchte ihre Reaktion abwarten. Als uns wieder eine unangenehme Stille umhüllt, wird mir klar, dass ich es nicht erzwingen kann. Ich kann die Rune und den Adam von damals nicht wieder aufblühen lassen. Ja, ich habe mir vorgenommen, mir ihre Geschichte anzuhören, sollte sie sie mir erzählen. Ich habe ihr gestern gesagt, dass ich die neue Rune kennenlernen möchte. Doch sie gibt mir gerade keine Chance dazu, nicht mal annähernd.

Ich greife nach den Servietten, die neben ihr auf dem Tisch liegen und weiß jetzt schon, dass ich mich bald auf den Rückweg zu Debbys Wohnung machen sollte, wo ich auf die anderen warten werde. Doch plötzlich spüre ich Runes Finger auf meinem Handrücken. Sofort schießt mein Blick in ihre Richtung. Etwas geschieht in ihren Augen; sie werden wärmer und für eine Millisekunde erkenne ich sogar die damalige Rune.

»Ich werde es versuchen, okay?«, sagt sie in sanftem Ton. Ich weiß, dass sie damit sagen möchte, dass sie versuchen wird, heute Abend zu kommen. Doch sie meint auch etwas anderes und das sehe ich jetzt ganz deutlich in ihrem Blick.

Im nächsten Moment bestätigt sich auch meine Vermutung: »Ich gebe mir Mühe, Adam. Aber es fällt mir schwer.«

Diese eine Aussage ist alles, was ich hören muss. Sie muss mir nicht erklären, was sie meint und auch kein Wieso oder Weshalb nennen. Ich verstehe, dass es ihr schwerfällt, ganz die Alte zu sein. Doch das muss sie gar nicht. *Es ist okay, Rune. Es ist okay und ich gebe dir so viel Zeit, wie du brauchst!*, ist das, was ich jetzt gerne sagen würde. Doch das weiß Rune schon längst.

Jetzt greife ich nach ihren Fingern und drücke sie fest zusammen. Unser Blick bleibt dort hängen, wo unsere Haut sich berührt. Es liegen noch so viele unausgesprochene Worte zwischen uns. Dinge, die sie nicht über mich weiß und ich nicht über sie.

Doch dieser Augenblick mit ihr ist kostbar und mit einem Mal ist die Stille zwischen uns gar nicht mehr so bedrückend. Sie ist besonders und so viel Wert, wie schon lange nichts mehr in meinem Leben. Seit fünf verdammten Jahren habe ich so etwas wie jetzt nie wieder gespürt.

Dann blicke ich sie an und sehe eine Träne in ihrem Auge glänzen. »Das ist okay«, flüstere ich jetzt, streife ihr sanft mit der freien Hand über die Wange und ernte dafür dieses eine, tapfere Lächeln, das ich all die Jahre vermisst habe.

Kapitel 4

Rune

Es ist Viertel nach sechs, als ich unsere Wohnung betrete. Cathy ist schon zu Hause. »Du bist spät heute«, stellt sie fest, während sie gerade die Spülmaschine ausräumt.

»Fünfzehn Minuten«, gebe ich trocken von mir.

»Die Rune, die ich kenne, ist niemals fünfzehn Minuten zu spät.«

Die Rune, die du kennst, hätte sich auch niemals von ihrer Arbeit ablenken lassen. Doch dann kam Adam ...

Das werde ich natürlich nicht laut sagen. Denn Cathy und all die anderen waren gestern ziemlich von ihm angetan und konnten es kaum erwarten, mehr zu erfahren.

Ich komme gleich zum Punkt, bevor ich es mir anders überlege.

»Haben wir heute Abend schon etwas vor?«, frage ich und schaue jetzt in Cathys überraschtes Gesicht. Ihre Augen werden groß und sie tut so, als wäre es das erste Mal, dass ich sie so etwas fragen würde. Okay, es ist das erste Mal, dass ich von mir aus frage, ob wir etwas unternehmen werden.

»Nein, und selbst wenn, spätestens jetzt nicht mehr. Ich bin ganz Ohr. Was steht an?«

Ich kräusle meine Lippen, weil sie mit einem Mal so

interessiert wirkt, ihren Oberkörper auf die Kücheninsel lehnt und das Kinn in ihre Handfläche legt.

»Vielleicht habt ihr Lust, noch mal zu einem Auftritt von Adams Band zu gehen. Sie spielen heute Abend in der *Neverland*-Bar.«

Cathy stellt sich jetzt aufrecht hin und bekommt ihren Mund vor Erstaunen nicht mehr zu.

»Du machst Witze, oder?«

Ich hebe eine Augenbraue. »Nein, warum sollte ich?«

Jetzt lacht sie laut und aus vollem Herzen.

»Gott, Rune! Ich habe keine Ahnung, woher du Adam kennst. Aber er sieht gut aus und ich hoffe für dich, dass er Single ist!«

Ich hebe die Schultern und antworte darauf nicht, denn um ehrlich zu sein, habe ich keine Ahnung, ob er das tatsächlich ist. Nach unserem heutigen Mittagessen haben wir nicht mehr viel miteinander gesprochen. Er nannte mir nur die Location und die Uhrzeit für den heutigen Auftritt und machte sich dann wieder auf den Weg, da ich noch so viel auf dem Schreibtisch liegen hatte. Eigentlich weiß ich nach wie vor rein gar nichts über ihn, weil ich heute immer noch nicht in der Lage war, wie ein normaler Mensch mit ihm zu reden. Die alte Rune hätte momentan jeden Grund dazu, sich über mich lustig zu machen, denn früher war ich nicht so auf den Mund gefallen wie jetzt.

»Wie dem auch sei, wir gehen heute Abend aus«, jubelt sie voller Freude und legt einen kleinen Tanz in der Küche hin.

Dann hält sie abrupt inne.

»Aber Moment, wird das ein Date zwischen euch beiden, und wir sollen gar nicht dabei sein?«, fragt sie plötzlich.

»Was? Nein. Wie kommst du darauf?« *Keine Ahnung, war es ein Date?*

»Na ja, ich habe nur gesehen, wie ihr beide euch gestern angesehen habt. Wenn er nämlich nur dich gefragt hat, werden wir dich dabei sicherlich nicht stören!«

Ich muss kurz darüber nachdenken, aber Adam sagte, dass ich Cathy und in dem Fall auch die anderen gerne fragen könnte. Außerdem würden seine Bandkollegen ebenfalls dabei sein.

»Natürlich könnt ihr mitkommen«, bestätige ich nur und lasse sie an mir vorbeigehen.

»Sehr schön!«, erklingt ihre Stimme in hohem Ton. »Dann sollten wir den anderen schnellstens Bescheid geben und uns schon mal Gedanken wegen des richtigen Outfits machen!«

Eine Stunde später stehe ich frisch geduscht vor dem Spiegelschrank unseres Badezimmers und ziehe das Handtuch von meinem Kopf. Ich betrachte mein nasses Haar, das in lockigen Strähnen herunterhängt.

Unweigerlich beginne ich an Mias Worte zu denken, wie sie so oft durch mein damals dunkelrotes Haar strich, und so etwas sagte wie: *»Was würde ich für diese Locken tun.«*

Und wie jedes Mal antwortete ich ihr darauf nur: *»Das sind keine Locken, das ist ein Gewirr aus Haaren. Ein ungebändigter*

Dschungel, wenn du so willst. Irgendwann werde ich sie mir bis auf ein paar Zentimeter abschneiden.«

Wäre Mia jetzt noch am Leben, würde ich meinen ungebändigten Dschungel immer noch auf dem Kopf tragen, dessen bin ich mir sicher. Sie hatte mir stets gedroht, dass unsere Freundschaft beendet wäre, wenn ich sie jemals abschneiden würde.

»Ein Glück für dich, dass du das nicht mit ansehen musst«, murmle ich meinem Spiegelbild zu und bilde mir ein, mit Mia zu sprechen. Dabei beginne ich jede einzelne Strähne glatt zu föhnen. Tatsächlich habe ich meine Haare die letzten Monate wieder um einige Zentimeter wachsen lassen. Jetzt erreichen sie mittlerweile fast meine Schulter, was lange Zeit nicht so war.

Ich höre, wie Cathy bereits drängelt, weil sie sich ebenfalls noch richten möchte.

»Komm schon Rune, wenn du geduscht hast und dich jetzt nur noch schminkst, kannst du mich doch rein lassen!«, schimpft sie, wie so oft.

»Nein kann ich nicht«, sage ich zwar nicht laut, doch ich weiß, dass sie es gehört hat, weil ich ihr genervtes Schnauben höre. Dabei frage ich mich, warum sie so reagiert. Sie weiß schließlich, dass ich niemals auf diesen *BFF-Zug* aufspringen werde. So hat sie mich kennengelernt und auch ziemlich bald festgestellt, dass ich nicht so bin wie die anderen jungen Frauen aus ihrem Freundeskreis. Und trotzdem hat sie mir angeboten, bei ihr zu wohnen und für ihre Mutter zu arbeiten.

»Rune!«, ruft sie noch mal und klopft gegen die abgeschlossene Holztür.

Ich bin sowieso fast fertig und öffne sie ihr. Als sie mich erblickt, kneift sie ihre Augen zusammen. »Was ist passiert?«

Ich hebe eine Augenbraue. »Wieso?«

»Du schließt mir auf, obwohl du noch gar nicht fertig bist?«

»Ich bin fertig. Fast«, antworte ich und laufe nochmals zum Spiegel, um den Lippenstift aufzutragen.

Cathy bleibt fassungslos hinter mir stehen. »Da fehlt doch die Hälfte?«

Ich höre auf, die Farbe auf meine Lippen zu streichen, und drehe mich zu ihr. »Wie bitte?«

»Du hast heute höchstens eine Tagestönung drauf. Kein Make-up, kein Concealer. Ein bisschen Rouge, aber kein Contouring. Wimperntusche, aber keinen Lidstrich? Was stimmt nicht mit dir?«, fragt sie und stemmt beide Hände in die Hüften. Natürlich musste ihr das auffallen.

»Ich wollte mal wieder etwas anderes ausprobieren«, entgegne ich und beende mein Werk. Vielleicht habe ich heute weniger Schminke drauf als üblich, doch der Lippenstift muss perfekt sitzen.

»Woher kennst du Adam eigentlich genau?«, möchte sie jetzt wissen.

»Von früher.«

»Wie viel früher?«, hakt sie nach.

»Spielt das eine Rolle?«

»Ja! Ich kenne dich jetzt etwas länger als sechs Monate. So *ungeschminkt* wie heute habe ich dich noch nie gesehen! Und nun stelle ich mir die Frage, ob Adam dich möglicherweise in diesem natürlichen Look kennt oder was du damit bezwecken möchtest?«

»Ich habe ihn kennengelernt, als ich siebzehn war. Also ja, er kennt mich *so* nicht«, sage ich und zeige auf die Klamotten, die ich trage. Vielleicht bin ich weniger geschminkt als sonst, aber dieses Outfit, hätte ich damals nie angezogen, weil es aus teuren Stoffen besteht, edel aussieht und wie maßgeschneidert an meinem Körper anliegt. Der Gürtel passt farblich zu den High Heels, die Bluse ist aus Seide. Die Jeans konnte ich im Sale günstig ergattern, doch regulär hätte sie so viel wie die Hälfte meines Monatsgehalts gekostet. Also nein, nichts von dem, was ich jetzt trage, erinnert an die damalige Rune.

Cathy hört auf weitere Fragen zu stellen. Das tut sie immer, wenn die Situation unangenehm wird und das wird sie jedes Mal, wenn es um meine Vergangenheit geht. Sie weiß gar nichts über mich, doch sie weiß, dass ich nicht über früher spreche und auch das ist eins der Dinge, womit sie sich abgefunden hat.

Ich verlasse das Bad schließlich, während Cathy mir verspricht, in einer halben Stunde so weit zu sein.

Silvia und Lorelei warten bereits vor der Bar auf uns.

»Mann, die Band spielt schon seit einer halben Stunde!«, beschwert sich Lorelei und betritt sofort die Bar, ohne uns richtig zu begrüßen.

»Sie kann es nicht erwarten, *Adam* wieder zu sehen«, witzelt Silvia. »Dabei hat sie doch gerade erst einen Heiratsantrag von ihrem Tobi bekommen. Aber so schnell sind die Ehemänner vergessen.«

Ich muss lächeln wegen Silvias Kommentar. Cathy hat sich bei Lorelei eingehängt und beide sind uns einige Schritte voraus.

»Alles klar, Süße?«, fragt Silvia jetzt an mich gewandt. »Hübsch siehst du aus heute.«

»Ja, alles okay«, bestätige ich und wir hören bereits die Musik, die uns von der Bühne entgegenkommt. Cathy und Lorelei haben noch einen Platz gefunden, doch bevor ich zu ihnen gehen kann, hält mich Silvia an meinem Handgelenk fest.

»Woher kennst du Adam?«, fragt sie mich jetzt und wirkt mit einem Mal ernst. So erlebe ich sie selten.

»Er ist ein alter Bekannter. Sagte ich das nicht gestern schon?«

»Ja, das sagtest du bereits. Du kennst aber nicht seine anderen Bandkollegen, oder?«, fragt sie nun und ich lasse meine Schultern sacken.

»Warum fragst du?«

»Weil einer von ihnen der Sunnyboy ist, mit dem du gestern noch hinter den Kulissen verschwunden bist.«

Ich atme tief durch und schaue auf die Bühne. Adam und Jonny sind in ihrem Element und haben uns noch nicht gesehen. Die Namen der zwei anderen kenne ich nicht, doch leider weiß ich, wie der Typ am Schlagzeug beim Sex klingt. *Verflucht.* Warum muss mir Silvia diese Tatsache jetzt so unverblümt vor die Füße werfen? Ich habe es seit gestern Abend erfolgreich versucht zu verdrängen.

»Ich weiß nicht viel über dich, Rune. Um genau zu sein, weiß ich eigentlich gar nichts. Du erzählst uns ja nie was. Aber ich weiß, was ich sehe. Und gestern habe ich zum ersten Mal etwas in deinem Blick gesehen, das noch nie da gewesen ist. Mit einem Mal wirktest du jünger, gelassener, ja sogar glücklicher!« Silvias Worte brennen sich in mein Bewusstsein und sie ist noch lange nicht fertig. »Also, keine Ahnung, was für eine Geschichte du mit Adam hast. Wie lange das her ist, aber ich habe genau gesehen, was da zwischen euch vorgeht. Das Timing, was mit seinem Bandkollegen anzufangen, könnte also schlechter gar nicht sein, und wenn du mich fragst ...«

»Verdammt, Silvia, was geht's dich eigentlich an? Du weißt genauso gut wie ich, dass ich mit diesem Bandkollegen nichts Ernsthaftes anfangen würde. Es war eine einmalige Sache. Nur Sex. Und dass ich am selben Abend ausgerechnet meiner ersten und einzigen großen Liebe über den Weg laufen muss, war so auch nicht geplant!« Schnaufend schlage ich mir die Hand vor den Mund, denn jetzt ist es raus und ich bereue es, jemals einen Fuß in diese Bar gesetzt zu haben.

Fuck! Vielleicht bereue ich es gerade auch, Adam hier in dieser Stadt wieder begegnet zu sein.

Silvia sagt nichts, sondern räuspert sich nur. Sie sieht mich so eingehend an, dass ich das Gefühl habe, nackt vor ihr zu stehen. Es ist, als würde sie alles sehen. Mich, meine unsichtbaren Wunden, meine Vergangenheit, all die Schmerzen der letzten fünf Jahre. »Es tut mir leid«, sagt sie leise und sieht, wie es mich mitnimmt, dass ich ihr gerade etwas gesagt habe, das ich niemals über meine Lippen lassen wollte.

Adam ist erst seit wenigen Stunden wieder in meinem Leben aufgetaucht und hat bereits alles durcheinandergebracht. Ich wirke glücklicher, gelöster und freier. Fast hätte er mich heute beim Mittagessen weinen sehen, ich schminke mich weniger, ich lächle während der Arbeit in mich hinein, wenn ich an ihn denke und was das Schlimmste ist: Ich habe gerade begonnen, mich einer eigentlich fremden Person zu öffnen.

Plötzlich und völlig unerwartet gibt mir Silvia eine feste Umarmung und drückt mich dicht an ihren Körper heran. Diese Berührung ist so fremd, dass sich alles in mir zusammenzieht. Ich habe einen Kloß im Hals und könnte jederzeit anfangen zu weinen. Doch das wird nicht geschehen. So weit werde ich es nicht kommen lassen. Ich löse mich aus ihrer Umarmung und schlucke den Kloß endgültig herunter.

»Wenn du darüber irgendetwas Lorelei oder Cathy erzählst, werde ich nie wieder ein Wort mit dir reden«, warne ich und erkenne ein kleines Zucken ihrer Lippen.

»Das weiß ich auch ohne, dass du mir drohst. Also bleib cool, Süße. Dein Geheimnis ist bei mir sicher.«

Wir laufen schließlich an den Tisch, wo Lorelei und Cathy sitzen, uns aber gar nicht bemerken, weil sie so gebannt auf Adam und seine Bandkollegen starren.

»Eins musst du mir verraten«, flüstert Silvia mir ins Ohr. »War Adam damals auch schon so gutaussehend und sympathisch?«

Jetzt überkommt mich ein ehrliches Lächeln, weil ich an früher denken muss, wie Adam und ich uns damals am Kassenhäuschen von *Devil Rock* das erste Mal sahen und er mit jeder weiteren Fahrt blasser wurde. Das ist der Moment, in dem auch Adam mich von der Bühne aus sieht. Als unsere Blicke sich treffen, hält die Welt still, weil er mich überrascht anlächelt. Ich muss zugeben, dass ich mich selbst ganz anders wahrnehme, seitdem ich vor wenigen Stunden zum ersten Mal seit Langem die Tonnen an Schminke weggelassen habe.

Adam kann kaum noch wegsehen, und verhaspelt sich beim Spielen des Songs. Zwar singt Jonny gerade, doch Adam bringt den ganzen Rhythmus durcheinander. Jonny wirft ihm sofort einen giftigen Blick zu und auch der Typ am Bass runzelt die Stirn und versucht, in meine Richtung zu sehen.

Silvia neben mir beginnt zu kichern und ich löse den Blick schließlich von Adam, um ihn nicht weiter abzulenken. Auch Lorelei und Cathy schauen mich verwundert an. Ich gebe mir Mühe, dieses ungenierte Grinsen auf meinen

Lippen zu kaschieren, doch es fällt mir schwer.

Die Schmetterlinge in meinem Bauch jedoch lasse ich weiter flattern, denn sie sind der einzige Impuls, der mich wissen lässt, dass Adam real ist und dass er wirklich wieder in meinem Leben aufgetaucht ist.

Kapitel 5

Adam

Rune sieht hinreißend aus. Zwischen und auch während der Songs, die wir bis gerade eben gespielt haben, blickte ich immer wieder zu ihr herüber.

Jonny hat mich noch auf der Bühne mit einem warnenden Ausdruck im Gesicht wissen lassen, dass er so einen Ausfall wie gerade eben nicht noch einmal dulden wird.

»Du verhältst dich komisch, seitdem wir in dieser Stadt sind«, gibt Kev neben mir von sich, während wir in unserer kurzen Pause hinter der Bühne stehen. Ich muss schmunzeln, weil er so hartnäckig bleibt, doch vor allem, weil ich es kaum erwarten kann, Rune später zu sehen.

»Nein, eigentlich verhältst du dich erst komisch, seitdem dir diese junge Frau über den Weg gelaufen ist. Ich habe sie gestern Abend schon im Publikum gesehen. Ist sie eine Stalkerin? Muss ich mir Sorgen machen?«, fragt Kev und ich kann ein lautes Lachen nicht unterdrücken.

»Was? Nein! Gott, Rune ist keine Stalkerin.«

»Sie hat sogar einen Namen, verstehe«, sagt Kev todernst und tut so, als wären wir in einem Verhör.

»Früher hat sie auch auf Gypsy-Girl gehört«, spricht Jonny mit bissigem Unterton von Weitem und ich erstarre sofort.

Es sind keine zwei Sekunden, die ich brauche, um die wenigen Schritte, die zwischen uns liegen, auf ihn zuzugehen und ihn am Kragen seines verfluchten Poloshirts zu packen.

»Ich habe heute das letzte Mal gehört, dass du sie so nennst«, entfährt es mir scharf und feindselig.

Daniel und Kev stehen gleichzeitig von ihren Stühlen auf. »Hey, hey, Adam! Bleib locker!«, sagt einer der beiden und ich kann nicht einmal ausmachen, wer. Meine Rage und Wut haben vollends die Kontrolle übernommen und ich starre Jonny ungehalten an.

»Hast du mich verstanden?«, brülle ich jetzt, weil von ihm keine Reaktion kommt.

»Adam, jetzt komm wieder runter!«, sagt Kev und zieht mich von Jonny weg, weil ich den Ausschnitt seines Kragens so fest zusammengezogen habe, dass Jonnys Gesicht bereits rot angelaufen ist. Nicht einmal das habe ich gemerkt. Alle Leitungen scheinen einen Kurzschluss erlitten zu haben. Doch jetzt, als ich Kev neben mir wahrnehme, komme ich wieder zu mir.

Jonny hustet und hält sich die Hand an die Kehle. »Fick dich«, krächzt er nur.

Ich bin so schockiert von mir selbst, dass ich auf einmal Herzrasen bekomme.

»Jungs, die Pause ist um. Seid ihr so weit? Die nächste Band wartet auch schon in den Startlöchern«, sagt einer der Kellner und sieht in den Raum zu uns hinein. Keiner von uns spricht mehr ein Wort.

»Jungs? Alles okay?«, fragt er noch mal.

»Nicht wirklich, aber das ist jetzt egal. Können wir?«, spricht Kev nun ein Machtwort. Das kommt selten vor, denn er ist sonst immer unser Pausenclown. Seine Worte jedoch rütteln uns wach.

Jonny schluckt schwer, hat aber bereits sein Shirt wieder in Form gezogen und läuft mit seiner Gitarre nach vorne. Er würdigt mich keinen einzigen Blick mehr. Dabei weiß er doch genau, dass er mit dem, was er gesagt hat, einen wunden Punkt in mir trifft. Nicht nur das. Allein die Tatsache, dass er Rune wieder so genannt hat, war unverschämt und respektlos.

»Ich will ja nichts sagen, aber deine Reaktion war vielleicht ein bisschen ...«, fängt Kev an.

»Dann sag auch nichts!«, unterbreche ich ihn und klinge dabei immer noch nicht wie der sympathische, freundliche Adam.

»Jetzt kommt!«, ruft Daniel ungeduldig und wir gehen ihm nach.

Die Stimmung auf der Bühne während der Songs ist angespannt. Keine Ahnung, ob das Publikum das ebenfalls bemerkt. Jonny, der sonst mit den anwesenden Gästen flirtet und interagiert, tut das jetzt nicht mehr. Kev springt dafür ein und er macht das mindestens genauso gut. Ich bin erleichtert, auf ihn zählen zu können. Trotzdem war ich noch niemals so froh, einen Auftritt zu beenden.

Kev und Daniel haben den Vorfall offensichtlich schon

wieder vergessen, sie lachen und springen von der Bühne, als wir unseren Applaus ernten. Debby stürmt gleich nach vorne und fällt Daniel in die Arme.

»Einen Drink, so wie immer?«, fragt Kev, während wir wenig später unsere Instrumente einpacken.

»Für mich nicht, ich gehe zurück zu Debbys Wohnung«, entgegnet Jonny schroff und nichts anderes habe ich erwartet.

»Adam, Debby, Daniel – was ist mit euch?«

»Auf einen Drink sind wir immer dabei!«, bestätigt Daniel.

»Ich bin auch dabei. Rune und ihre Freundinnen bestimmt auch«, sage ich und werfe Jonny einen prüfenden Blick zu. Diesmal ist er still und sagt kein Wort.

Er lässt sich die Schlüssel von Debby geben und verschwindet zehn Minuten später aus der Bar. Ich kann nicht leugnen, dass ich es ihm nicht verüble. Vielleicht bin ich sogar ein bisschen froh, dass er weg ist.

Als wir vier nach vorne gehen, erwartet uns Rune mit denselben Freundinnen, die ich gestern bereits gesehen habe.

»Hey«, begrüße ich sie und versuche mich zu entspannen. Das, was mit Jonny vorgefallen ist, liegt mir immer noch quer im Magen. Doch es darf jetzt nicht Überhand gewinnen.

»Hallo«, erwidert sie und ihre Augen glänzen vor Freude. *Gott*, sie ist so wunderschön.

»Das sind Kevin, Daniel und Debby«, stelle ich meine Begleitung vor.

»Hey, ich bin Silvia«, übernimmt Runes Freundin die

Vorstellungsrunde. »Und das sind unsere Freundinnen Cathy und Lorelei.«

Beide heben ihre Hand zur Begrüßung.

»Und du musst Rune sein!«, sagt Kev enthusiastisch und stellt sich vor mich, um ihr die Hand zu reichen. Sie grinst und nimmt sie entgegen.

»Ich weiß zwar bisher rein gar nichts über dich, außer deinen Namen, aber ich hoffe sehr, dass sich das heute Abend ändert«, fügt er charmant hinzu und entlockt ihr damit tatsächlich ein ehrliches, weiches Lachen.

»Die Freude ist ganz meinerseits, Kevin. Du hast da oben gerade eine ziemlich coole Show hingelegt«, sagt Rune freundlich. Kev nickt erfreut und bedankt sich bei ihr.

»Wo habt ihr euren vierten Mann gelassen?«, möchte Silvia wissen.

»Der hat spontan seine Tage bekommen«, reagiert Daniel darauf und alle verfallen in ein einheitliches Gelächter. Rune nicht, sie sieht mich an und lächelt zaghaft.

»Los, die erste Runde geht auf mich!«, ruft Kev und läuft in die Richtung der Bar. Weil dort vorne sowieso mehr los ist, gehen ihm alle anderen nach. Nur Rune und ich halten etwas Abstand, bevor wir ihnen langsam folgen.

»Alles okay?«, möchte sie von mir wissen.

Ich hebe eine Augenbraue. »Es gab einen kleinen Vorfall zwischen Jonny und mir.«

»Etwas Ernstes?«

»Keine Ahnung. Hat dir unser Auftritt gefallen?«

Rune nickt und gibt einen bestätigenden Ton von sich.

»Dein Freund Kevin, ist er einer von den Guten?«, möchte sie jetzt wissen.

Ich bin verwundert über ihre Frage, doch ich verstehe, dass sie sich vergewissern möchte, ob seine freundlichen Worte vorhin nur daher gesagt waren, oder tatsächlich ernst gemeint.

»Einer von den sehr Guten«, bestätige ich, weil es der Wahrheit entspricht.

Die anderen haben bereits die Bar erreicht und beachten uns nicht weiter.

»Also nicht so wie Jonny damals«, sagt sie jetzt leise und es ist das erste Mal, dass wir bewusst von der Vergangenheit sprechen.

Ich erinnere mich daran, wie Jonny von Anfang an ein Problem mit Rune hatte und wegen Jenna damals auch das Geld aus meinem Wohnzimmer gestohlen hatte, um den Diebstahl den Schaustellerkindern in die Schuhe zu schieben. Einen kurzen Moment bereue ich nicht mehr, ihm vorhin an die Gurgel gegangen zu sein.

»Er ist auf keinen Fall wie Jonny, dafür lege ich meine Hand ins Feuer«, antworte ich überzeugt.

»Ich hätte nicht gedacht, dass Jonny und du euch wieder anfreundet«, sagt Rune jetzt und ich muss zugeben, dass mir ihre Offenheit heute gefällt. Sie beginnt Fragen zu stellen und ist aufgeschlossener als gestern oder heute Mittag.

»Es ist kompliziert«, ist alles, was mir dazu im Moment

einfällt. »Und es hat lange gedauert. Außerdem würde ich uns jetzt nicht als beste Freunde bezeichnen.«

»Er scheint sich jedenfalls nicht mehr auf Kurt Cobain eingeschossen zu haben«, gibt Rune schmunzelnd von sich.

»Nein, das war einmal. Seitdem er ein hohes Tier bei einer Bank ist, ist er ein richtiger Spießer geworden, der seine wilde Seite auf der Bühne ausleben muss.«

Rune wirft mir einen belustigten Blick zu. »Das hätte ich ihm nicht zugetraut.«

»Ich auch nicht!«

Kev kommt auf uns zugelaufen und hält jedem von uns einen Tequila Shot entgegen. »Der muss sein, ohne Widerrede.«

Sprachlos schauen wir ihn an und er nickt nochmals. »Ihr habt mich schon richtig verstanden. Trinken!«

Zeitgleich nehmen wir den Schnaps entgegen und laufen auf die Gruppe zu, die schon auf uns wartet.

»Auf neue Freunde und neue Lebensabschnitte!«, posaunt Kev heraus.

»Auf neue Freunde und neue Lebensabschnitte!«, rufen alle im Chor. Auch ich, dabei sehe ich Rune an, die mir zulächelt und belustigt den Kopf schüttelt.

Ohne Widerworte lassen wir den Alkohol in einem Rutsch unsere Kehle herunterlaufen. Rune ist die erste, die neben mir hustet und auch ihre Freundinnen Cathy und Lorelei reagieren empfindlich darauf, wobei sich Lorelei fast verschluckt. Silvia ist gut dabei und bestellt sofort die nächste

Runde.

Ich werfe Rune einen Blick zu, als sie sagt: »Für mich keinen Tequila mehr, bitte.«

»Für mich auch nicht!«, rufe ich.

»Langweiler«, feixt Silvia nur und versucht uns aber nicht weiter zu überreden. Kev hat natürlich Gefallen an ihr gefunden, weil er auch trinken kann wie ein Loch.

»Möchtest du etwas anderes trinken?«, frage ich Rune und sie nickt.

»Eine Cola vielleicht«, bittet sie und ich hole uns zwei. Da alle anderen mit weiteren Drinks beschäftigt sind, ergreife ich die Initiative und setze mich mit unseren Getränken und Rune an einen Tisch, der ein paar Meter von der Theke entfernt liegt.

Das Glas, das ich ihr gereicht habe, dreht sie gedankenverloren in ihren Händen. Ich habe mich immer noch nicht an ihre manikürten Fingernägel gewöhnt und vermisse den abgeblätterten, dunklen Nagellack.

Dann blickt sie auf und sieht mir direkt in die Augen. »Und jetzt erzähl mal, was ist aus dir geworden, Adam West?« Ihre Stimme kling tiefer als sonst. Fast ein wenig rauchig. Dabei schenkt sie mir ein zuversichtliches Lächeln. *Himmel*, es gibt nichts, was ich in diesem Moment mehr herbeigesehnt habe.

»Wo soll ich anfangen?«

»Hast du dein Studium in Meeresbiologie gemacht?«, ist ihre erste Frage.

Ich nicke. »Ja.«

Sie atmet erleichtert aus, ihre Freude ist ihr so offensichtlich ins Gesicht geschrieben, dass mein Herz heftig gegen meine Brust springt. »Das ist toll, Adam!«

»Ja, ja, das ist es. Während des Studiums habe ich auch Kev kennengelernt.«

»Und arbeitest du jetzt auch als Meeresbiologe?«, fragt sie neugierig nach.

»Ja. Das tu ich. Kevin und ich arbeiten für ein Forschungsinstitut, das sich auf das Leben in den sieben Weltmeeren spezialisiert hat. Jeder andere Biologe wartet Jahre auf so einen Einsatz. Dank Kevins Großvater haben wir schon während unserer Semesterferien mit den ersten Forschungsreisen begonnen. Ich habe wirklich unglaubliches Glück.«

»Das klingt interessant. Seid ihr oft unterwegs?«

»Meistens auf irgendwelchen Schiffen oder Bohrinseln, eingepfercht in engen Laboren, ja.« Ich versuche, amüsiert zu klingen. Es gelingt mir nicht ganz.

Rune lächelt zaghaft. »Macht es dir Spaß?«

»Die meiste Zeit, ja«, antworte ich ehrlich.

»Und lebt ihr hier in San Diego, wenn ihr nicht irgendwo auf hoher See seid?«, möchte sie nun wissen.

»Wir leben in San Francisco.«

»Oh, okay. Das ist ja … nur fast fünfhundert Meilen von hier entfernt«, erwidert sie jetzt und hebt eine Augenbraue.

Ich muss schmunzeln. *Verflucht*, wenn sie bloß wüsste, dass die Entfernung nach San Francisco nicht das größte Problem ist, sondern die Tatsache, dass ich oft wochenlang, manchmal sogar Monate am Stück weit weg von jeglicher Zivilisation verbringe.

»Wie geht es deiner Mom?«, fragt sie schließlich und ich wundere mich über den Themenwechsel.

Mir entfährt ein schweres Seufzen. »Mittlerweile gut.«

Rune sieht mich fragend an.

»Die letzten zwei Jahre waren nicht einfach. Sie hat sich von meinem Vater scheiden lassen. Eine üble Geschichte. Jedenfalls, ja. Jetzt wohnt sie ebenfalls in San Francisco und gewöhnt sich mehr und mehr daran, allein zu leben. Es tut ihr ganz gut, schätze ich.«

»Und wie ging es dir dabei?« Ihre Stimme klingt einfühlsam.

Ich zucke mit den Schultern. »Dieser Schritt war schon lange überfällig. Ich bin froh, dass sie es schließlich und endlich gewagt hat.«

»*Ist das euer Ernst?*«, ertönt plötzlich Kevs Stimme neben uns. »Ihr nippt hier unschuldig an eurer Cola, während wir uns da hinten die Seele aus dem Leib trinken?«

Okay, er hatte in der Zwischenzeit einiges an Tequila. Seine Stimme ist laut und überdreht. Ohne dass wir ihn darum bitten, setzt er sich an unseren Tisch.

»Kevin«, gebe ich leise und zurückhaltend von mir. Es liegt allerdings auch ein kurzer, mahnender Unterton in meiner Stimme.

»Ja, mein aller, aller, allerbester Freund und

Seelenverwandter?«, lallt er und Rune muss sich ein Lachen verkneifen.

»Willst du nicht zurück zu den anderen gehen?«, bitte ich ihn gutmütig.

Er schürzt seine Lippen und wackelt mit dem Kopf. »Nein. Nein, eigentlich nicht.« Dann lehnt er sich nach vorne über den Tisch und flüstert: »Runes Freundin Silvia, macht mir ein wenig Angst.«

Jetzt muss Rune tatsächlich lachen und auch ich grinse vor mich hin.

»Warum macht sie dir Angst, Kevin? Das würde ich jetzt wirklich gerne wissen«, steigt Rune vorsichtig mit ein. Lächelnd beobachte ich sie dabei.

Kev hebt beide Augenbrauen. »Sie ist eine männerfressende Diva. Und das auf eine ziemlich heiße Art und Weise.«

»Soll ich dir etwas verraten, Kevin?«, haucht Rune nun so leise, dass wir sie kaum hören.

Kev schüttelt erst mit dem Kopf, doch nickt schließlich verwirrt und aufgeregt.

»Du liegst ganz richtig mit deiner Vermutung. Aber ich kann dir versprechen, dass keiner der Männer es jemals bereut hat, von ihr gefressen zu werden.« Rune sagt es so leise und verschwörerisch, dass sogar ich eine Gänsehaut bekomme.

Kev schüttelt sich heftig und ein rauchiges Stöhnen entfährt seiner Kehle. Rune und ich müssen jetzt so laut lachen, dass die anderen, trotz des Lärms, es hören und zu uns herüberschauen.

»Bitte sag mir, Rune, dass deine Freundin nicht in festen Händen ist. Bitte. Ich flehe dich an. Bitte«, bettelt Kev und Rune nickt lächelnd.

»Sie ist frei und für jede Schandtat zu haben«, bestätigt sie.

Kev steht sofort auf, dabei fällt der Stuhl, auf dem er gerade noch saß, zu Boden und macht sich davon.

»Wow, das ging flott«, stelle ich fest und bin erstaunt, wie schnell wir ihn wieder losgeworden sind.

»Wenn es etwas gibt, das ich in den letzten Jahren gelernt habe, dann ist es, nervige Typen loszuwerden«, antwortet sie und lächelt schüchtern in sich hinein.

Schon im nächsten Augenblick wechselt sie wieder das Thema. »Das heute war also euer letzter Auftritt in San Diego?«

Ich nicke zurückhaltend. »Morgen geht's zurück nach Hause.« Dann schaue ich zu Kev und unseren anderen Freunden. »Und so wie es aussieht, werde ich im Flieger neben meinem verkaterten besten Freund sitzen.«

Sie grinst. »Er ist tatsächlich dein *bester* Freund?«

»Ja, ich schätze, das ist er«, antworte ich überzeugt und fast ein wenig stolz. Schließlich konnte ich vorher nie wirklich behaupten, so etwas wie einen besten Freund zu haben. Jonny war offensichtlich keiner. Ohne meine Gedanken preiszugeben, frage ich mich, ob Rune jemals wieder eine beste Freundin gefunden hat. Ich befürchte, sie hat es nicht.

»Und was tut ihr für gewöhnlich am letzten Abend vor

eurer Abreise?«, fragt sie jetzt ein bisschen herausfordernd und überfordert mich völlig. In so vielen Momenten sehe ich eine andere Rune vor mir. Früher war der allererste Eindruck, den sie machte, selbstbewusst und abgeklärt. Ihr war nur zu klar, welche Wirkung sie auf Jungs in ihrem Alter hatte. Auf Jungs wie mich. Sie war manchmal zurückhaltend doch dann wieder frech und schadenfroh. Und eins war sie immer: echt.

Die Rune heute ist das nicht. Sie lächelt, unterhält sich freundlich mit mir. Doch ich erkenne nur in klitzekleinen Bruchteilen von Sekunden die echte Rune. Aber was mache ich mir auch vor. Schließlich hat sie mich erst gestern noch gewarnt, dass sie nicht mehr der Mensch von damals ist. Das sehe ich jetzt nur zu deutlich.

»Wir trinken, haben Spaß ...«, versuche ich auf ihre Frage zu antworten.

»Und schleppt junge Frauen ab«, schäkert sie und beobachtet Kev dabei, wie er den Arm um Silvias Schultern legt, die ganz und gar nicht abgeneigt davon ist.

»Ja, ja auch das tun wir. Ich meine, die Jungs. Nicht ich«, stelle ich sofort klar und versuche dabei ernst zu klingen, was mir ganz und gar nicht gelingt. Doch damit entlocke ich Rune ein weiteres Lächeln.

»Sei nicht albern, du auch. Ihr schleppt anschließend bestimmt scharenweise Groupies ab!«, scherzt sie und schubst mich mit der Faust gegen meine Schulter.

Ich grinse schelmisch. »Vielleicht, vielleicht auch nicht.

Wer weiß das schon.«

»Das heißt, du hast keine Freundin?« Ihre Frage lässt mich straucheln, denn damit habe ich nicht gerechnet.

Meine Antwort dauert zu lang und das merkt sie auch. Sie dauert sogar so lang, dass Rune den Kopf schräg legt und mich prüfend ansieht.

»Im Moment habe ich keine Freundin«, antworte ich.

Mann, Adam. Was soll das. Wie hört sich das denn an?

»Okay«, gibt sie nun von sich. »Und das ist etwas Gutes? Oder Schlechtes?« Sie grinst frech, als sie das fragt, und ich bin froh, dass sie es mit Humor zu nehmen scheint.

»Keine Ahnung, etwas Gutes für mich? Etwas Schlechtes für meine Ex-Freundin?«

Oder ist sie meine *Noch-Freundin?* Mittlerweile gute Freundin, mit der ich jeden Tag noch Kontakt habe?

»Möchtest du mir irgendetwas sagen, Adam?«, platzt es jetzt aus ihr heraus, weil sie es scheinbar nicht ertragen kann, wie ich herumdrucks. Ich ertrage es im Übrigen auch nicht.

»Wir haben uns vor wenigen Wochen getrennt«, gestehe ich also.

Von Runes Schultern fällt offensichtlich etwas ab, das ich nicht zuordnen kann. Sie schaut mich an, als wäre sie erleichtert. Ich höre, wie sie leise kichert. Dann beginnen ihre Schultern zu wackeln, weil sie jetzt ein herzhaftes Lachen überfällt.

»Was ist daran so komisch?«, frage ich verwundert.

»Oh, Adam! Ich dachte schon, du erzählst mir gleich, dass

du mittlerweile verheiratet und wieder geschieden bist. Oder immer noch verheiratet und nur auf Affären mit deinen Groupies aus.«

»Was? Gott, Rune. Wie kommst du darauf?«

»Ich hatte plötzlich einen völlig anderen Adam vor Augen und ein bisschen Angst, dass sich dieses Bild bestätigt«, erklärt sie, doch ich komme nicht ganz mit.

»Was für ein anderes Bild?«, möchte ich jetzt wissen.

»Das Bild eines frauenabschleppenden Adams. Einer, der nur aus Spaß mit jungen Mädels schläft und vielleicht seine Freundin betrügt, wenn sich die Gelegenheit ergibt.«

Ich traue meinen Ohren nicht. »Meinst du das jetzt wirklich ernst?«

Sie presst ihre Lippen aufeinander, zieht die Luft scharf ein und sagt schließlich: »Ein bisschen, vielleicht. Ja. Kurz dachte ich, so einen Adam vor mir sitzen zu haben.«

»Da muss ich dich, leider, enttäuschen. So jemand bin ich nicht.«

»Das ist okay. Das ist völlig okay«, antwortet sie sichtlich erleichtert, legt ihre Arme auf dem Tisch zwischen uns übereinander und lächelt. Dabei lehnt sie ihren Körper nach vorne und sieht mich an. Flirtet sie mit mir? Jetzt, wo sie weiß, dass ich keine Freundin habe?

»Hey ihr zwei!«, ruft uns Daniel plötzlich von der Bar aus zu. »Wir sind herzlich eingeladen bei Silvia weiterzufeiern!«

»Oh«, ertönt es aus Rune und mir wie aus einem Mund.

»Ich weiß nicht, ob das jetzt eine gute oder weniger gute

Idee ist«, sagt sie leise und vermutlich eher zu sich selbst.

Aufbruchstimmung macht sich breit. Unsere Freunde begleichen die offenen Rechnungen und laufen gemeinsam auf uns zu.

»Na kommt schon, das wird lustig!«, hören wir Silvias unverkennbare Stimme schon fast jauchzend.

Ich jedoch bin derselben Meinung wie Rune und nicht sicher, ob das wirklich so lustig wird.

Kapitel 6

Rune

Bis gerade eben hatte ich das Gefühl, dass all der Ballast und diese innere Sperre sich ein wenig gelöst hätten. Endlich hatte ich mich getraut, Adam Fragen zu seinem Leben zu stellen. Mir kamen ein paar Dinge über seine Vergangenheit und sein jetziges Leben zu Ohren und wir haben gemeinsam gelacht und sogar ein wenig miteinander herumgealbert.

Doch während ich jetzt in diesem Taxi sitze, das zu Silvias Wohnung fährt, bin ich mir nicht mehr sicher, ob mir noch nach albern zumute ist. Ich teile mir mit Adam und dem Schlagzeuger die Rückbank und die junge Frau, die ihm die ganze Zeit in den Armen lag, sitzt vorne auf dem Beifahrersitz. Lorelei, Cathy, Kev und Silvia sitzen im Taxi vor uns.

Wörter können nicht beschreiben, wie unangenehm es mir ist, zwischen diesen beiden Männern zu sitzen. Glücklicherweise hat der Schlagzeuger nur Augen für seine Flamme und deswegen noch keinen Ton zu mir gesagt, wegen dem, was gestern passiert ist. Warum, *zur Hölle*, ziehe ich so ein Pech immer noch magisch an? Das letzte Mal ist genau fünf Jahre her und, wie sollte es anders sein, geschah es damals ebenfalls mit dem verfluchten Schlagzeuger von Adams Band. Ich kann es nicht fassen! Ich möchte mir mit der flachen Hand vor die Stirn schlagen und mich für meine Dummheit ohrfeigen, aber ich versuche ruhig zu bleiben, alles andere würde jetzt nichts bringen.

Vielmehr kreisen meine Gedanken zurück zu der Tatsache, dass ich vor kaum einer Stunde erfahren habe, dass Adam keine Freundin hat. Es ist, als wären seitdem irgendwelche Ketten in mir zersprungen. Die ganze Zeit in der Bar, während wir zu zweit an diesem Tisch saßen, habe ich seinen herrlich männlichen Duft in mich aufgenommen. In seine tiefblauen, fröhlichen Augen gesehen und ihm viel zu lange auf seine Lippen gestarrt, während er über sich und sein Leben erzählte. Ich habe ihn dabei beobachtet, wie er sich immer wieder ein paar Haare seines dunklen Schopfs aus der Stirn gestrichen hat und mich gefragt, ob sich seine Haare immer noch so weich und perfekt zwischen meinen Fingern anfühlen würden.

Karten auf den Tisch: Adam ist unglaublich attraktiv, noch immer und das Schlimmste daran, er weiß es nicht einmal. Früher war er süß und verständnisvoll. Er war für mich da und versuchte mich zu retten. Er stand immer auf meiner Seite und zeigte mir, wie es sich anfühlte, wirklich geliebt zu werden.

Hier und heute mit diesem Bewusstsein und all den Gefühlen, die ich damals mit ihm erleben durfte, wird mir eins nur zu klar: Ich verfluche nichts so sehr wie die letzten fünf Jahre und die Tatsache, dass ich Adam damals den Rücken gekehrt habe. Fünf verdammte Jahre haben wir verloren.

Wäre ich damals nicht gegangen, wäre ich jetzt vielleicht seine Freundin, über die er mit einem Funkeln in den Augen spricht. Ich habe es gesehen, vorhin, als er seine Ex-Freundin, auch wenn es nur wenige Sekunden waren, erwähnte und das schüchterne Lächeln, das sich auf seine Lippen gelegt hatte.

»Ich glaube, wir sind da«, sagt der Schlagzeuger, ich glaube, Daniel ist sein Name. »Wow, noble Gegend!«, fügt er mit einem Pfeifen zwischen den Zähnen hinzu.

Ja, das ist es – eine noble Gegend. Silvia, Cathy und Lorelei kommen alle aus gutem Elternhaus und können sich nach wie vor über ihren Lebensstandard nicht beschweren. Sie würden aus allen Wolken fallen, wenn sie erführen, woher ich wirklich komme. Als ich Cathy vor einem halben Jahr kennenlernte, jobbte ich gerade in einem Outlet für Designerklamotten, außerhalb von San Diego. Sie war ganz hingerissen von meiner ehrlichen Beratung, als sie ein Kleidungsstück nach dem anderen probierte. Wir kamen ins Gespräch, sie erzählte mir, dass sie momentan auf der Suche nach einer neuen Mitbewohnerin war und ich behauptete, dass ich mich gerade von meinem Freund getrennt hatte und nichts dagegen hätte, eine neue Bleibe zu finden. Ersteres stimmte nicht, doch ich ertrug es nicht mehr von einer günstigen Unterkunft zur nächsten zu ziehen. Als sie mir kurze Zeit später sogar einen Job im Immobilienbüro ihrer Mutter anbot, schien alles perfekt und zum ersten Mal in meinem Leben tat ich etwas, das bodenständig und langfristig währen sollte.

Daniel steigt als erster aus und öffnet seiner Begleitung Debby die vordere Tür, während Adam auf der anderen Seite aussteigt und mir seine Hand entgegenstreckt, um mir hinaus zu helfen.

»Alles okay?«, fragt er leise, als ich neben ihn trete.

Die anderen warten schon am Eingang zu Silvias Wohnhaus. Ich nicke und Adam schafft es mit nur einem Blick, mein Innerstes zu streicheln. Wie macht er das bloß? Obwohl er nichts sagt, gibt er mir zu verstehen, dass er sofort mit mir gehen würde, sollte ich mich hier unwohl fühlen.

»Wir können auch woanders hin, wenn du willst«, sagt er schließlich und bestätigt damit, was ich vermutet habe.

»Schon okay, lass uns reingehen«, erwidere ich und wäre tatsächlich lieber woanders. Alle, sogar Lorelei und Cathy, haben offensichtlich einige Drinks zu sich genommen. Sie lachen laut und ungehalten und sind völlig überdreht. Adam und ich passen hier nicht hin. Adam vermutlich mehr als ich. Ich möchte mich nicht betrinken und meine Zeit mit irgendwelchen Leuten verbringen, die ich kaum kenne.

»Jetzt macht schon, ihr zwei. Auf! Los!«, ruft uns Silvia von Weitem herbei.

Adam legt seine Hand auf meinen unteren Rücken, während wir ihr nachgehen, und schaut mich immer wieder prüfend an, um sicherzugehen, dass ich mich wohl fühle.

Als wir Silvias Wohnzimmer betreten, schaltet sie gleich die Musik an, die deutlich zu laut ist und begibt sich mit Kev in ihre Küche, wo sie sich auf die Suche nach geeigneten, alkoholischen Getränken machen. Adam und ich setzen uns an den Esstisch, der direkt neben der Sofaecke steht, wo es sich auch alle anderen gemütlich gemacht haben. Daniel beginnt derweil alle Frauen zu unterhalten und hat sichtlich Erfolg damit.

»Okay, wir haben Bier, Wein und Gin. Womit fangen wir an?«, ruft uns Kev aus der offenen Küche entgegen.

»Rune, Adam, ihr habt noch einiges nachzuholen. Ihr bekommt Gin. Wegen mir dürft ihr es ausnahmsweise mit Tonic mischen«, ordnet Silvia an. »Lorelei und Cathy trinken Wein, so wie ich sie kenne. Debby und Daniel?«

Beide bestellen ebenfalls Gin Tonic und Kev und Silvia haben sich ihren Gin bereits pur in geeignete Gläser gefüllt.

Als sich alle wieder mit ihren Getränken in der Sitz- und Sofaecke einfinden, unterhalten sie sich angeregt, lachen, singen zu den Songs, die aus der Musikanlage spielen. Adam und ich integrieren uns flüchtig in die Gespräche und ich lege meine Maske auf, die ich immer auflege, wenn ich so tue, als hätte ich Spaß. Wieder einmal darf ich feststellen, dass ich mich in diesen Kreisen nicht wohlfühle. Die Gespräche sind oberflächlich und langweilen mich. Doch müsste ich mich nach sechs Monaten nicht schon längst daran gewöhnt haben?

Adam fasst sich plötzlich an seine Hosentasche, weil sein Handy klingelt. Als er auf seinem Display den Anrufer erkennt, wird seine Miene weicher. Ohne einen Ton zu sagen, steht er auf und nimmt den Anruf entgegen. Er läuft bereits aus dem Wohnzimmer, doch ich höre, wie er mit »Hey, hi«, abnimmt. Kurz darauf, als er denkt, außerhalb der Hörweite zu sein, sagt er: »Langsam, Babe, was ist los? Was ist passiert?«

Das ist der Moment, in dem ich innehalte und die Augen schließe. *Hat er gerade ›Babe‹ gesagt?* Ich schaue zu Silvia, Kev und den anderen. Sie sind so sehr mit sich selbst beschäftigt, dass sie nicht bemerkt haben, dass Adam den Raum verlassen hat. Auch meinen geschockten Gesichtsausdruck scheint niemand wahrzunehmen.

Ich schlucke schwer und merke, wie meine Finger zu zittern beginnen. Schmerzhaft muss ich mir erneut klar machen, dass Adam ein neues Leben hat. Mit einem Job, der ihm Spaß macht, Freunden, die ihm wichtig sind, Ex-Freundinnen, die ihn geliebt haben und neuen Frauen, die ihn lieben werden, sobald sie ihn näher kennenlernen. Und das werden sie – wer würde das nicht?

»Rune? Möchtest du dich nicht auch zu uns gesellen?«, fragt Cathy plötzlich, weil ich immer noch am Esstisch sitze und sie jetzt merkt, dass ich nicht mehr in Begleitung von Adam bin.

»Ich ... ähm ... ich höre euch von hier aus doch auch. Alles okay«, antworte ich freundlich.

Cathy kommt auf mich zu, nimmt mich am Arm und schleift mich hinter sich her, damit ich mich ebenfalls auf eines der Sofas setze. Um keine Szene zu veranstalten, wehre ich mich nicht.

»Kommt Leute, wir spielen ein Spiel!«, plaudert Silvia fröhlich vor sich hin und geht zu einem ihrer Wohnzimmerschränke.

Ich sehe schon von Weitem, welches es ist. Die schwarze Verpackung kommt mir bekannt vor.

»Auf keinen Fall«, gebe ich sofort von mir. Vielleicht hätte ich doch lieber am Esstisch sitzen bleiben sollen.

»Was? Was ist das für ein Spiel?«, möchte Debby wissen und wirft Silvia einen interessierten Blick zu.

»Das beste Spiel, um sich gegenseitig kennenzulernen«, erwidert Silvia mit tiefer Stimme und wirft uns allen einen verschwörerischen Blick zu. Sie öffnet die Box, zu sehen sind all die kleinen Karten mit ihren Fragen darauf. Es ist ein typisches Party-Spiel, ähnlich wie *Never Have I Ever*. Es werden Teams gebildet mit dem Ziel, sich gegenseitig zufällig gezogene Fragen zu stellen, die vom anderen wahrheitsgemäß beantwortet werden müssen. Vorher dürfen die anderen Teilnehmer noch ihre Tipps abgeben, was wohl die richtige Antwort wäre. Das Gewinnerteam erntet Applaus und die Verlierer dürfen trinken. Natürlich hat Silvia diese Box während eines Mädelsabends schon mal aus ihrer Versenkung geholt in der Hoffnung, etwas mehr über mich zu erfahren. Damals schon ohne Erfolg und auch heute nehme ich mir fest vor, mich rauszuhalten.

Die Teams sind schnell gebildet. Silvia mit Kevin. Cathy mit Lorelei und Debby mit Daniel. Ich darf mit Adam in einem Team sein, der von seinem Glück noch nichts weiß.

Kevin ist der Erste, der eine Karte zieht. Das tut er, dreht sie jedoch so, dass nur er sie lesen kann. Sofort verdreht er die Augen und alle beginnen zu lachen.

»Komm schon! Vorlesen!«, stichelt Silvia ihn an.

Kevin räuspert sich und versucht seriös zu klingen. »Ich habe jemandem gesagt, dass er/sie gut schmeckt.«

»Uh!«, rufen alle, nur ich nicht.

»Ja! Definitiv!«, ruft Daniel laut.

Auch Debby ist seiner Meinung.

Cathy und Lorelei kichern verlegen, doch Cathy antwortet schließlich: »Ja, wir denken auch, dass er das schon mal getan hat.«

Alle sehen mich schließlich an und erwarten meinen Tipp. Verdutzt blicke ich zurück und runzle die Stirn.

Adam betritt im selben Moment wieder das Wohnzimmer und wird von Silvia über die aktuelle Lage und Kevins Frage eingeweiht.

Er schmunzelt, während er sich zu mir auf das Sofa setzt. »Ich bin mir sicher, dass Kevin das schon mal getan hat, ja. Aber, um etwas Spannung reinzubringen, antworte ich mit *Nein*.« Dann blickt er mich an und fragt, ob ich damit einverstanden bin. Ein zartes Grinsen kann ich mir nicht verkneifen und nicke schließlich. Diese Runde verlieren wir.

Schließlich blicken alle zu Kevin und erwarten voller Spannung seine Antwort. Er räuspert sich abermals, muss selbst lachen und antwortet mit: »Ja, das habe ich. Sogar mehrmals.«

Ein lautes Gelächter erfüllt den Raum und ich beobachte genau, wie Silvia ihm einen amüsierten Blick zuwirft. Sie ist überaus angetan von ihm, das ist nicht zu übersehen.

Adam und ich bekommen jeweils einen Tequila Shot gereicht und trinken diesen ohne Widerspruch. Das wird mein letzter für heute, schwöre ich mir, während die Flüssigkeit meinen Hals hinunter rinnt.

Als Nächstes ist Silvia an der Reihe. Sie bekommt die Frage: *Ich habe aus Versehen »Ich liebe dich gesagt«.*

Cathy und Lorelei sind sich uneinig, tippen jedoch darauf, dass sie das vermutlich noch nie getan hat. Debby und Daniel sind der Meinung, dass Silvia das bestimmt schon mal aus Versehen gesagt hat und Adam und ich sind uns einig, dass dieses Szenario noch nie der Fall gewesen sein kann.

Kevin blickt sie neugierig an, so wie wir alle.

»Also nein, aus Versehen ist mir das nun wirklich noch nie über die Lippen gerutscht, sorry Leute«, antwortet sie an Debby und Daniel gewandt.

»Oh, Mann!«, ruft Daniel und wirft seine Arme theatralisch in die Luft.

»Hast du das denn *überhaupt* schon mal gesagt?«, neckt Debby nun mit einem Zwinkern.

»Das war nicht die Frage«, entgegnet Silvia souverän.

Der Reihenfolge nach ist Adam nun an der Reihe. Er greift in die Box und zieht die nächste Karte raus. Als er sie ansieht, und anfangen möchte vorzulesen, gerät er ins Stocken. Ich drehe mich in seine Richtung und linse ebenfalls auf den darauf stehenden Text. *Oh, wow.*

Schließlich liest er sie doch vor: »*Ich habe mich durch ein Fenster rausgeschlichen.*«

»Uuuuhh«, rufen alle im Chor und Dinge wie: »Jetzt wird es spannend!«

Adam dreht seinen Kopf langsam in meine Richtung. Ich hebe eine Augenbraue, weil ich schließlich weiß, dass er sich damals mehrmals aus seinem Zimmer geschlichen hat, um sich mit mir in seinem Garten zu treffen. Doch etwas Merkwürdiges legt sich auf sein Gemüt. Gerade war er noch ziemlich gut drauf und machte den Eindruck, dass er sich amüsierte. Doch jetzt benimmt er sich komisch.

Alle geben ihre Tipps ab und sind der Meinung, dass Adam das noch nie getan hat.

Bevor er antwortet, wendet er seinen Kopf wieder zu mir und sagt, ohne seinen Blick von mir zu nehmen: »Ja, das habe ich.«

Schließlich rastet die Gruppe förmlich aus und ich habe keine Ahnung, was los ist.

»Komm schon, Rune! Jetzt bist du dran eine Karte zu ziehen!«, höre ich Silvias aufgeregte Stimme, während sie ihren Tequila Shot runter ext.

Adams Blick ist starr und ich frage mich, ob er möchte, dass ich wirklich mitspiele. Wie auch immer die Frage lauten wird, die ich ziehen könnte, sie würde uns vielleicht noch ein Stückchen weiter in unsere Vergangenheit ziehen. Und das darf ich nicht wollen.

»Nicht lange überlegen, einfach ziehen!«, ordnet nun auch Kevin an. »Kommt schon, das ist lustig.«

Nach wie vor haften Adams und meine Augen aneinander. Wir können unsere Blicke einfach nicht lösen. »Du solltest eine Karte ziehen, Rune«, fordert er mich leise auf, so dass nur ich es höre, weil die anderen so laut lachen und miteinander reden. Meine Haut beginnt zu kribbeln. Möchte Adam West wirklich, dass ich auf eine dieser nichtigen Fragen antworte?

Ich schlucke sichtbar und greife schließlich in die Box. Schon während ich die Karte in die Hand nehme, sagt mir mein Instinkt, dass es die falsche Frage ist. Ich bilde mir ein, dass mir diese Karte Ärger bringen wird.

Als ich sie schließlich ansehe, fühlt es sich so an, als würde mir jegliche Farbe aus dem Gesicht weichen. Ich bin vor den Kopf gestoßen, mehr als das. *Scheiße.* Ich sollte gehen. Jetzt. Sofort, und mit einem Taxi nach Hause fahren.

»Vorleseeen!«, höre ich jemand weibliches im Hintergrund rufen und kann nicht einmal mehr ausmachen, wer es ist. Bis jetzt hat niemand die Frage gelesen, außer ich. Ich werde sie also einfach zurück in die Box schieben und eine neue ziehen. Niemand wird mehr wissen, welche Karte es war.

Noch bevor ich soweit komme, zieht mir Debby die Karte aus der Hand und nimmt sie an sich. Wenn mein Blick in diesem Moment töten könnte – ich würde es tun.

»Oh, was haben wir denn da!«, spricht sie erfreut und

überdreht. »Die Frage lautet: *Ich habe mit dem Kumpel meines Freundes beziehungsweise bester Freundin meiner Freundin geschlafen.*«

»Oh, Shit!«, ruft jemand und ich sehe, wie sich Silvia die Hand vor den Mund hält, weil sie genau weiß, was mit Daniel vorgefallen ist.

Doch Adam wird jetzt in diesem Moment an damals denken, als ich vor fünf Jahren bereits etwas mit Roger, seinem Bandkollegen, hatte. Verfluchte Scheiße.

Etwas bewegt sich in Adams Blick. Etwas brennendes und voller Verachtung. Mit zusammengekniffenen Augen sieht er Debby an.

Silvia hat das ebenfalls bemerkt. »Möchtest *du* uns die Frage vielleicht lieber beantworten, Debby, wenn du dir die Karte schon unter den Nagel reißt?«

Debby lacht als Einzige. »Sicher nicht«, gibt sie in einem missbilligenden Ton von sich. »Jetzt erzähl schon, Rune. Von dir habe ich heute Abend kaum etwas gehört.«

Doch ich sehe immer noch Adams wutentbrannten Blick, den er ihr zuwirft. So habe ich ihn noch nie erlebt und er wirkt mir plötzlich völlig fremd.

»Kümmere dich um deinen eigenen Scheiß, Debby!«, sagt er boshaft in ihre Richtung, steht auf und streckt mir seine Hand entgegen, damit ich es ihm gleichtue. »Ihr alle verhaltet euch wie Teenager. Das ist lächerlich.«

Wie benommen starre ich ihn an, doch ich lasse ihn meine Hand nehmen.

Meine Füße bewegen sich ohne mein Zutun und bevor ich verstehe, was hier gerade passiert ist, verlässt Adam mit mir das Wohnzimmer und lässt sechs fragende Gesichter hinter sich. Auf dem Weg hinaus schaffe ich es noch, nach meiner Handtasche zu greifen und während er mit mir davon stürmt, sieht er mich nicht einmal mehr an.

Draußen bleiben wir auf dem Gehweg, vor Silvias Haus, abrupt stehen.

»Adam«, sage ich erschrocken. »Du tust mir weh!«

In dem Moment fällt sein Blick sofort auf seine Finger, die mein Handgelenk viel zu fest umfassen. Augenblicklich lässt er mich los.

Er scheint sich nur langsam zu beruhigen. »Entschuldige«, entgegnet er mir sofort. »Es war nur so ... Ich habe Debbys spöttischen Tonfall nicht ertragen. Weil ...«

Weil was?, möchte ich fragen. Weiß er vielleicht doch was von Daniel und mir? Hat es ihm Daniel vielleicht gestern Abend gleich erzählt? Das kann ich mir nicht vorstellen.

Adam zieht die Luft scharf ein, bevor er sagt: »Wegen dem, was damals mit Roger passiert ist. Natürlich weiß das Debby nicht aber ... ich habe mich plötzlich wieder gefühlt wie siebzehn.«

Ich atme erleichtert ein und wieder aus. Adam weiß es nicht und doch habe ich das Gefühl, es ihm sagen zu müssen. Was auch immer wir von heute an aufbauen möchten, es wäre eine Lüge, ihm jetzt nicht zu sagen, was mit Daniel geschehen ist, oder? Er kann es mir nicht übelnehmen, denn schließlich ist es passiert, bevor ich Adam wieder begegnet bin.

»Adam ich ...«, beginne ich und meine Knie fangen an zu zittern. »Es ist ... vielleicht ...«, stottere ich weiter.

Verletzt und niedergeschlagen blickt er mich an. Es ist zu viel. Ich kann es ihm jetzt nicht sagen. Vielleicht irgendwann, aber jetzt auf keinen Fall. Die Erinnerung an damals lösen zu viele Emotionen in uns aus, vor allem in ihm. Das kann ich jetzt unmöglich tun.

Also entscheide ich mich dazu, etwas anderes zu sagen. »Ich hätte mich auch ganz gut selbst verteidigen können, Adam. Debby war völlig aufgedreht, es war nur ein Spiel«, erklingt meine Stimme jetzt ruhiger.

Damit rüttle ich ihn offensichtlich wach und er wirkt betroffen. Habe ich ihn damit nun verletzt? Wenn er wüsste, was ich ihm eigentlich sagen wollte und warum fällt es mir so schwer zu glauben, dass zwischen uns wieder alles so sein wird wie früher? Ich werde das Gefühl nicht los, dass wir es niemals schaffen werden, wieder auf derselben Wellenlänge zu schweben. Nicht nur ich habe mich verändert, auch Adam ist ein anderer Mensch. Wenn er mich früher beschützt hat, wurde er dabei nicht so wütend, oder gar zornig. Er hat es auf eine sanfte und unauffällige Art getan und der Unterschied zu heute ist, dass ich es zuließ. Weil es sich damals für mich richtig angefühlt hat und er, neben Mia und Nick, zu meinem sichersten Hafen wurde. Doch als ich meine engsten Verbündeten an einem Abend verlor, verlor ich alles.

Eine Träne läuft mir über die Wange, weil ich es heute nicht schaffe, sie zurückzuhalten. Mit Adam zurück in meinem Leben, sind die Bilder aus meiner Vergangenheit wieder zu präsent. Ich habe vor fünf Jahren alles verloren. Meine Familie, meine Freunde, mein Leben. Ein heftiges Zittern überkommt mich und ohne etwas zu sagen, nimmt mich Adam in die Arme. Er drückt mich so fest gegen seine Brust, wie er nur kann und alles, was ich höre, ist sein kräftiger Herzschlag gegen mein Ohr, sowie das leise Schluchzen, das nun meiner Kehle entfährt.

Adam ist der einzige Mensch, der sich annähernd vorstellen kann, was ich durchgemacht habe. Weil nur er weiß, wer ich wirklich bin und was damals passiert ist. Ihn wieder in mein Leben zu lassen bedeutet, dass ich auch beginne, mich wieder meiner Vergangenheit zu stellen – und das schmerzt. Es schmerzt so sehr, dass ich eine Ewigkeit an seiner Brust und in seinen Armen bleibe und so viel weine, wie schon lange nicht mehr.

Kapitel 7

Adam

Mein Herz bricht mit jeder weiteren Minute ein Stückchen mehr, während Rune gegen meinen Brustkorb weint und schluchzt. Ich kann sie so nicht sehen und ich frage mich, wie sie nach all dem Schmerz, der ihr nach Mias und Nicks Tod widerfahren ist, nicht zerbrochen ist. Vielleicht ist sie daran zerbrochen und ich weiß es nur noch nicht.

Ich weiß aber, dass ich sie so lange festhalten werde, wie sie es braucht. Auch wenn ich mit meiner Reaktion in Silvias Wohnung gerade übertrieben habe, konnte ich es nicht zurückhalten. Zu präsent war plötzlich das, was damals mit Roger passiert ist.

Rune beruhigt sich nur langsam und sieht mich schließlich mit ihren nassen und verweinten Augen an. Sie seufzt und sucht nach einem Taschentuch in ihrer Handtasche, das sie benutzt, um ihr Gesicht zu trocknen. Ich halte immer noch ihre Schulter.

Als sie mich wieder ansieht, streiche ich meine Fingerkuppen über ihre glühende Wange. Sie ist so zart und zerbrechlich. Ihre Haut ist blass und ihre Lippen beben, weil sie immer noch versucht, ein erneutes Weinen zu unterdrücken.

»Es tut mir leid«, flüstert sie.

»Was tut dir leid, Rune? Dir muss nichts leidtun.«

Darauf antwortet sie nicht.

»Sollen wir ein bisschen spazieren gehen?«, frage ich und sie nickt zustimmend.

Wir laufen einige Meter durch die ruhige Wohngegend und kommen schließlich an einer belebteren Straße an. Hier befinden sich einige Pubs sowie Leute, die in den Lokalen ein- und ausgehen. Mir selbst ist es zu viel und ich sehe Rune an, dass es ihr ähnlich geht. Sie kuschelt sich in ihren Blazer, zieht ihn weiter zu und verschränkt die Arme vor ihrer Brust.

»Wo möchtest du gerne hin?«, frage ich, da sie schließlich schon einige Monate hier in San Diego lebt und wissen dürfte, wo wir hingehen könnten.

»Ich weiß wohin. Wir werden aber etwas mit der Straßenbahn fahren müssen.«

»Mein Flug geht erst morgen um neun Uhr dreißig. Ich habe also noch ein paar Stunden Zeit«, sage ich lächelnd.

Wir sitzen uns in der Straßenbahn gegenüber und ich betrachte Runes Profil, während sie aus dem Fenster blickt. Ihre Augen sind noch etwas rot, doch ihr Gemüt hat sich wieder beruhigt und so beruhige auch ich mich. Immer wieder sieht sie zu mir herüber und lächelt unauffällig, indem sie nur einen Mundwinkel hebt.

»Wohin gehen wir?«, frage ich.

»Balboa Park. Warst du schon mal dort?«

Ich nicke. »Vor langer Zeit mit meinen Eltern, ja.«

Als wir die Haltestelle erreichen, laufen wir still nebeneinander her, bis wir am botanischen Garten ankommen, der um diese Uhrzeit eindrucksvoll beleuchtet wird.

Das leise Plätschern des Teichs, der vor uns liegt, wirkt irgendwie beruhigend. Der Park ist auch nachts zugänglich, doch heute scheinen sich nicht viele Leute dafür entschieden zu haben, hierher zu kommen.

Rune atmet tief ein und wieder aus und setzt sich auf eine der Steinbänke, die sich hier befinden. Ich setze mich ebenfalls.

»Warst du schon mal drin?«, frage ich.

»Im botanischen Garten? Ja, mehrmals. Ich weiß nicht warum, aber die tropische Wärme, der Geruch, die Vielseitigkeit der Pflanzen und die ganze Atmosphäre wirken beruhigend auf mich«, erklärt sie.

»Pflanzen, die in der freien Natur vermutlich noch schöner und noch stärker wachsen würden, wenn sie nicht hinter Glasscheiben eingesperrt wären«, sage ich und weiß selbst nicht, woher das kam.

Rune blickt überrascht zu mir herüber und ich muss darüber nachdenken, dass auch sie einst meine Wildblume war, eingesperrt hinter der Scheibe des Kassenhäuschens von *Devil Rock*.

»Ich musste jedes Mal an dich denken, wenn ich den botanischen Garten betreten habe. Daran, dass du mich deine Wildblume genannt hast«, gibt sie zu, doch ich sage nichts darauf und beobachte sie im fahlen Licht des Mondes und der Beleuchtung, die vor uns liegt.

»Ich bin wegen dir hierhergezogen, Adam. Weil ich mich in dieser Stadt mit dir verbunden gefühlt habe. Weil wir San Diego damals zu unserer Stadt machten.«

In diesem Moment spüre ich ein Gefühl in meinem Bauch, das dem ähnelt, das man beim freien Fall einer Achterbahn spürt. Ich bin überrascht und schockiert zugleich. Rune schafft es immer noch, mich völlig sprachlos zu machen.

»Warum hast du nie nach mir gesucht, Rune?«, ich habe keine Ahnung, ob es der richtige Moment ist, ihr diese Frage zu stellen. Doch ich muss es tun, weil ich keine Ahnung habe, wann ich sie wiedersehen werde.

Traurig blickt sie wieder auf das stille Wasser des Teichs, das vor uns liegt. »Ich war dort Adam, bei dem Haus, in dem ihr gewohnt habt.«

»Wann?«

»Vor zwei Jahren«

»Da waren wir gerade ausgezogen! Du hättest mich doch trotzdem finden können? Rune, du hast keine Ahnung, wie oft ich nach dir und deinem Namen im Internet gesucht habe. Ich habe nichts, rein gar nichts gefunden!«, ungewollt wird meine Stimme lauter, doch Rune nimmt plötzlich meine Hand.

»Ich weiß, Adam. Es war kein Vorwurf«, redet sie ruhig auf mich ein. »Doch die Tatsache, dass ich dich damals dort nicht fand, war ein Grund für mich zu glauben, dass es nicht sein sollte.«

Ich schüttle den Kopf. »Das ist nicht fair. Meinen Namen findest du auf jeder sozialen Plattform im Internet.«

»Du weißt, dass das nie meine Welt war.«

»Weil du mich nicht finden wolltest«, sage ich ernst, aber nicht vorwurfsvoll.

Rune versteht mich, denn sie nickt. »Ja«, haucht sie. »Weil ich Angst hatte.«

Ich seufze laut und schaue auf ihre Hände, die sich mit meinen verschränkt haben und zwischen uns auf der Bank ruhen. Schließlich ziehe ich ihre Hand zu mir und gebe ihr einen sanften Kuss auf ihren Handrücken.

Rune schluckt und sieht mir gehemmt in die Augen.

»Ich wünschte, wir könnten zu der Nacht zurück, in der wir uns zum ersten Mal begegnet sind«, sage ich.

Sie versucht zu lächeln. »Warum?«

»Weil sie magisch war. Der Geruch von Zuckerwatte, das laute Geschrei, die blinkenden Lichter. Das alles erinnert mich an unsere erste Begegnung.«

Rune starrt auf das beleuchtete Gebäude und rührt sich kein Stück. Sie wirkt traurig, aber vielleicht bilde ich es mir auch nur ein.

»Ich hätte dich schon viel früher geküsst, weil jeder Tag, den ich es nicht getan habe, verschwendete Zeit war«, fahre ich fort. »Ich hätte mich von Anfang an meinem Vater widersetzen sollen, um nicht in einer Nacht- und Nebelaktion heimlich mitzureisen und …«

Runes Lächeln verschwindet und ich bereue, dass ich den Abend erwähnt habe, der alles veränderte.

»Du weißt, dass es nicht deine Schuld war«, sagt sie befangen.

Sie hat keine Ahnung, welche Schuldgefühle mich all die Zeit verfolgt haben. Sie haben mich innerlich zerfressen und mich in ein abgrundtiefes Loch gezogen, aus dem ich fast nicht mehr herausgekommen bin. Und jetzt finde ich endlich den Mut, darüber zu sprechen. »Es ist meine Schuld. Wir beide wissen das. Hätte ich meinem Vater gleich von vornherein klipp und klar gemacht, dass ich auf das Stipendium und ihn nicht angewiesen bin, wäre es nie dazu gekommen.« Meine Stimme klingt verzweifelt und ich möchte gerne weitersprechen, doch Rune unterbricht mich.

»Hör auf!«, sagt sie laut. »Hör auf, Adam!«

Aufgebracht lässt sie meine Hand los und steht auf. Ruhelos läuft sie an den Rand des Teichs und starrt auf das Wasser. Ich hätte dieses Thema nicht aufbringen dürfen. Wir haben uns erst gestern wieder getroffen und ich erwähne ausgerechnet das, was unsere Welt auseinandergebrochen hat. Zwei junge Menschen sind gestorben und ich bin verantwortlich dafür. Es war ein Unfall, der nicht geschehen wäre, wenn ich nicht Hals über Kopf mit Rune mitgereist wäre.

»Es tut mir leid«, sage ich und gehe auf Rune zu. »Es tut mir so leid, Rune. Ich wollte nicht ...«

Rune blickt mich an und weint. Schon wieder wegen mir. Gott, was bin ich für ein Idiot.

»Was glaubst du, wie oft ich gerne die Zeit zurückgedreht hätte, hm?«, jetzt höre ich Wut in ihrer Stimme. »Ich habe meine beste Freundin und meinen Bruder verloren, Adam! Die einzigen zwei Menschen, die mir im Leben jemals etwas bedeutet haben!«

Ihre Worte schmerzen und lassen mein Innerstes bluten. Doch ich mache zwei Schritte auf sie zu, weil ich das unmöglich so stehen lassen kann. Jetzt sind wir uns so nah, dass ich nur meine Hand ausstrecken müsste, um sie zu berühren. Doch ihre Haltung drückt Abwehr aus. Sie hasst mich.

»Rune«, sage ich leise und betroffen. Doch es gibt keine Entschuldigung für all das, was geschehen ist. Ihr Blick ist schmerzerfüllt. Ich lege meine Hand auf ihre Schulter und möchte ihr Trost schenken, doch sie wendet sich ab.

»Lass mich«, keift sie dabei. »Das ist der Grund, warum es besser so war, dass ich dich bei eurem Haus nicht angetroffen habe. Weil du alles kennst. Jede einzelne Schwachstelle. Du kennst mein damaliges Leben und alles, was ich verloren habe. Genau davor hatte ich Angst!« Sie sieht mich noch einmal an, voller Wut und Trauer und läuft davon.

Nein ... nein, nein, nein. Das darf ich nicht zulassen. Ich habe sie gerade wieder getroffen und kann sie nicht ein weiteres Mal verlieren.

»Rune!«, rufe ich und laufe ihr nach. »Hör mir zu. Bitte hör mir zu!« Nach einigen Metern habe ich sie eingeholt und stelle mich vor sie, so dass sie stehen bleiben muss.

Sie sieht mich an und ich weiß, dass ich jetzt nur noch

eine Chance habe. »Ich habe gesagt, dass ich Zeit mit dir verbringen möchte, dass ich wissen möchte, wer du heute bist.
Das möchte ich immer noch.« Mein Atem geht stoßweise
und ich versuche, die richtigen Worte zu finden. »Bitte
Rune, ich bin auch nur ein Mensch. Ich sage dumme Sachen, ich mache Fehler. Ich bin nicht perfekt.«

»Wir waren noch nie gut darin, perfekt zu sein«, murmelt
sie kaum hörbar.

»Wir waren sogar richtig beschissen darin, perfekt zu sein«,
stelle ich fest. »Und schau uns jetzt an. Ich habe noch nie so
viele verzwickte Entscheidungen getroffen wie in den letzten
Jahren und du ...«, ich schaue sie an, in der Hoffnung, sie
sagt etwas, dass ihr neues Ich beschreibt.

»Und ich führe ein Leben, in das ich mich nicht zugehörig
fühle. Ich spiele nur eine Rolle. Das bin nicht ich«, fügt sie
meinem Satz resigniert hinzu und ich würde sie am liebsten
umarmen. Für ihre Ehrlichkeit und für die Person, die sie
ist.

»Kein Wort mehr über den Abend in Nevada, an dem wir
uns das letzte Mal gesehen haben, okay?«, bittet sie mich ruhig und sachlich.

»Versprochen. Kein Wort mehr aus meinem Mund, es sei
denn, du möchtest darüber sprechen.«

Schließlich nimmt sie wieder meine Hand in ihre und erfüllt mein Herz mit Freude und Zuversicht. Vielleicht sind
wir anders als früher und ganz sicher haben uns die letzten
fünf Jahre verändert. Aber dann sind wir wenigstens

gemeinsam *anders.*

Zusammen spazieren wir durch den dunklen Park und lassen den botanischen Garten hinter uns.

»Wer ist eigentlich *Babe?*«, fragt sie aus dem Nichts und ich kneife meine Augen zusammen.

»Babe?«

Ihre Frage klingt nicht vorwurfsvoll, sondern neugierig. Sehr neugierig. »Dich hat vorhin jemand angerufen. Du hast sie *Babe* genannt.«

»Der Anruf?« Großer Gott, habe ich wirklich Babe gesagt? Ich atme geräuschvoll aus der Nase. »Das war keine Absicht und ist mir wohl rausgerutscht. Es war meine Ex-Freundin, Sarah.«

»Oh, okay.« Ich bilde mir ein, Erleichterung in ihrer Stimme zu hören.

»Was ist mir dir? Gab es in den letzten Jahren auch jemanden?«, frage ich und beiße mir im selben Moment auf die Zunge. Wo kam das auf einmal her?

Doch Rune grinst und sieht mich an. »Nicht wirklich. Jedenfalls nennt mich momentan niemand *Babe.*«

Ich mache einen gedanklichen Freudensprung, doch sage nichts dazu.

»Ich werde nämlich viel lieber Schnecke, Püppchen oder Kleines genannt. Schätzchen oder Süße geht auch. Oder Honey und Princess, die Namen gefallen mir am besten«, fügt sie schmunzelnd hinzu und beginnt leise zu lachen, während sie meinen Arm noch fester umfasst.

Erstaunt sehe ich sie an. »Ernsthaft? So möchtest du genannt werden?«

»Nur ein Witz, Sweetheart – oh, siehst du, den Spitznamen habe ich vergessen«, fügt sie hinzu und gibt mir einen Schubs mit ihrer Hüfte.

»Diese Namen sind alle zu gewöhnlich für dich.«

Neugierig sieht sie mich an. »Wie sollte ich mich denn dann nennen lassen?«

»Ich werde darüber nachdenken und dir heute noch einen Namen geben«, verspreche ich ihr souverän.

Sie nickt zufrieden und ich erkenne etwas Vorfreude in ihrem Ausdruck.

Im Stillen spazieren wir weiter und ich stelle fest, dass, obwohl dieser Abend voller Tränen und Entschuldigungen ist, er doch auch kleine Lächeln und Offenbarungen für uns bereitgehalten hat. Ich wünschte, ich könnte Rune morgen, übermorgen und jeden Tag wieder treffen. Doch das können wir nicht.

Ich bleibe stehen und halte weiterhin ihre Hand. Überrascht blickt sie mich an.

»Ich werde morgen zurück nach San Francisco fliegen«, beginne ich meinen Satz und hole tief Luft. »Und wenig später fast zwei Monate auf einem Schiff auf dem Pazifik verbringen.«

Sie hebt beide Augenbrauen. »Zwei Monate. Wow.«

»Ja«, sage ich leise und blicke zum Boden.

»Ist das nicht unheimlich einsam?«

Ich zucke mit den Schultern. »Ja, die meiste Zeit«, ich ziehe meine Lippen zu einer geraden Linie und schenke ihr ein müdes Lächeln. »Doch immerhin habe ich Kevin dabei.«

»Immerhin«, antwortet sie lächelnd. »Was machen Kevin und die anderen jetzt wohl?«

Ich bin froh aber auch ein wenig überrascht, dass sie die Tatsache, dass wir uns mindestens zwei Monate nicht sehen können, *einfach so* hinnimmt. Aber was habe ich auch erwartet? Vielleicht waren wir früher, auch wenn es nur drei Wochen waren, unzertrennlich. Das bedeutet jedoch nicht, dass wir unsere Gefühle und die Magie von damals einfach wiederaufleben lassen können. Vermutlich ist es ihr egal, dass wir uns mindestens zwei Monate weder sehen noch wirklich miteinander kommunizieren werden.

»Keine Ahnung. Wahrscheinlich betrinken sie sich immer noch bis zur Besinnungslosigkeit«, antworte ich auf ihre Frage.

Sie legt einen besorgten Gesichtsausdruck auf. »Sollten wir nach ihnen sehen?«

»Ja, ich denke, das sollten wir tun«, erwidere ich mit einem Seufzen und ernte von ihr dafür einen kritischen Blick. Sie hört nicht auf, mich anzusehen und ich werde das Gefühl nicht los, dass sie etwas im Schilde führt.

»Andererseits ...«, sagt sie und greift fester nach meiner Hand. »Kev und Silvia werden angefangen haben, auf dem Wohnzimmerboden rumzumachen. Lorelei und Cathy haben dann schnellstens das Weite gesucht und ...«

»Daniel und Debby werden zurück in ihre Wohnung gefahren sein«, beende ich ihren Satz.

Sie hebt eine Augenbraue. »Wenn ich jetzt genauer darüber nachdenke, glaube ich nicht, dass wir nach ihnen sehen müssen.« Etwas Besonderes schwingt in ihrem Tonfall mit. Neugier vielleicht?

Mein Blick wird skeptisch. »Was möchtest du mir damit sagen, Rune?«

Das Licht einer Laterne, die einige Meter von uns entfernt liegt, wirft dezente Strahlen auf ihr Gesicht. Sie ist vor mir stehen geblieben und ihr Blick wird mit einem Mal ernster. Ich kann dieses Auf und Ab der Gefühle kaum noch deuten und öffne meinen Mund, um etwas zu sagen, doch auf einmal befinden sich ihre Hände auf meiner Brust. Es ist, als würde diese einzige Berührung mir die Luft zum Atmen nehmen. Als hätte sie magische Kräfte, die mich dazu zwingen, nichts mehr zu sagen.

Die zwei Stellen, an der sich ihre Handflächen befinden, prickeln und werden warm zugleich.

»Dein Herz schlägt wie verrückt«, stellt sie fest und wieder möchte ich etwas sagen, doch ich schaffe es nicht. Langsam wandern ihre Hände von meiner Brust hoch zu meinen Schultern und schließlich an meinen Hals. Ihre Finger bewegen sich sanft und bleiben auf meinen Wangen liegen.

Sie lächelt, aber nur ganz kurz und kommt mir langsam mit ihrem Gesicht näher. Ich ziehe scharf die Luft ein und wünsche mir, ich könnte ihren Geruch für immer in mich aufnehmen.

Sie geht auf die Zehenspitzen, schließt ihre Augen und berührt meine Lippen sanft und lautlos. Dieser Kuss ist so zart, dass ich Angst habe, er würde mir gleich wieder entwischen. Völlig reglos stehe ich da und kann nicht glauben, dass Rune mich küsst. Was hat dieser Kuss zu bedeuten? Wo wird er uns hinführen? Küsst sie mich nur aus dem Affekt? Aus Verzweiflung? Aus Neugier, ob es sich immer noch so anfühlt wie früher?

»Nicht zu viel nachdenken, Adam«, wispert sie an meinem Mund und ich spüre ihr leises Lachen an meinen Lippen.

Ich fasse es nicht, dass ich ihren Kuss nicht erwidert habe. Er hat mich so erschüttert, dass ich wie zu Eis erstarrt bin. Das darf nicht unser erster Kuss nach fünf Jahren gewesen sein.

»*Gott, Rune*«, murmle ich und bin nun derjenige, der sie küsst. Sie schnappt nach Luft, ich presse meine Lippen noch fester auf ihre und ziehe sie an ihren Hüften dicht an mich heran. Ich habe aufgehört zu zählen, wie oft ich mir so einen Moment die letzten Jahre vorgestellt habe. Rune ist alles was ich will und das wird sie für immer bleiben. Sie wird für immer dieses eine Mädchen sein, das mich verzaubert hat.

Mein Kuss intensiviert sich und ich spüre ihre Fingernägel an meiner Kopfhaut, die mir ungeduldig durchs Haar fahren. Als sich mein Griff an ihren Hüften verstärkt, stößt sie ein leises Summen aus. Spätestens jetzt weiß ich, dass ich ihr völlig ausgeliefert bin. *Rune ... ich habe dich so vermisst ...*

Kapitel 8

Rune

Wir stehen vor Cathys und meinem Wohnhaus und halten uns an den Händen. Unser Kuss ist fast eine Stunde her und ich spüre immer noch Adams weiche und warme Lippen auf meinen. Seine anfängliche Fassungslosigkeit, sein Seufzen und die Intensität seines Kusses, die mich völlig vereinnahmten – Gott, wie sehr habe ich ihn und das alles vermisst. Wie sehr habe ich es vermisst jemanden zu küssen, bei dem ich etwas spüre und mich nicht einfach nur abschotte.

Sein Kuss war echt und frei. Frei von Zweifeln und Sorgen und voller Leben. Vielleicht erweckte er sogar die alte Rune wieder zum Leben.

Ich möchte Adam so sehr in mein Leben lassen, dass ich anfange, alles andere zu verdrängen und kaum noch etwas zu hinterfragen. Denn wir sind jetzt erwachsen, nichts würde zwischen uns stehen. Keine drohenden Väter, keine Schüler voller Vorurteile und Intrigen. Das sind wir doch, oder? Frei und erwachsen und wir dürfen selbst entscheiden, wohin wir gehören, oder nicht? Ein Teil von mir möchte daran glauben, doch etwas in mir wehrt sich dagegen.

Ich verdränge jegliche Bedenken und möchte das Hier und Jetzt genießen, denn mein Herz klopft mir bis zum Hals.

Ganz sicher gäbe es da eine Möglichkeit, ihn in die Wohnung zu schleusen, ohne dass Cathy es mitbekäme. Sie hat mir vor einer halben Stunde geschrieben, dass sie wieder daheim ist und völlig betrunken. Sie würde es nicht einmal merken, wenn Adam in meinem Zimmer wäre. Aber ist es das, was ich möchte? Wohin würde es führen?

Adam sieht kurz zu Boden und mir schließlich ins Gesicht. Plötzlich ist er derjenige, der diese Entscheidung für uns trifft. »Ich werde jetzt nach Hause gehen, Rune.« Er lächelt und hält meine Finger fest zwischen seinen.

Ich lasse einen leisen Luftstoß aus meiner Nase und schmunzle. »Okay ...«

Sein Lächeln wird jetzt etwas breiter. Seine weißen Zähne strahlen mir entgegen und ich sehe die Grübchen an seinen Wangen. Himmel, ich werde mich nie an diesem Lächeln sattsehen. »Okay? Das ist alles?«, fragt er erstaunt.

Ich versuche es noch einmal: »Mit *okay* meinte ich so viel wie: bis bald und gute Heimreise. Ich hoffe, dass wir in Kontakt bleiben, wenn du auf hoher See bist, und wünsche dir viel Erfolg auf eurer Forschungsreise. Und vor allem viel Erfolg dabei Kevs Fragen aus dem Weg zu gehen.« Mit einem Zwinkern lehne ich mich gegen seinen Brustkorb und umarme ihn.

Ich schließe die Augen und er lehnt seine Wange auf meinen Kopf, wo er meinen Scheitel küsst. Die Absätze meiner Schuhe sind mindestens zwölf Zentimeter hoch und trotzdem überragt mich seine Größe immer noch deutlich. »Ich werde dich vermissen, Rune«, flüstert er und ich verfestige meinen Griff um seinen Körper.

Ich versuche, mir alles von diesem Moment genaustens einzuprägen. Seine Beine stehen ein wenig auseinander, so dass ich problemlos dazwischen stehen kann. Näher können wir uns kaum sein. Meine Wange liegt an seiner Brust, wo ich seinem Herzschlag lausche. Es ist bemerkenswert, wie bedingungslos sich die Form unserer Körper aneinanderschmiegt und wie geborgen ich mich fühle. Er ist mein Puzzleteil, nur durch ihn fühle ich mich vollkommen. Vielleicht ist er der einzige Mensch, der mein zerbrochenes Ich wieder zusammenfügen kann.

»Ich finde gar nicht, dass wir so schlecht darin sind, perfekt zu sein«, murmle ich und spüre, wie seine Umarmung fester wird.

Es vergehen wunderbare Minuten, bevor er sich zurückzieht und mein Gesicht zwischen seine Hände nimmt, um mir in die Augen zu sehen. »Es ist kein Abschied für immer.«

Ich nicke und streiche ihm eine Haarsträhne aus der Stirn. »Einen Abschied für immer würde ich auch nicht noch einmal verkraften.«

Traurigkeit ergreift ihn. »Ich auch nicht, Rune. Ich auch nicht.« Er küsst meine Schläfe, meine Wange und schließlich meinen Mund, der ihn sehnsüchtig erwartet.

Eine warme Welle durchflutet meinen ganzen Körper und das aufgeregte Kribbeln ist von meinen Fußzehen bis in die letzten Haarspitzen zu spüren. Himmel, ich kann nicht leugnen, wohin dieser Kuss jetzt führen würde, wenn wir nicht an einer öffentlichen Straße stehen würden. Auch Adam weiß es. Er weiß es nur zu gut. Denn der Blick, den er mir jetzt zuwirft, nachdem er sich qualvoll von meinen Lippen gelöst hat, ist eindeutig und sehr, sehr spitzbübisch. Frech und aufgeschlossen.

»Ich gehe jetzt besser«, sagt er und es ist nicht zu überhören, dass er es nicht so meint.

»Ich werde dich nicht davon abhalten«, entgegne ich ihm kühn.

Adam beißt sich auf die Unterlippe, kneift die Augen zusammen und richtet sein Gesicht nach oben in den dunklen Nachthimmel. Langsam und sehr unsicher beginnt er, sich von mir zu lösen. Jeder weitere Zentimeter, den er sich von mir entfernt ist bitter. Doch es ist die einzig richtige Entscheidung im Moment.

Jetzt stehen wir wieder einen guten Meter voneinander entfernt. »Ich schicke dir später noch meine E-Mail-Adresse, auf der ich erreichbar bin«, sagt er und läuft in langsamen Schritten rückwärts von mir weg.

»Ich freu mich drauf«, antworte ich und grinse amüsiert, weil es ihm so schwerfällt, zu gehen.

Er hat es tatsächlich geschafft, sich fast zehn Meter von mir zu entfernen. »Und ich freu mich auf unser Wiedersehen, *Blossom*«, ruft er mir jetzt laut zu.

Blossom, das ist also sein Spitzname für mich. Lachend verschränke ich meine Arme und beobachte ihn beim

Rückwärtslaufen. Er stolpert fast in ein Blumenbeet hinein, bevor er um die Ecke biegt, hebt er zum Abschied noch einmal die Hand und ist im nächsten Moment verschwunden.

Meine Wangen tun weh, weil ich seit einer Ewigkeit nicht mehr so oft gelächelt und gelacht habe. Ich vermute stark, dass das letzte Mal fünf Jahre her ist.

Auch zurück in unserer Wohnung lege ich mich auf mein Bett und möchte mich weder waschen noch abschminken, weil ich Adams Geruch für immer an mir tragen will. Adam ist wieder da. Er ist wirklich zurück in meinem Leben und ich könnte glücklicher kaum sein.

In den nächsten Tagen fühle ich mich zugänglicher, präsenter. Als wäre ich nach einem halben Jahr erst richtig in San Diego angekommen. Manchmal bleibe ich morgens sogar länger im Bett liegen, obwohl ich vor Sonnenaufgang wie üblich wach bin. Manchmal treffe ich mich in der Mittagspause mit Cathy. Das habe ich früher nie getan. Und gestern Abend kam es das erste Mal vor, dass ich von mir aus den Vorschlag gemacht habe, mit Cathy, Lorelei und Silvia ins Kino zu gehen. Es sind Kleinigkeiten, die aber vorher nie dagewesen sind.

Zwei Wochen ist Adam bereits unterwegs und jetzt sitze ich an meinem Büroschreibtisch und habe einen Haufen Arbeit, den ich aber kurz zur Seite schiebe, um endlich seine nächste E-Mail zu lesen, auf die ich schon seit drei Tagen warte. Voller Vorfreude öffne ich sie und kann es kaum erwarten, zu lesen, was er mir diesmal schreibt.

Liebe Rune,

   Blossom ;-)

Heute habe ich mich mit einem Block und Bleistift auf das Deck des Schiffs gesetzt, um dir diese E-Mail zu schreiben. Ja, richtig, ich werde mich später wieder an meinen Computer im Labor setzen und das Handgeschriebene mühevoll abtippen, aber das ist mir egal, denn ich brauche heute unbedingt frische Luft.

Bevor ich dir auf deine letzten Fragen antworte, muss ich dich unbedingt auf dem Laufenden halten, was Kev mir zu dem Abend mit Silvia erzählt hat. Wie du ja weißt, war er so betrunken, dass er sich an nichts mehr erinnern kann. Aber gestern Nacht ist ihm wohl der ganze Abend in seinem Traum widerfahren. Ist das zu glauben? Er sagte, er erinnere sich jetzt und müsse ihr unbedingt schreiben, um sich bei ihr zu entschuldigen. Als ich wissen wollte, warum er sich entschuldigen müsse, meinte er, dass er es mir nicht sagen dürfe. Es wäre privat und außerdem äußerst peinlich. Ich weiß ja nicht, wie deine Freundin Silvia drauf ist, doch Kevs Hemmschwelle ist sehr gering beziehungsweise gar nicht vorhanden, deswegen vermute ich, dass was er getan hat, WIRKLICH peinlich war. Vielleicht findest du ja etwas raus, er hat mich jetzt nämlich neugierig gemacht. Und das will was heißen, normalerweise bin ich keine Tratschtante. Jedenfalls: Bitte richte ihr ganz herzliche Grüße aus, sobald du sie siehst. Und falls sie bereit ist, sich seine Entschuldigung anzuhören, soll sie sich bei ihm melden. Ich sende dir im Anhang seine E-Mail-Adresse und Handynummer.

Jetzt zu deinen Fragen:

Mein Lieblingslied bleibt nach wie vor »Creep« von Radiohead. Sobald ich es auf der Bühne spiele, vergesse ich alles um mich herum. Wenn ich also mein Leben lang nur noch ein einziges Lied spielen dürfte, wäre es dieses.

Ich war noch niemals in New Orleans und würde unheimlich gerne mal dorthin reisen. Vielleicht begleitest du mich ja? ;-)

Das letzte Mal in Deutschland war ich vor zwei Jahren, nach der Scheidung meiner Eltern. Meine Mutter musste dort irgendwelchen Papierkram erledigen, um ihren Mädchennamen wieder annehmen zu können. Nein, ich vermisse Deutschland nicht.

Nun zu dir: Wenn du dein Leben lang nur noch schwarzen oder keinen Nagellack tragen müsstest. Wofür würdest du dich entscheiden?

Was würdest du mehr vermissen: Den Sonnenaufgang oder Sonnenuntergang?

Beschreibe einen perfekten Tag mit nur vier Worten.

Ich freue mich jetzt schon auf deine E-Mail wie ein kleiner Junge auf den Weihnachtsmann.

Dein Adam.

Ich grinse von Beginn bis zum Ende der E-Mail und schreibe

ihm sofort eine Antwort, in der Hoffnung, er liest sie vielleicht gleich noch, bevor er sich wieder in seine Arbeit vergräbt.

Lieber Adam,
  alias Tratschtante ;-)

Du sprichst davon, dass Kev eine niedrige Hemmschwelle hat, was Peinlichkeiten aller Art angeht? Dann hast du Silvia noch nicht kennengelernt. Wenn ich ihr den Gruß und die Entschuldigung ausrichte, wird sie sich vermutlich nur eins ins Fäustchen lachen. Und ja, jetzt hast du auch mich neugierig gemacht. Bitte halt mich auf dem Laufenden, falls du vor mir etwas erfährst. Mich würde sehr interessieren, um welche Peinlichkeit es sich hier handelt.

Mit deiner Songauswahl bin ich einverstanden. New Orleans bin ich dabei. Und vielleicht müsstest du mich irgendwann auch nach Deutschland mitnehmen. Ich bin noch nie in meinem Leben geflogen ...

Meine Antworten lauten: schwarz, Sonnenaufgang und: Sonne, Strand, Adam und Rune ;-)

Ich hoffe, du hast einen angenehmen Tag und wünschte, du wärst nicht so unglaublich weit weg.

Deine Rune

Ich schicke die E-Mail ab und hätte eigentlich gerne noch viel mehr geschrieben, doch noch bevor ich den *Senden*-Knopf drücke, steht Fiona bereits hinter mir.

»Um drei haben Mr Anderson und sein Sohn ihren Termin, richtig?«, fragt sie und versucht sich ihre High Heels im Stehen anzuziehen.

»Halb drei«, antworte ich und sehe auf die Uhr. Also in zehn Minuten.

»Shit«, flucht sie leise und hält sich an meiner Stuhllehne fest, während sie den zweiten Schuh anzieht. »Du kommst heute mit, das hast du dir notiert, ja?«

»Natürlich. Ich freue mich darauf«, antworte ich und meine es tatsächlich ernst. Es ist das erste Mal, dass sie mich auf einen Besichtigungstermin mitnimmt. Sie sagt, dass sie früher oder später Unterstützung von mir benötigen wird, da es mit jedem Tag weitere Kunden sind, die sich mit uns in Verbindung setzen, um ihre Objekte zu verkaufen oder neue zu kaufen.

»Hübsch siehst du wieder aus heute. Der natürliche Look steht dir«, sagt sie eher nebenbei und verschwindet sogleich wieder in ihrem Büro. Sollte ich ihr vielleicht erzählen, dass Cathy nicht fassen kann, dass ich mich so auf die Straße traue? Dabei schminke ich mich nach wie vor, nur eben nicht mehr so stark wie sonst.

Kaum fünfzehn Minuten später sitzen Fiona, unser Kunde, sein Sohn und ich im geräumigen SUV, den Fiona als Firmenwagen benutzt. Sie sitzt vorne mit Mr Anderson und ich darf mir den Rücksitz mit seinem Sohn, der etwas älter als ich sein dürfte, teilen. Es ist der übliche Smalltalk, der die Fahrt einigermaßen erträglich macht. Denn ich beherrsche ihn mittlerweile tatsächlich wie ein Profi. Es sind immer dieselben Floskeln, über die man sich unterhält.

Mr Anderson und sein Sohn interessieren sich für ein Gebäude, in dem sie die Büroräume ihres zweiten Firmensitzes einrichten lassen möchten. Wie zwei reiche Business-Männer sind beide natürlich gekleidet und ich bin froh, mich heute für meinen teuren Hosenanzug entschieden zu haben. Meine glatten Haare habe ich heute streng nach hinten gekämmt und zu einem Dutt zusammengebunden. Mittlerweile haben sie wieder eine Länge, bei der das gerade so möglich ist.

Meinen Lippenstift in einem dunklen Pink habe ich vorhin noch aufgefrischt, doch wenn ich Will Andersons angetane Blicke auf meinem Mund wahrnehme, während ich spreche, hätte ich diese kräftige Farbe besser weggelassen. Wie ein Magnet folgen seine Augen meinem Mund, doch üblicherweise kann ich darüber hinwegsehen, weil ich gelernt habe, damit umzugehen. Doch heute stört es mich. Das, was mit Daniel im Hinterzimmer der Bar passiert ist, bevor ich Adam wieder begegnet bin, ist etwas, das mir die letzten sechs Monate nicht mehr oft passierte. Okay, vielleicht wäre Will Anderson wieder so ein Fall wie Daniel. Er sieht nicht schlecht aus und nach Vertragsabschluss würde ich ihn nie wiedersehen. Aber ich sehe keinen Grund mehr, so etwas zu tun. Ganz und gar nicht.

Fiona kündigt euphorisch an, dass wir da sind. Mr Anderson Senior öffnet mir die hintere Autotür und lächelt zaghaft. Ich bedanke mich wortlos und gemeinsam gehen wir in das mehrstöckige und gläserne Gebäude hinein. Ich trage die Unterlagen in einer Aktentasche bei mir und nehme einen geschäftlichen Anruf auf dem Handy entgegen, während wir den Lift betreten. Plötzlich spüre ich, wie mich etwas zurückzieht und einen lauten Schrei von Fiona.

»Rune, pass auf!«

Der Saum meines Blazers hat sich in der sich schließenden Tür des Lifts verhakt. Wie kann so etwas überhaupt passieren? Ich habe gerade aufgelegt, doch halte immer noch das Handy und die Tasche in der Hand. Fiona nimmt mir beides sofort ab, während ich versuche, meinen Blazer zu befreien als der Fahrstuhl sich in Bewegung setzt. Das kann doch nicht wahr sein. Ich höre bereits das reißende Geräusch des Stoffes und möchte weinen, weil mein Lieblingsblazer gerade zerstört wird. Bevor ich mir noch eine Verletzung zuziehe, winde ich mich aus dem Kleidungsstück heraus, wobei mir Will Anderson sofort zur Hilfe eilt. Ich habe ihn bereits ausgezogen, doch Will schafft es ihn mit einer groben Bewegung aus der Tür zu befreien. Natürlich völlig ruiniert.

»Ach, nein! Dein schöner Blazer!«, ruft Fiona entsetzt.

»Es ist nur ein Stück Stoff, alles in Ordnung«, spiele ich die Situation herunter, weil es mir unglaublich peinlich ist, dass mir so etwas bei meinem ersten Geschäftstermin passieren musste. Dann auch noch bei einem Objekt, das uns einiges an Provision einbringen könnte, wenn Mr Anderson den Vertrag unterschreibt.

Kühle Luft berührt meinen Rücken und ich fahre vor Schreck zusammen. Himmel, nein ... ich trage meinen cremefarbenen Cashmere-Pullover, der so weit ausgeschnitten ist, dass er nur die untere Hälfte meines Rückens bedeckt. Darüber habe ich heute Morgen gar nicht nachgedacht, da ich nun wirklich nicht vorhatte, meinen Blazer während des Termins auszuziehen.

Sofort spüre ich Wills Blicke von hinten auf meiner Haut und es ist mir unangenehm. Am liebsten würde ich mir den zerfetzten Blazer über die Schultern legen, aber das wäre absolut unprofessionell, also muss ich mich zusammenreißen.

Fiona gibt einen witzigen Spruch von sich. Der Lift hält an und sie läuft mit Mr Anderson hinaus. Weil sie sieht, dass Will seinen Blick kaum von meinen Rücken nehmen kann, ruft sie ihn ebenfalls herbei: »Kommen Sie, Will. Die Büroräume befinden sie gleich dort vorne am Ende des Gangs. Direkt an der Fensterfront. Der Ausblick wird Ihnen gefallen!«

Widerwillig läuft er an mir vorbei und wirft mir dabei einen aufdringlichen Blick zu. Ich möchte meine Augen schließen und tief durchatmen, doch er starrt mich immer noch an, obwohl er sich schon mehrere Schritte vor mir befindet.

Bitte nicht ... bitte lass ihn mich nicht an meiner Tätowierung erkannt haben. Warum nur habe ich heute kein Top angezogen, verdammt!

Nach Mias und Nicks Tod habe ich mir ihre Geburtsdaten in römischer Schrift auf meinem Rücken tätowieren lassen. Es ist nichts extrem Auffälliges und viele Frauen tragen diese Art von Verzierung als senkrechte Linie auf ihrer Wirbelsäule. Sollte Will mich erkannt haben, wird es an dem Tattoo in Kombination mit der auffälligen Narbe liegen, die sich seit meinem elften Lebensjahr auf meinem rechten Schulterblatt befindet. Ein Unfall damals an unserem Devil Rock.

Ich versuche, Haltung zu wahren, und mische mich ins Gespräch zwischen Fiona und Mr Anderson Senior. Wir beantworten ihm seine Fragen zu den Räumlichkeiten, führen ihn überall herum, doch Wills aufdringliches Interesse, das er an mir hat, ist jetzt kaum noch zu leugnen.

Als er sich unbeobachtet fühlt, kommt er mir von hinten näher, so nah, dass ich seinen Atem an meinem Nacken spüre.

»Ich glaube, heute ist mein Glückstag«, säuselt er leise, so dass nur ich es hören kann. »Wo hast du nur deine dunkelroten, hübschen Locken gelassen, Gypsy-Girl?«

Eine Eisschicht zieht sich schmerzhaft über meine Haut, meine Kehle verengt sich und jetzt weiß ich sicher, dass Will Anderson mich erkannt hat.

Das Schlimmste ist, dass es nicht das erste Mal ist, dass ich damit konfrontiert werde – mit diesem verdammten Video, das auf nicht jugendfreien Seiten kursiert. Es bringt mich heute erneut in eine unangenehme Situation. Verflucht, dabei ist es so lange her und ich war gerade mal neunzehn. Nicht mal mein Gesicht ist zu sehen, dafür aber all zu oft mein Rücken, die besagte Tätowierung und die offensichtliche und darüberliegende Narbe. Egal wie oft ich dieses Video melde, es findet immer wieder seinen Weg in die weite Welt des Internets. Warum musste sich dieser verdammte Blazer in diesem Lift verhaken.

Ich schenke ihm ein falsches Lächeln, straffe meine Schultern und sage: »Ich weiß nicht, wovon Sie sprechen, Mr Anderson.« Mein Ton ist höflich, seriös und so, wie ich zu jedem unserer Kunden spreche. Die Tatsache, dass ich ihn nicht mehr mit Will anspreche, wirkt sich sofort auf seinen enttäuschten Ausdruck aus.

»Ich wusste doch, dass mir dein Gesicht bekannt vorkommt. Jetzt weiß ich es sicher«, murmelt er in meine Richtung.

Was? Mein Gesicht? Das kann nicht sein.

Fiona und Mr Anderson Senior sind mittlerweile zum Vertraglichen übergegangen. So wie ich hören kann, sieht es gut aus und eine nette Provision flattert uns ins Haus.

Ich schaffe es nicht, angemessen auf Wills Kommentar zu reagieren, weil ich nicht weiß, wovon er spricht. Ich habe das Video ein einziges Mal angesehen, aber ich bin mir ganz sicher, dass mein Gesicht nicht darauf zu sehen war.

Weil ich Will Anderson nicht mehr beachte, stellt er sich enttäuscht neben seinen Vater. Wenn die Situation nicht so verzwickt wäre, würde ich gerne lachen. Er sieht aus wie ein Kind, dem etwas weggenommen wurde.

Ich bin froh, als der Termin endlich ein Ende findet, wir fahren zurück in unser Büro und verabschieden uns dort von den beiden Herren. Will Anderson hat kein Wort mehr gesprochen, zum Glück. Vermutlich geht er jetzt nach Hause, schaut sich das Video zum hundertsten Mal an und zieht sich dabei hoffentlich eine Sehnenscheidenentzündung in seiner rechten Hand zu.

Bevor Fiona wieder in ihrem Büro verschwindet, zeigt sie mir beide Daumen nach oben und schließt die Tür hinter sich.

Zum ersten Mal nach Stunden atme ich erleichtert aus. Seit sechs Monaten habe ich mir gewünscht, endlich mehr Verantwortung in meinem Job zu bekommen, solche Termine irgendwann allein wahrnehmen zu können – und das werde ich, das hat Fiona mir bereits zugesagt. Doch dieser Termin lief alles andere als grandios für mich. Nach der ersten Peinlichkeit mit dem Blazer folgte schon die zweite. Was, wenn Fiona gehört hätte, was Will zu mir gesagt hat? Ich weiß, dass mir so etwas nicht nochmal passieren würde. Bei kaum einem Outfit sieht man die Tätowierung und die Narbe auf einen Blick. Außerdem hat auch nicht jeder Typ auf diesem Planeten dieses verfluchte Sex-Video gesehen. Trotzdem geht mir Wills Kommentar nicht aus dem Kopf. Es beschäftigt mich so sehr, dass ich einen prüfenden Blick zu Fionas Bürotür werfe und mein Handy raushole. Ich muss noch einmal auf die Suche nach diesem verfluchten Video gehen. Auf derselben Seite wo ich es damals schon fand, erblicke ich es beim Eingeben des Titels auch heute sofort. Mein Magen verkrampft sich schmerzhaft, als ich es ohne Ton starte. Es erinnert mich zu sehr an damals und an die Zeit, zu der ich nie wieder zurück möchte. Doch ich muss mich vergewissern, dass ich darauf nicht zu erkennen bin. Habe ich damals etwas übersehen, als ich es zum ersten und letzten Mal sah?

Nach wenigen Minuten erkenne ich etwas und stoppe das Video an einer Stelle. Oh nein ... tatsächlich spiegelt sich mein Gesicht in einer Scheibe des Wohnzimmerschranks. Es ist nur beim genaueren Hinsehen zu erkennen aber, verflucht, wer auch immer dieses Video an dieser Stelle anhält, erkennt mich ohne Zweifel.

Wütend schließe ich die Seite und werfe mein Handy vor die Tastatur meines Schreibtisches. Wie konnte ich dieses wichtige Detail damals übersehen? Mit einem Mal fühle ich mich so schlecht, wie schon lange nicht mehr und in diesem Moment bin ich wütend und fühle mich erniedrigt zugleich.

Ich blicke auf das geöffnete Mail-Programm meines Rechners. Keine neue E-Mail von Adam. Schließlich schreibe ihm noch mal:

Nachtrag:
Lieber Adam,
hattest du auch schon mal das Gefühl, etwas so sehr zu wollen,

dass, wenn es so weit ist, du es gar nicht genießen kannst? Vielleicht weil du zu lange darauf gewartet hast? Oder vielleicht ... weil es sich plötzlich nicht mehr richtig anfühlt ...

Plötzlich stellst du fest, dass die Zeit zu schnell vergeht und du die Dinge nicht richtig wahrnehmen und erleben kannst. Der Alltag nimmt überhand und du verstehst nicht mehr, auf was es ankommt. Jemand, den ich kenne, sagte einmal, dass die Zeit für den einen immer genauso schnell vergeht wie für den anderen. Und, dass es keinen Unterschied macht, ob es schöne oder schlechte Ereignisse sind, die einen begleiten. Heute habe ich zugelassen, dass die schlechten Ereignisse doppelt so lange andauerten, wie die guten.

Warum ich dir das schreibe? Weil ich gerade meinen ersten Besichtigungstermin mit meiner Chefin hatte und ich seit einer gefühlten Ewigkeit darauf gewartet habe. Doch jetzt in diesem Moment fühlt es sich komisch und unwirklich an. Ich wünschte, ich könnte es besser wahrnehmen, doch dann sind da immer schlechte Ereignisse, die mich begleiten und mich runterziehen.

Ich habe so viele Dinge noch nie getan und dafür zu viele bereits getan. Verstehst du, was ich meine? Nein, ich verstehe selbst nicht genau, worauf ich hinauswill. Das ist auch nur halb so wild. Denn ich bin erst zweiundzwanzig Jahre alt und habe noch ein ganzes Leben vor mir. Ich kann noch so viele Dinge lernen und alles besser machen, wenn ich möchte.

Doch was, wenn ich die Zeit aus den Augen verliere? Was, wenn ich mich auf Dinge konzentriere, die am Ende meines Lebens gar nichts bedeuten?

Ich höre auf zu tippen und bin kurz davor die ganze E-Mail zu löschen. Doch vielleicht ist Adam der einzige Mensch, zu dem ich Kontakt habe, der mir etwas sagen kann, das mich aufbaut. Also tippe ich weiter.

Adam, ich kann es kaum erwarten, dich wieder zu sehen.
    Bis bald, deine Rune.

Ich schicke die E-Mail ab und atme tief durch, um mich wieder dem Stapel an Arbeit zuzuwenden, der die letzten zwei Stunden liegen geblieben ist.

Kapitel 9

30. Dezember 2014 – Las Vegas

Rune

Jubelnde Menschen, laute Musik, wummernde Bässe. Ich hörte alles und ich vergaß alles. Es war wie ein Rausch, in den ich hineingesogen wurde. Ich bewegte meinen Körper und musste tanzen. Das Brummen wurde lauter, die flackernden Lichter heller. Der Schweiß lief an meinem Körper hinab und drang in die Fasern meines dünnen Kleidchens. In dieser alten Lagerhalle war es heiß und die Hitze drückte sich bis hoch an die Decke. Die Luft war so dick, dass ich und die weiteren hundert Menschen hier drin kaum atmen konnten. Aber war das nicht egal? Keine vierundzwanzig Stunden mehr und das Jahr würde sich wieder einmal seinem Ende neigen. Ich hatte kaum Geld, ein notdürftiges Zimmer bei Leuten, wo ich übernachtete und niemanden, der mir etwas bedeutete. Was machte ich falsch in meinem Leben? Die Antwort war einfach: alles.

Jemand trat von hinten an mich heran, zum wiederholten Mal in dieser Nacht. Ein männlicher Duft stieg mir in die Nase und der starke Körper bewegte sich zum Takt der Musik und passte sich meinem Rhythmus an. Ich schloss meine

Augen und versuchte mir vorzustellen, wie dieser Jemand wohl aussehen könnte. Dunkles Haar, das ihm auf die Stirn fiel, ein strahlendes Lächeln. Dunkelblaue Augen und Lippen, die zum Küssen einluden. In meiner Fantasie war es immer dasselbe Bild.

Als ich mich umdrehte, erwartete mich ein ebenfalls dunkelhaariger Typ. Doch die Statur war stämmiger als in meiner Vorstellung. Er war kräftiger an den Armen und dadurch, dass er kein Shirt trug, sah ich sofort seinen stählernen Sixpack und die starke Brust, auf der sich ein paar kurze, schwarze Härchen verteilten.

Er lächelte und betrachtete mich von oben bis unten, während er weiter tanzte. »Hübsch, hübsch«, erahnte ich auf seinen Lippen, weil ich ihn bei dem Lärm sowieso nicht hören konnte.

Ich schenkte ihm kein Lächeln, weil ich sowieso vermutete, diese Geste verlernt zu haben. Er bekam auch keine Antwort von mir, warum auch. Stattdessen gab ich ihm das, auf was diese Aktion so oder so hinauslief. Meine Hände legten sich auf seine verschwitzte Brust. Ich näherte mich seinem Gesicht in einem verführerischen Tempo und küsste ihn. Der Kuss wurde sofort erwidert, gierig und ungestüm. Seine Hände packten mich an der Hüfte, er zog mich an sich, so nah, dass ich spürte, wohin das hier führen würde. Ich presste und rieb mich weiter an seinen Unterleib und gab ihm damit zu verstehen, dass wir keine Zeit verlieren mussten. Er verstand prompt, nahm meine Hand und zog mich von der Tanzfläche weg.

Ehe wir die Lagerhalle verließen, holten wir unsere Jacken von der Garderobe. Die Nächte im Dezember in Las Vegas konnten eisig sein.

Im Auto drehte er sofort die Heizung hoch und im Stillen fuhren wir keine zehn Minuten zu seiner Wohnung, die, genauso wie der Club, außerhalb des Zentrums lag.

Wie immer verbrachte ich meine Zeit lieber fernab vom Zentrum von Las Vegas, weil es mir zu laut, zu hell und zu viel war. Ich hatte siebzehn Jahre lang an einem lauten und leuchtenden Ort verbracht. Ich hatte genug davon, denn dorthin wollte ich nie wieder zurück. Ich verdiente einen Hungerlohn in einer Tankstelle und übernachtete bei dem Ehepaar, dem diese gehörte.

Der Typ, bei dem ich im Auto saß, wohnte offensichtlich allein. Seine Wohnung war klein, im Wohnzimmer sammelten sich allerhand Kartons und ich vermutete, dass er gerade erst eingezogen war. Er schien ein netter Typ zu sein, doch wir waren nicht hier, um Freundlichkeiten auszutauschen.

Kaum hatte er die Wohnungstür hinter sich geschlossen, lief ich gezielt auf ihn zu und ließ dabei die Jacke von meinen Schultern fallen. Ich sprang ihm auf die Hüften und er gab einen überraschten Ton von sich.

»Hey, Baby. Du gehst ja ran«, murmelte er zwischen meinen Küssen, doch es kümmerte mich nicht. Er ließ sich auf das Sofa hinter uns fallen, wo wir begannen uns intensiver zu küssen. Unsere Klamotten landeten ohne Umschweife auf dem Boden und alles, was ich ab dem Moment wahrnahm, waren Sätze wie: »Baby, du machst das richtig gut. Wow, wie alt bist du eigentlich? Hey, verrätst du mir, wie du heißt, bitte ... Baby ... ich komme gleich und würde deinen Namen gerne stöhnen, wenn ... *Oh, fuck* ... ich komme ...«

Genervt schüttelte ich den Kopf und setzte mich von seinem Schoß, während er das benutzte Kondom im Mülleimer der Küche entsorgte. Wenn dieser Typ dabei einfach nicht so viel geredet hätte, hätte ich vielleicht auch etwas vom Sex gehabt.

»Kleines, hey«, fing er an und setzte sich wieder neben mich. Dabei begann er meinen Nacken zu küssen, was ich zuließ. »Ich hoffe, du weißt, dass das nur der Anfang war ...«

Ich verdrehte die Augen. »Wohl kaum«, entgegnete ich ihm nur und stand auf. Doch er hielt mich an meinem Handgelenk fest, was dazu führte, dass mein Blick wieder auf ihn fiel. Auf ihn und seinen Freund da unten, der sich tatsächlich erneut aufrichtete. Der Typ merkte sofort, dass er damit mein Interesse weckte.

»Ich sagte doch ... das war nur der Anfang. Baby, du bist richtig gut ... Sag mir, wie alt du bist«, fragte er mich noch mal.

»Ich bin heute einundzwanzig geworden.«

Schmunzelnd schüttelte er den Kopf. »Du hast heute Geburtstag? Na, dann *Happy Birthday*. Aber sag mir die Wahrheit, Kleines. Wie alt bist du wirklich? Du siehst jünger aus als einundzwanzig.«

Ich war immer noch nackt und seine hungrigen Blicke verrieten mir, dass er gleich mit Runde zwei weitermachen wollte.

»Ist das so wichtig?«, fragte ich nüchtern.

Er zuckte mit den Schultern. »Na ja, du bist ziemlich heiß und ich wette, dass du Dinge machst, die andere Mädchen in deinem Alter nicht machen. Du bist hübsch auf eine verruchte Art und Weise. Deine dunkelroten und langen Locken sind der Wahnsinn. Ich hätte einen Vorschlag für dich.«

Ich hob meine Augenbrauen und fragte mich abermals, warum dieser Kerl so viel reden musste. Wenn das ein Kompliment sein sollte, war es ein sehr zweifelhaftes. Konnten wir es nicht einfach noch einmal tun, damit ich versuchen könnte, auf meine Kosten zu kommen, um gleich wieder von hier zu verschwinden?

»Also, pass auf und flipp bitte nicht gleich aus, wenn ich das jetzt sage«, er zog mich nun zu sich, so dass ich zurück auf das Sofa plumpste. »Ich hätte richtig Lust uns beim Vögeln zu filmen. Ich würde die Kamera gleich hier vorne aufstellen und das Bild auf den Fernseher übertragen. Und ich verspreche dir, dass man dein Gesicht nicht sehen wird. Ich verspreche es dir hoch und heilig! Wenn du dich selbst davon überzeugen möchtest, schaust du einfach in den Fernseher. Ich sorge dafür, dass wir immer so positioniert sind, dass unsere Gesichter über das Aufnahmebild hinausragen.«

»Was willst du mit dem Video dann machen, mh? Dir

jeden Tag darauf einen runterholen?«, fragte ich teilnahmslos und sah ihm sofort an, dass das nicht die Art von Reaktion war, die er erwartet hatte.

»Fuck, ich mag dich wirklich. Ich erzähle dir gerade, dass ich uns beim Sex filmen möchte und das ist deine erste Frage?« Er grinste verschmitzt. »Okay. Eventuell würde ich es auf ein paar Seiten hochladen, weil ich von einem Kumpel weiß, dass man sich damit ein paar Dollar verdienen kann. Das heißt, dass für dich natürlich auch was rausspringt.«

Ich hob eine Augenbraue und wurde hellhörig. »Wie viel?«

»Ich würde dir fünfhundert Dollar im Voraus zahlen.«

»Zweitausend«, entgegnete ich sofort. Das würde er eh niemals bezahlen, aber ein Versuch war es wert.

Er lachte laut und losgelöst. »Weil du heute Geburtstag hast, gebe ich dir zwölfhundert, das ist alles, was ich gerade hier habe. Wenn du mehr willst, gib mir deine Bankdaten und ich überweise dir was, sollte jemals mehr rausspringen.«

Ich könnte dem Typen mit einer Vase eins über den Schädel ziehen, wenn ich wüsste, wo sich das Geld befindet und damit einfach abhauen. Eintausendzweihundert Dollar wären so viel, dass ich mir ein Busticket und eine Unterkunft weit weg von hier leisten könnte. Ich konnte nicht länger in Nevada bleiben.

»Sehe ich so aus, als hätte ich ein verdammtes Bankkonto? Lass es uns hinter uns bringen. Vorher zeigst du mir aber, dass du wirklich welches hast«, entgegnete ich ihm scharf und er stand sofort auf, um es aus einem Karton über seinem

Kühlschrank zu holen. Jetzt wäre der Moment, in dem ich ihm wirklich eins überziehen könnte. Tat ich aber nicht. Schließlich war ich nicht des Geldes wegen mit ihm hergekommen. Doch jetzt, als ich die Scheine vor mir liegen sah, hatte sich der Abend vielleicht wirklich gelohnt. Einen komischen Beigeschmack hatte diese Geldsache schon. Aber darüber würde ich jetzt nicht nachdenken.

Er kam mir näher und begann mich zu küssen, diesmal zärtlicher und einfühlsamer. Kurz zuvor hatte er die Kamera eingeschaltet und ich sah unsere nackten Körper auf seinem großen Flachbildschirm. Es war eine Ewigkeit her, dass ich mich selbst so lange betrachtet hatte, vor allem nackt. Ich konnte gar nicht wegsehen und stellte fest, dass, obwohl ich einiges an Gewicht verloren hatte, meine Brüste immerhin noch voll und rundlich waren. Straff und eigentlich hübsch. Mein Po hingegen hatte nicht mehr die Rundungen, die er früher einmal hatte, doch ich wusste, dass die Männer trotzdem drauf abfuhren.

Auch wenn es abgefahren und komisch war, uns beim Sex zuzusehen, fühlte ich mich für einen kurzen Moment attraktiv und anziehend. Der Typ, wie auch immer er hieß, hielt sein Versprechen. Manchmal nahm er die Kamera in die Hand, um die Perspektive zu ändern, doch er achtete stets darauf, dass unsere Gesichter nicht zu erkennen waren.

Irgendwann vergaß ich die Kamera, ließ mich treiben, war im Hier und Jetzt gefangen und konnte diese surreale Situation sogar genießen. Es geschah das Unfassbare. Ich ließ mich fallen. Es fühlte sich falsch an aber auf eine verquere Art und Weise gut.

Wenig später gab mir der Typ das Geld und nannte mir ein paar Seiten, auf denen er das Video hochladen würde. Er würde es »Happy Birthday, Gypsy-Girl« nennen. *Gypsy-Girl*, dachte ich mir – er war nicht der Erste, der mein Aussehen mit diesem Namen assoziierte. Ich zuckte daraufhin nur mit den Schultern, sagte, »was auch immer«, zog mich an und ließ mich von ihm zur nächsten Bushaltestelle fahren. Wir sahen uns nie wieder.

Kapitel 10

Juni 2018 – Irgendwo auf dem Pazifik

Adam

»Kann es sein, dass mein bester Freund gerade zweigleisig fährt?«, nuschelt mir Kev von der Seite ins Ohr, während ich versuche, mich auf das Ergebnis unter dem Mikroskop zu konzentrieren. Das versuche ich schon seit guten fünfzehn Minuten, doch Kev lässt mich nicht.

»Halt jetzt bitte deine Klappe, Kev«, entgegne ich ihm leise und schaue weiterhin auf das Ergebnis der Proben, die wir vorhin unter Wasser genommen haben.

Immer wieder stellt er solche Fragen, möchte wissen, was los ist und warum ich so ein großes Geheimnis aus allem mache. Alles was er weiß, ist, dass ich seit zwei Wochen mit Rune regelmäßig per E-Mail in Kontakt bin und fast täglich mit Sarah telefoniere.

»Rune und Adam, Adam und Sarah«, murmelt er und wackelt mit seinem Kopf hin und her.

»Kev, lass gut sein.«

»Ich würde es einfach gerne verstehen«, beharrt er weiter und ich lasse das Mikroskop schließlich los und lehne mich auf meinem Stuhl zurück, um ihn anzusehen.

»Was denn? Was würdest du gerne verstehen?«, frage ich fast schon genervt.

»Erstens, was ist so wichtig, dass dich deine Ex-Freundin andauernd anruft? Und zweitens, was ist mit Rune?«

Herrgott. Wie sollte ich ihm etwas erklären, das ich selbst nicht wirklich verstand. Ich meine ja, Sarah ruft mich immer noch oft an. Wir sprechen miteinander, wann immer es die Zeitumstellung zulässt und das WLAN Netz nicht gerade streikt. Sie ist gerade in ihr neues Studentenwohnheim gezogen, hat dort noch niemanden gefunden, mit dem sie reden kann und ruft mich eben oft an. Wir haben uns getrennt aber irgendwie, denkt sie, wir könnten Freunde bleiben. Anfangs dachte ich das auch. Doch sie sucht mittlerweile fast täglich den Kontakt zu mir und ich frage mich langsam, ob das alles richtig ist.

»Sarah braucht jemanden zum Reden, das ist alles. Sobald sie sich besser eingelebt hat, werden die Anrufe wieder nachlassen«, erkläre ich.

»Und Rune?«

Rune. Ich denke an sie Tag und Nacht. Immer, wenn ich einen Moment für mich habe und kurz durchatmen kann. Jedes Mal, wenn ich endlich dazu komme, meinen privaten Laptop hochzufahren, um meine E-Mails zu checken, ist da eine neue Nachricht von ihr. Sie antwortet mir fast noch im selben Moment, wenn ich die E-Mail abschicke. Manchmal nehme ich mir vor, auf ihre Antwort zu warten, um ihr gleich nochmals zu schreiben. Doch meistens kommt mir etwas dazwischen oder Sarah ruft mich an.

Gleich zu Beginn unseres Forschungstrips habe ich Kev erzählt, wann und wie ich Rune damals kennengelernt habe. Den wahren Grund jedoch, warum wir uns fünf Jahre nicht mehr sahen, erzählte ich ihm nicht. Er hat sehr wohl gemerkt, dass mir sehr viel an ihr liegt und wie wichtig sie mir immer noch ist. Ich kann ihm nichts vormachen, das konnte ich noch nie.

»Und Rune«, beginne ich ihm auf seine Frage zu antworten, »auf sie freue ich mich am meisten, wenn wir wieder an Land sind ...«

»Wow, Mann. In so einem Ton habe ich dich nie über Sarah schwärmen hören.«

Ich verdrehe die Augen und hoffe, dass er mein Schmunzeln nicht sieht. »Wir müssen die Ergebnisse in einer Stunde abliefern. Also halt dich ran und hör auf mich von der Arbeit abzulenken«, gebe ich nun zurück und mache mich wieder ans Analysieren.

»Schon gut, Mann«, gibt Kev für den Moment auf und stellt sich mit seinem Laptop neben mich, wo er die Ergebnisse gleich eintragen kann.

Nach getaner Arbeit fahre ich meinen Laptop hoch und lasse mein Handy auf lautlos. Sofort blinken gleich zwei E-Mails von Rune auf und ich freue mich wie ein Teenager. Ihre erste E-Mail ist witzig und gedanklich überlege ich mir schon, was ich antworten könnte. Doch bevor ich das tue, lese ich ihre zweite Mail. Obwohl ich ihre Worte nur lese und nicht höre, weiß ich sofort, dass etwas nicht stimmt. Ich lese ihre Worte wieder und immer wieder und ich verstehe nicht, was sie mir sagen möchte. Mir wird klar, dass sie mit jemandem reden muss und dass dieser Jemand ich sein werde. Ich nehme mein Handy in die Hand und wähle sofort ihre Nummer. Es ist spät, doch vielleicht ist sie um diese Uhrzeit noch wach.

Es klingelt etwas länger und fast denke ich, dass mich gleich ihre Mailbox empfängt, doch dann höre ich tatsächlich ihre verschlafene Stimme: »Adam?«

Sie sagt meinen Namen, ein einfaches Wort, vier Buchstaben und das nicht einmal laut, doch ich bin hin und weg. Sofort habe ich das dringende Bedürfnis, sie in meine Arme zu schließen und sie so fest an mich zu drücken wie ich nur kann.

»Rune, ich habe gerade deine E-Mails gelesen. Ist alles okay?«

Sie räuspert sich kurz. »Ja. Entschuldige. Ich war heute Mittag so verwirrt wegen dieses Termins. Er lief nicht wie gehofft.«

»Geht es dir denn gut?«

»Ja, alles in Ordnung. Es geht mir gut. Wirklich.«

Ich denke an das, was sie mir geschrieben hat, dass sie sich wünschte, ich wäre nicht so unglaublich weit weg und der nächste Satz ist unausweichlich. »Bitte komm mich besuchen, Rune. Hier auf dem Schiff. Ich kümmere mich um deine Anreise und kann mir bestimmt ein bisschen freinehmen. Manchmal haben wir auch so etwas wie ein

Wochenende. Was eigentlich kein richtiges Wochenende ist, weil wir sowieso nichts tun können, außer aufs weite Meer zu starren. Aber wenn du hier wärst, könnten wir das gemeinsam tun. Und vielleicht lässt uns Kev auch in Ruhe - wenn wir Glück haben. Selbst wenn nicht, es kann auch manchmal ganz lustig mit ihm sein. Vor allem wenn man sonst kaum andere Gesprächspartner hat außer den Männern, die hier auf dem Schiff arbeiten und kaum ein Wort mit uns sprechen.« Ich rede tatsächlich wie ein Wasserfall und hole dabei kaum einmal Luft. »Rune, bist du noch dran?«

»Ich soll dich auf dem Schiff besuchen kommen? Wann und vor allem, wie?«

Sie hat nicht gleich Nein gesagt, also denkt sie darüber nach. »Sobald du es dir einrichten kannst. Vielleicht an einem Wochenende? So musst du dir nicht extra freinehmen und auch ich kann es mir einrichten.«

Ich denke daran, dass sie in ihrer E-Mail auch geschrieben hat, dass sie es kaum erwarten kann, mich wieder zu sehen, und ich bete innerlich, dass sie Ja sagt und wir nicht weitere sechs Wochen warten müssen, bis wir uns wieder in die Arme schließen können.

»Und wie soll ich dahin kommen?«

»Ich kümmere mich um alles. Du musst nur irgendwie nach Santa Barbara kommen, von dort aus spreche ich mit ein paar unserer Leute, die andauernd hier im Gewässer unterwegs sind und dich zu unserem Schiff bringen können.«

Sie denkt tatsächlich darüber nach, und nach einer gefühlten Ewigkeit antwortet sie mir. »*Ich denke, dass ich es mir dieses Wochenende einrichten kann, ist das okay? Gleich morgen früh schaue ich nach einem Zugticket nach Santa Barbara.*«

Gott, ja! Ich möchte aufspringen vor Freude und laut schreien. »Ja! Ja, das ist großartig! Und ich melde mich bei dir, wie es ab Santa Barbara weitergeht!«

Jetzt höre ich, wie sie still ins Telefon lacht und mir sagt, dass sie sich freut. Ich freue mich ebenso und kann es kaum glauben, dass ich sie in wenigen Tagen schon sehen werde. Kurz bevor wir auflegen, höre ich ein: »*Und Adam?*«

»Ja, Rune?«

»*Ich war auch noch niemals auf einem Schiff.*«

»Dann freue ich mich, dich dabei zu begleiten«, antworte ich lächelnd, bevor wir den Anruf beenden.

Ich sitze da, grinse wie ein Honigkuchenpferd und kann mein Glück nicht fassen. Meine Vorfreude steigt ins Unermessliche und in meinen Gedanken sehe ich nur noch Rune vor mir. Ich bin so abgelenkt, dass ich das Vibrieren meines Handys zu spät wahrnehme. Kurz habe ich noch gesehen, dass Sarah angerufen hat, doch als ich es merke, ist ihr Name schon verschwunden, weil ihr Anruf an die Mailbox weitergeleitet wurde. Ich denke nicht weiter darüber nach und auch das übliche schlechte Gewissen bleibt diesmal aus.

Alles was jetzt zählt, ist Rune und dass wir uns in wenigen Tagen schon wieder sehen werden.

Kapitel 11

Rune

Die Strecke mit dem Zug von San Diego nach Santa Barbara ist einmalig. Es ist nicht das erste Mal, dass ich mit dem *Surfliner* fahre. Unzählige Male bin ich damit schon gereist, auch damals, als ich nach San Luis Obispo gefahren bin, in der Hoffnung, Adam dort anzutreffen.

Ich habe mir diesen Freitag freigenommen, denn die Fahrt dauert, ohne Umsteigen, fast sechs Stunden. Die Strecke ist traumhaft und ich starre Stunden aus dem Fenster und träume vor mich hin. Ich sehe das Meer, an dem der Zug vorbeisaust, den weiten Ozean, von dem Adam immer geschwärmt hat. All die Jahre habe ich ihn immer vor mir gesehen und an seine Worte gedacht, die er damals zu mir sagte. *Diese Unendlichkeit des Wassers setzt Gefühle in mir frei, die ich nicht beschreiben kann. Bevor ich mich verliere, helfen mir die Wellen zur Ruhe zu kommen, und wenn ich lange genug hier sitze, finde ich zwar nicht immer alle Antworten, doch ich vergesse die Fragen. Und das sind mit Abstand die besten Schmetterlinge, die man spüren kann, oder nicht?*

Ja, das sind sie tatsächlich. Wenn ich mich die letzten Jahre allein gefühlt habe und alles ausweglos schien, habe ich am Wasser immer meinen Frieden gefunden. Gedanklich war Adam immer bei mir. Er war der Mensch, den ich als letztes sehen wollte und gleichzeitig am meisten vermisste. Ich habe ihn angelogen, im Balboa Park, als wir angefangen haben, von früher zu sprechen. Ich sagte ihm, dass ich an einem Abend die zwei wichtigsten Menschen verloren habe, die mir jemals etwas bedeutet haben. Das stimmte nicht, denn es waren drei Menschen, die ich verlor. Der Tag, an dem ich mich gegen Adam entschied, war der schwerste meines Lebens. Denn Adam ist am Leben, verdammt. Er ist real und kein Phantom aus meiner Erinnerung so wie Nick und Mia, die ich damals überall sah, weil sie sich in meinen Gedanken verewigt hatten. Damals dachte ich, ihre Geister ruhen lassen zu können, wenn ich mich gegen Adam entschied. Doch so war es nicht. Es wurde schlimmer und ich schottete mich mehr und mehr ab. Manchmal vergingen Tage, oder sogar Wochen, in denen ich mit keinem einzigen Menschen sprach. Kein *Guten Tag*, kein *auf Wiedersehen*, gar nichts. Weil da auch niemand war, mit dem ich reden wollte.

Mich gegen meinen Vater zu entscheiden fiel mir nicht schwer, da er mir jetzt nicht mehr nur die Schuld am Tod meiner Mutter, sondern auch an dem seines einzigen Sohnes geben konnte. Dass ich somit auch Zauberer Augustus, die Zwillinge und Mias Eltern nie wiedersehen werde, ist ein Übel, das ich akzeptieren muss. Ich will meinem Vater nie wieder vor die Augen treten, das habe ich mir geschworen. Ich habe mich all die Jahre so einsam und allein gefühlt. Und traurig, unfassbar traurig. Doch ich habe mich dafür entschieden, vielleicht weil ich dafür büßen wollte, weil ich mich genauso verantwortlich für ihren Tod fühle. Ich dachte immer, dass die Zeit meine Wunden niemals heilen würde, aber ich brauchte Zeit. Augustus hatte recht. Denn nicht nur die schöne Zeit vergeht wie im Flug, sondern auch die schlechte. Vielleicht nicht im Flug, doch sie vergeht – immer.

Mit Adam zurück in meinem Leben, bin ich bereit nach vorne zu blicken und die alten Wunden heilen zu lassen. Ich möchte im Hier und Jetzt leben und nicht mehr zurückblicken, das habe ich mir vorgenommen. Dass ich dabei ungern über die Vergangenheit spreche, ist etwas, das ich nicht ändern kann.

In Santa Barbara nehme ich den Bus zum vereinbarten Treffpunkt am Hafen.

»Rune Gibson?«, fragt mich der Typ mit dem karierten Holzfällerhemd, auf den ich zugehe, weil er genauso aussieht, wie Adam ihn beschrieben hat.

Ich nicke freundlich und er erklärt, dass wir noch vor dem Einbruch der Dämmerung am Forschungsschiff ankommen sollten, auf dem Adam und Kev sich seit zwei Wochen befinden. Die Überfahrt wird nochmals drei Stunden dauern, doch wir liegen gut in der Zeit, sagt er.

Sobald wir an Bord sind und das Boot in einem schnellen Tempo losfährt, entfernt sich der Horizont immer mehr und ist bald nur noch zu erahnen, bis er gar nicht mehr zu erkennen ist. Ich ziehe den Reißverschluss meiner Jacke weiter zu und spüre bereits, wie meine Haare durch den Wind der

Meeresluft wellig werden. Heute ist es mir egal.

Die Sonne befindet sich noch über dem Horizont und die Farben des Himmels über uns sind atemberaubend. Wie die Blautöne über uns ineinanderfließen und sich vor uns deutlich ins Orange abzeichnen, ist einfach herrlich. Ich lehne mich über die Reling und genieße den Anblick. Gleichzeitig ziehe ich mir meine Kapuze über den Kopf, da der Wind nicht nur stärker, sondern auch kühler wird. Die Böen wirken befreiend und obwohl der Kapitän mir schon mehr als einmal angeboten hat, ich könne hineingehen, möchte ich diese reine Luft und das einmalige Bild, das sich mir bietet, auf keinen Fall verpassen.

Tatsächlich haben wir nach drei Stunden das Forschungsschiff erreicht. Es ist größer, als ich es mir vorgestellt habe. Das dunkelrot an den Seiten des unteren Rumpfs sticht einem sofort entgegen. Das Oberdeck und die Aufbauten sind strahlend weiß und der Schornstein im hinteren Drittel marineblau. Der Kapitän des Boots begleitet mich an Deck des Schiffs, wo mich Adam und Kev bereits erwarten. Mir fliegen meine Haare um die Ohren, verschleiern mir die Sicht, doch ich kann Adams zufriedenes Lächeln nur zu genau erkennen. Ein anderer Seemann des Schiffes wechselt noch ein paar Worte mit dem Kapitän und transportiert ein paar Kisten hin und her. Ich halte meine Tasche fest und stehe wie angewurzelt da. Die Tatsache, dass ich hier bin, überwältigt mich. Die Überfahrt und die frische Meeresluft haben mich beflügelt und ich fühle mich wie ein neuer Mensch.

Endlich macht Adam ein paar Schritte auf mich zu, wird immer schneller bis er mich in seine Arme schließt und festhält. Meine Füße lösen sich vom Boden, weil er mich hochhebt und uns einmal dreht. Ich muss lachen, nehme alles in mich auf, seinen Geruch, seine starke Umarmung und wie wohl ich mich dabei fühle. Ich habe absolut keine Ahnung, wo ich hier bin, irgendwo im Nirgendwo, doch noch nie habe ich mich so Zuhause gefühlt wie jetzt. Adam ist mein Zuhause und das wird er auch immer sein, das wird mir jetzt wieder bewusst.

Kev kommt jetzt ebenfalls auf uns zu, während Adam mich wieder auf meine Füße stellt.

»Ihr zwei könnt so von Glück reden, dass mein Opa diese Expedition leitet. Ansonsten wären wir alle einen Kopf kürzer«, sagt er mit erhobenem Zeigefinger. Sein Gesicht ist ernst und so kenne ich ihn tatsächlich noch nicht. Doch als er mich ansieht, lächelt er sofort. »Schön, dass du da bist, Rune.« Auch er gibt mir eine kurze Umarmung und streicht mir über den Arm.

Er nimmt mir meine Tasche von der Schulter und ohne uns nochmals anzusehen, läuft er davon und ruft: »In einer Stunde gibt es Abendessen. Seid pünktlich.«

Als er verschwunden ist, sehe ich Adam wieder an. »Sein Opa leitet diese Expedition?«

Er nickt. »Ja. Er leitet nicht nur die Expedition, sondern das ganze Unternehmen, für das wir forschen. Wäre dem nicht so, dürftest du gar nicht hier sein. Darfst du auch so nicht, aber Kev hat solange auf ihn eingeredet, bis er sich weichklopfen ließ.«

Ich schlucke kurz. »Ich möchte euch keine Probleme bereiten.«

»Es könnte sein, dass Kevin das noch häufiger erwähnen wird, aber glaube mir, für meine Spontanität habe ich schon genug Buße geleistet.«

Vielleicht sollte ich mir darüber Gedanken machen, weil ich wieder diejenige bin, die Adam in Schwierigkeiten bringen könnte. Doch heute ist es mir egal, denn ich habe noch nie jemanden so sehr herbeigesehnt wie ihn. Ich kann nicht glauben, wie sehr ich ihn in diesen letzten zwei Wochen vermisst habe. Ist es überhaupt möglich, so viel Sehnsucht zu empfinden? Umso länger ich seine warme Haut auf meiner spüre, den kräftigen Griff seiner Finger an meiner Hand, umso mehr muss ich feststellen, dass es nicht nur eine emotionale Sehnsucht ist, sondern genauso auch eine körperliche. Plötzlich reicht mir seine Hand nicht, ich muss ihn mehr spüren. Am liebsten überall auf meinem Körper.

Obwohl wir gerade losgegangen sind, weil er mich auf dem Schiff herumführen möchte, drehe ich mich zu ihm, halte ihn fest und schmiege mich an ihn. Meine Hände finden den Weg zu seinem Nacken, wo ich ihn berühre und ihm in die Augen blicke. Weil ich heute nur Turnschuhe trage, ist er wieder riesig. Ich bewege meine Finger zu seinen Schultern, gehe auf die Zehenspitzen und küsse ihn sofort. Nicht sanft, sondern fordernd und auch deutlich intensiver als vor zwei

Wochen. Ich kann mich nicht dagegen wehren, seine Anziehungskraft auf mich ist fast magisch. Adam scheint ganz ähnlich zu empfinden, denn er zieht mich fest an sich und stöhnt beinahe, während wir uns nicht voneinander lösen können. »Rune ...«, murmelt er und küsst mich wieder, »Rune, ich habe ...«, wieder gleiten unsere Lippen aneinander, »ich habe ... dich so vermisst.«

Ich bin überfordert, ziellos, verwirrt und überglücklich zugleich. Ich habe das Gefühl, dass wir beide in diesem Moment genau dasselbe empfinden und ich möchte mehr, so viel mehr davon.

Widerwillig hört Adam auf, mich zu küssen, und läuft los, er rennt beinahe. Er zieht mich hinter sich her und ziemlich bald führt der Weg uns ins Innere des Schiffs. Wir befinden uns in einem dunklen, schmalen Gang, wo er vor einer der Türen Halt macht. Nur mit seinem Fuß stößt er sie auf und zieht mich in die Kabine hinein. Es muss sich um seine Kabine handeln, denn hier sehe ich im Augenwinkel meine Tasche auf dem Boden liegen, die Kev hierher gebracht haben muss. Sofort treffen seine hungrigen Lippen wieder auf meine. Er drückt mich mit seinem ganzen Gewicht gegen die Tür, die er mit einer fließenden Bewegung abschließt.

Sofort beginne ich ihm seinen dicken Pullover über den Kopf zu ziehen, während er mir meine Jacke von den Schultern reißt und ungeduldig die Knöpfe meiner Bluse öffnet.

Zwischen hektischen Küssen und unausgesprochenen Worten ziehen wir uns aus. Vollständig nackt stehen wir hier, das Licht seiner Kabine leuchtet auf uns herab und ich betrachte ihn genauso wie er mich. In diesem Moment, in dieser Stille, wecken seine Blicke Begehrlichkeiten in mir und ich hoffe meine in ihm. Neugierde blitzt mir entgegen und auch ich frage mich, wie sehr wir uns verändert haben. Wird es sich anders anfühlen als damals?

In Adams Blick sehe ich Begierde, wie ich sie sonst auch bei anderen Männern gesehen habe. Dennoch ist es anders, denn die Art wie er mich ansieht, macht so viel mehr mit mir als jemals etwas zuvor. Sein Blick ist sanft und vertraut zugleich.

»Ich kann nicht glauben, dass du vor mir stehst«, flüstert er.

Er steht fast einen Meter von mir entfernt, ich erschaudere. Es ist kaum zu glauben, dass wir es aushalten, diese wenigen Minuten die Finger voneinander zu lassen.

»Nackt«, äußere ich leise und beiße mir auf die Unterlippe, »genauso wie du.«

Er lächelt schelmisch, hebt charmant einen Mundwinkel und macht einen Schritt auf mich zu. Nur Millimeter sind unsere Körper nun voneinander entfernt und ich spüre die Hitze, die er ausstrahlt. Dieselbe, die auch ich ausstrahle.

Er hebt seine Hand und streichelt über mein Gesicht, legt eine Strähne hinter mein Ohr und umfasst mein Kinn mit seinem Daumen.

»Du bist wunderschön, Rune. Du warst es schon immer und du wirst es immer sein. Für mich wirst du immer das hübscheste Mädchen sein, das mir jemals begegnet ist.«

Mein Herz poltert mir fast aus der Brust. Die Leidenschaft, die wir gerade noch verspürten, als wir diesen engen Raum betreten haben, hat sich in ruhige Vollkommenheit verwandelt. Wir sind vollkommen, wir waren es schon immer. Rune und Adam, Adam und Rune. Das sind wir und das werden wir immer sein.

Langsam streicheln seine Finger meinen Hals, wandern hinab über mein Schlüsselbein und erreichen meine Brüste, die er mit beiden Händen umfasst. Sein Brustkorb hebt und senkt sich schneller, er ist ebenso erregt wie ich.

Sein nächster Kuss ist weich und warm, doch schon in der nächsten Sekunde, als unsere nackten Körper sich berühren, spüre ich wieder den Drang ihn zu berühren und die Erregung in mir. Unser Kuss wird stürmischer, genauso wie die Bewegungen seines Unterleibs gegen meinen Körper. Energisch greift er nach meinem Handgelenk und zieht mich zu seiner Schlafkoje.

Wir verschwenden keine Zeit damit, das Licht auszuschalten, warum sollten wir auch. Ich muss Adam spüren, ich möchte ihn schmecken und ihn dabei sehen. Ich möchte alles von ihm und mir jede Einzelheit einprägen: Jedes Wort und jedes noch so wertvolle Gefühl, das er mir beschert.

Immer wieder verbinden sich unsere Lippen zu verheißungsvollen Küssen und unsere Finger verschränken sich ineinander, während wir uns lieben. Seine körperliche Nähe ist das, worauf ich all die Jahre gewartet habe. Endlich sind wir eins.

In dieser kleinen Kabine, in einem Schiff mitten auf dem Ozean, ist es anders als damals. Es ist vollkommener. Wir sind stürmischer, leidenschaftlicher und erwachsener. Egal was in den letzten Jahren geschehen ist, in dieser einen Hinsicht sind wir frei von Unsicherheiten und Sorgen. Wir sind perfekt.

Kapitel 12

Adam

Runes Gesicht ruht auf meiner Brust und ich lausche ihrem Atem. Fassungslos schüttle ich den Kopf, weil sie bei mir liegt – einfach so, als wären wir nie voneinander getrennt gewesen. All die Jahre habe ich mich nach ihr gesehnt, von ihr geträumt, um nassgeschwitzt aus meinen Träumen zu erwachen und festzustellen, dass sie einfach nicht mehr da war.

Doch hier ist sie, in meinen Armen und ich fühle mich unbesiegbar.

Sie kichert und hebt ihren Kopf, um mich anzusehen. »Alles okay?«

Erstaunt sehe ich sie an. »Okay?«

Sie lacht und vergräbt ihr Gesicht neben dem Kissen, auf dem wir liegen.

»Du fragst ernsthaft, ob alles okay ist? Großer Gott, Rune, das war ...«

Auf einmal schreckt sie hoch. »Wie viel Uhr ist es? Sollten wir nicht schon längst beim Abendessen sein? Kev wartet bestimmt schon auf uns und ...«, weiter spricht sie nicht, da ich ihr meine Finger auf den Mund lege.

»Nicht. Wenn du so laut sprichst, könnte er uns hören, falls er vorbeikommt. So denkt er vielleicht, wir sind eingeschlafen«, flüstere ich jetzt.

Rune kichert und ihr Magen beginnt zu grummeln. Sie hat sicherlich Hunger, nachdem sie den ganzen Tag im Zug und anschließend auf dem Schiff verbracht hat.

Ich schaue sie an. »Wegen mir könnten wir für immer hier liegen bleiben, aber du solltest etwas essen.«

»Vielleicht habe ich wirklich ein bisschen Hunger«, gibt sie schulterzuckend zu.

Wir beschließen, zu gehen, auch wegen Kev, denn die Tage hier an Bord sind sowieso trist und einsam. Wenn Kev jetzt sogar beim Essen alleine sitzen muss, weil die anderen Seemänner sowieso zu beschäftigt sind, wäre das wirklich nicht die feine Art. Außerdem habe ich ihm zu verdanken, dass Rune jetzt hier ist.

Wir ziehen uns an, ihre Augen leuchten immer wieder, wenn sie mich ansieht, und gemeinsam gehen wir schließlich zur Kantine. Kev sitzt tatsächlich mutterseelenallein an einem Tisch, an dem mindestens zwölf Personen Platz hätten. Er beobachtet uns eingehend, während wir auf ihn zugehen.

»Ganz schön frech von euch, mich hier eine Stunde warten zu lassen«, ruft er uns auf halbem Wege schon entgegen. Ist es wirklich schon so spät? Er klingt etwas gehässig.

»Entschuldige, Kev. Wir haben die Zeit ganz aus den Augen verloren.«

Er räuspert sich. »Schien ja ... wichtig gewesen zu sein«, murmelt er scherzend und lässt aber im nächsten Moment schon wieder gut sein. »Es gibt Bohneneintopf, oh Wunder.«

Ich bitte Rune, schon einmal Platz zu nehmen und gehe mit Kev nach vorne, um unser Essen zu holen. Da ich weiß, dass der Bohneneintopf nicht vegetarisch ist, nehme ich noch ein paar Scheiben Brot, Butter und Käse und auch etwas Rührei, das es hier abends immer gibt, damit Rune etwas Warmes im Magen hat.

Kev sieht mich komisch von der Seite an, als wollte er etwas sagen. Immer wieder sieht er zu Rune, um sich zu vergewissern, dass sie noch am Platz sitzt.

»Sie isst vegetarisch«, erkläre ich.

»Hat sich Jonny mal bei dir gemeldet?«, fragt er schließlich.

»Jonny? Warum Jonny?«

»Ach, nur so.«

Ich schnaufe genervt. »Sag, was ist los?«

Kev antwortet nicht.

»Es ist wieder wegen des Geldes, oder?«, frage ich.

»Nein, nein. Darum geht es nicht, meine Güte. Sobald ich über Jonny rede, denkst du immer, es geht um das Geld. Nein, darum geht es nicht. Hast du eigentlich auch noch was anderes im Kopf?«, fragt er schon fast genervt.

»Jonny ist mir momentan nur in dieser Hinsicht eine Hilfe, also ja, wenn du von Jonny redest, denke ich automatisch an das Geld und alles, was damit zusammenhängt«, antworte ich und möchte mich auf den Weg zurück zu Rune machen.

»Es geht nicht um das Geld, sondern um Rune«, sagt er jetzt eindringlich, doch nach wie vor leise, damit sie ihn nicht hört.

»Es geht um Jonny und Rune?«

»Ja, nein«, nervös blickt er sich um, »nein. Nicht wirklich. Es ist nur ...«

Ich habe Hunger und auch Rune sieht jetzt zu uns herüber. »Sprich mit mir, wenn du wieder dazu in der Lage bist.«

Für so einen Kindergarten habe ich absolut kein Nerv, schon gar nicht auf leeren Magen.

Zurück am Tisch bedankt sich Rune und wirft uns einen prüfenden Blick zu, als würde sie merken, dass etwas im Busch ist. Es wird ruhig zwischen uns, man hört nur das Klimpern des Geschirrs aus der Küche und das laute Schmatzen von Kev, der sich, nach der Stunde Wartezeit, seine zweite Portion gönnt.

»Was ist denn so wichtig, dass dich Jonny kontaktiert hat?«, frage ich jetzt absichtlich in Runes Gegenwart, weil ich wirklich nicht vorhabe, irgendetwas totzuschweigen.

Kev lässt seinen Löffel in die Suppenschüssel fallen und Rune zuckt vor Schreck zusammen.

»Hat er nicht genug zu tun?«, frage ich weiter und sehe Kev eindringlich an. »Unser nächster Auftritt ist wann? Irgendwann im August, oder nicht?«

Kev räuspert sich und wird sichtlich nervös. Ich hasse es, wenn er nicht mit der Sprache rausrückt. Mittlerweile kenne ich ihn so gut, dass ich genau weiß, dass das, was er als Nächstes sagen wird, nicht im Entferntesten der Wahrheit entsprechen wird.

»Ja, genau darum ging es ja. Wir müssen den Termin vielleicht verschieben um ein paar Tage und bevor uns der Gig durch die Lappen geht, wollte er mit uns absprechen, ob das für uns in Ordnung ist«, plappert Kev drauf los und ich hatte recht. Er lügt wie gedruckt.

»Verstehe«, murmle ich und wirke vermutlich genauso genervt, wie ich mich fühle. Warum sagt Kev nicht die Wahrheit? Was ist so schlimm, dass Rune es nicht hören darf?

»Ich«, höre ich Runes Stimme neben mir, sie kling leise und verunsichert, »ich würde jetzt vielleicht meine Tasche auspacken und später noch unter die Dusche springen. Zeigst du mir nachher, wo die Waschräume sind, Adam?« Sie hat natürlich sofort gemerkt, dass hier etwas nicht für ihre Ohren bestimmt ist.

»Ja, klar. Wir treffen uns in meiner Kabine. Ich bin auch gleich fertig. Findest du alleine zurück?«

Rune nickt, steht auf und nimmt sich die Scheibe Brot mit Käse für unterwegs mit. Noch während sie davon läuft, werfe ich meinem Freund einen erbosten Blick zu. »Was gibt's denn, Herrgott noch mal? Ist es denn wirklich so schlimm, dass du vor Rune nicht davon reden konntest? Und so wichtig, dass du heute unbedingt davon anfangen musstest?«

Jetzt ist Kev derjenige, der genervt reagiert. »Adam, Mann. Du hast doch hier grad wieder davon angefangen. War es nicht offensichtlich, dass Rune das nicht hören sollte?«

»Aber hier geht es doch um Rune, oder nicht? Also warum sollte sie es nicht mitbekommen? Was ist los, Kevin?« Mein

Ton ist deutlich und wenn ich ihn schon Kevin nenne, weiß er genau, dass mir nicht mehr zum Spaßen zumute ist.

Er verdreht erst seine Augen, blickt zur Decke und dann zu mir, doch er rückt immer noch nicht raus mit der Sprache.

»WAS IST LOS?«, sage ich jetzt so laut, dass er zusammenfährt.

»Ich weiß nicht, ob es dir gefallen wird, aber als dein Freund, muss ich es dir sagen. Um ehrlich zu sein, ist es mir auch lieber, dass du es von mir erfährst, bevor es dir Jonny oder Daniel unter die Nase reibt.«

»Das wird ja immer besser«, murmle ich eher zu mir selbst und drehe mich dann wieder zu ihm, »was auch immer es ist, Daniel, Jonny und du – ihr seid alle bestens informiert, aber mir sagt niemand, was los ist? Also bitte: Klär mich auf.« Meine Stimme ist irgendwie ruhiger geworden, weil ich ahne, dass das alles nichts Gutes zu bedeuten hat.

Kev schluckt sichtlich schwer, holt sein Handy aus seiner Hosentasche und sucht darin nach etwas. Je länger er sucht, umso genervter werde ich. Was zur Hölle wird das?

Dann hält er mir das Handy entgegen, wo ich einen elend langen Chatverlauf sehe. Es sind zahlreiche Nachrichten, die Jonny ihm geschickt hat und auf den ersten Blick frage ich mich, warum er ihm überhaupt auf jede Nachricht geantwortet hat. Ich fange an zu lesen.

Nachricht von Jonny: *Wer kommt euch denn besuchen? Und*

warum durften Daniel und ich euch bisher nie besuchen?

Nachricht von Kevin: *Weil ihr zwei denkt, wir könnten hier auf dem Schiff so etwas wie Urlaub machen. Und davon sind Adam und ich nun einmal weit von entfernt. Das, was wir hier tun, ist harte Arbeit. Das mein ich wirklich so.*

Nachricht von Jonny: *Haha, sehr witzig. Nein, jetzt im Ernst. Wer kommt euch besuchen?*

Nachricht von Kevin: *Rune. Adam hat sie eingeladen, für zwei Tage aufs Schiff zu kommen.*

Nachricht von Jonny: *Was? Oh, Shit. Na dann, herzlichen Glückwunsch den beiden.*

Nachricht von Kevin: *Was soll das denn jetzt heißen?*

Nachricht von Jonny: *Nichts soll das heißen. Bilde dir selbst dein Urteil, wenn du sie erstmal besser kennenlernst. Dann reden wir weiter.*

Nachricht von Kevin: *Ich denke, ich habe sie schon gut genug kennengelernt und keine Ahnung, wovon du sprichst.*

Nachricht von Jonny: *Hat dir Adam nichts erzählt?*

Nachricht von Kevin: *Er hat mir erzählt, dass sie sich kennenge-*
lernt haben, als sie in San Luis Obispo war, wo er früher gewohnt
hat. Sie hat auf dem Rummel gearbeitet und sie waren zusammen
in den wenigen Wochen. Dann musste sie abreisen und das war's.
Junge Liebe und so. Jetzt haben sie sich wieder getroffen, also was
ist daran so verwerflich?

Nachricht von Jonny: *Alter, du checkst es nicht, oder? Hat sich*
keiner von euch gefragt, was sie die letzten fünf Jahre so getrieben
hat? Und dabei meine ich wortwörtlich getrieben ...

Nachricht von Kevin: *Wen interessiert's? Bei dir will auch keine*
Sau wissen, was du die letzten fünf Jahre getrieben hast. Also was
soll der Blödsinn?

Nachricht von Jonny: *Okay, was soll's. Ich rede ja eh nur gegen*
eine Wand. Bei dir genauso wie bei Adam. Letzterer musste mir ja
sogar an die Gurgel gehen, weil ich es gewagt habe, etwas zu sagen.

Nachricht von Kevin: *Na ja, du nanntest sie Gypsy-Girl, und*
das in einem ziemlich abwertenden Tonfall. Ich kann Adam verste-
hen.

Nachricht von Jonny: *Wow, Kevin und Adam, das Dreamteam.*
Okay, ich sag nichts mehr. Viel Spaß mit Rune. Und den werdet
ihr haben, wenn man sich dieses Video von ihr zu Gemüte führt.
Rune war eben schon immer leicht zu haben und das hat auch

Daniel mir bestätigt. Denn, was soll ich sagen, er hat Rune ebenfalls flachgelegt. Und das nicht schon vor ein paar Jahren, sondern genau dann, als sie Adam wieder begegnet ist, in der Bar vor zwei Wochen. Und noch mal: Viel Spaß euch allen < LINK >

Mein Herz rast. Es rast und es pocht und es fühlt sich an, als würde mir jemand ein Messer Zentimeter um Zentimeter tiefer in die Brust hineinschieben. Ich sehe, dass Kev auf diese Nachricht nicht mehr geantwortet hat.

Ich bin nicht blöd, ich weiß, was sich auf dem Video befindet, wenn man sich die Vorschau der Internetadresse ansieht. »Hast du auf den Link geklickt?«, frage ich abwesend.

Kev nickt. »Ja, ich hab reingeschaut.«

»Ist sie es?«

»Könnte sein, keine Ahnung. Wie gesagt, ich habe nur reingeschaut. Ich kenne sie nicht nackt, Adam.«

Wut baut sich in mir auf. Ungeheure Wut und Trauer gepaart mit Missverständnis und Fassungslosigkeit. Es kann nicht wahr sein, oder ich träume und erwache gleich aus diesem unsäglichen Albtraum.

Mit meiner Faust haue ich auf den Tisch zwischen uns, so dass die Teller und das Geschirr sich kurz erheben und laut auf das hölzerne Möbelstück zurückfallen. »Fuck!«, rufe ich laut und stehe auf.

Ich höre Kev meinen Namen hinter mir rufen. Auch er ist aufgestanden.

»Lass mich!«, sage ich wütend, ohne mich umzudrehen,

und Kev tut, was ich verlange.

Ich stürme aus der Kantine heraus, verlasse die Räume und gehe ohne Umwege nach draußen. Die eisige Luft peitscht mir ins Gesicht wie eine kalte Ohrfeige. Genauso fühle ich mich, als hätte mir Rune eine kalte und erbarmungslose Ohrfeige verpasst.

»Das kann nicht wahr sein. Das kann nicht sein!«, murmle ich vor mich hin und laufe weiter bis ich eine der Relings erreiche. »*Fuck!*«, schreie ich erneut und schlage mit der Hand auf das kalte Metall, so fest, dass mir ein stechender Schmerz durch meine Glieder fährt.

Der Wind saust mir um die Ohren und ich schaffe es nicht, mich zu beruhigen. Wie denn auch? Warum zur Hölle ... Nein, ich muss mit Rune reden. Vielleicht ist das alles gar nicht so, wie Jonny es erzählt. Jonny war schon immer der Meister der Lügen. Seit dem Tag, an dem Rune zum ersten Mal einen Fuß in unsere Schule gesetzt hat, nahm er es sich zur Aufgabe, sich gegen sie und ihre Freunde aufzulehnen. Er wird es nie verkraften, dass unsere Freundschaft daran zerbrochen ist und dass ich jetzt mit Kev befreundet bin.

Ich nehme zwei tiefe Atemzüge, umfasse die Reling so fest ich kann, schließe die Augen und lausche dem Wasser unter uns. Ich versuche mich zu konzentrieren, um gleich die richtigen Worte zu finden und nicht auszurasten. In meiner aktuellen Verfassung sollte ich kein Gespräch mit Rune führen, doch ich muss.

Schweren Herzens mache ich mich auf den Weg in die

Kabine, wo Rune auf mich wartet. Ich atme immer wieder durch die Nase ein und den Mund wieder aus. Sie wird es mir erklären können und es wird alles nur halb so schlimm sein. Ganz sicher.

Als ich die Kabine betrete, sitzt sie auf meinem schmalen Bett und liest ein Buch. Sie hat sich eine Strickjacke übergezogen und die Decke über ihre Beine gelegt.

»Adam!« Sie blickt mich erschrocken an. »Was ist passiert? Du siehst mitgenommen aus. Ist alles okay?« Im selben Moment steht sie auf und macht einen Schritt auf mich zu. Doch als sie bemerkt, dass ich ihr nicht entgegenkomme, stoppt auch sie auf halber Strecke.

»Adam, du machst mir Angst. Was ist mit dir?«

Ich muss es sagen, ich kann nicht so tun, als ob nichts wäre, ich kann nicht so tun, als ob alles in Ordnung ist.

»Stimmt es, dass es ein Sex-Video von dir im Internet gibt?« Ich stelle die Frage so trocken, dass ich mich vor mir selbst erschrecke. Der frühere Adam hätte die Frage anders gestellt, hätte erstmal erklärt, wie er zu dieser Information gekommen ist und dazu erwähnt, dass er das Video sowieso nie anschauen würde. Aber verdammt, ich würde dieses Video jetzt nur zu gerne sehen, weil ich möchte, dass es wehtut.

»Adam, das ist Jahre her.«

»Also ja? Bist du das auf dem Video?«

»Hast du es etwa nicht gesehen?« Ihre Augen weiten sich erstaunt. »Du hast es nicht gesehen.«

»Warum? Ist es so offensichtlich, dass du es bist?«

»Für dich wäre es offensichtlich, ja.«

»Für mich *und* für vermutlich jeden anderen Typen, der dich nackt gesehen hat, oder?«, sage ich jetzt lauter und aufgebracht. Verflucht, warum spielt sie es so herunter? Natürlich antwortet sie mir darauf nicht. Je ruhiger sie wird, umso mehr brodeln in mir Gefühle, die ich versuchen muss zu kontrollieren, aber ich kann nicht. Es klappt nicht. »Genauso wie Daniel dich auf dem Video gleich erkannt haben muss, oder? Weil du mit ihm ebenfalls Sex hattest, stimmt das?«

Bitte sag, dass das nicht stimmt, Rune. Bitte, ich flehe dich an.

Jetzt sehe ich Regung in ihrem Blick. Gerade war sie kühl und undurchdringbar, doch jetzt funkelt Mitleid in ihrem Blick. Mitleid oder Reue oder ... »*STIMMT ES?*«, fahre ich sie zornig an. Sie hebt ihre Schultern, verschränkt die Arme vor ihrer Brust und schließt die Augen, weil ich so laut schreie.

Sie nickt und versucht ihre Tränen zurückzuhalten. »Ja, es stimmt.«

Ich fasse es nicht. Das muss ein Albtraum sein. Ein übler Albtraum, ein Scheißscherz. Das kann nicht wahr sein.

»Gott verdammt, Rune!«, sage ich laut, hebe die Hand und schlage gegen das nächstbeste Objekt, das ich zu fassen kriege. Ich erwische die Glasflasche, die sich auf dem kleinen Tisch befindet und jetzt mit einem lauten Knall gegen die Wand fliegt und daran zerschmettert. Sie zerspringt in tausend Teile und das Wasser verteilt sich schlagartig an Wand und auf dem Boden.

»Schon wieder? Du hast es schon wieder getan? Genauso wie früher? Und wieder mit dem verdammten Schlagzeuger? Ich weiß gerade nicht einmal, was schlimmer ist!«

Ich bin so aufgebracht, dass ich gar nicht reagiere, als sie zitternd die Hand vor ihren Mund hält. Ihr ganzer Körper bebt, während sie mich sprachlos ansieht. Nichts hilft mehr, ich bin außer mir und kann keine Sekunde lang mehr klar denken. Bevor ich noch etwas sage oder tue, das ich danach bereue, laufe ich zurück zur Tür. Kurz bevor ich den Raum verlasse, höre ich ihre schwache Stimme hinter mir.

»Ich war neunzehn und das Video ist mit meinem Einverständnis gedreht und im Internet hochgeladen worden. Ich wünschte, es wäre nicht immer noch in der weiten Welt des Internets zu finden, aber so ist es nun mal. Und das mit Daniel tut mir leid, das war ganz sicher nicht geplant«, mit jedem weiteren Satz wird ihre Stimme sicherer, »ja, es ist an dem Abend passiert, an dem wir uns zum ersten Mal wieder begegnet sind. Aber das war, *bevor* wir beide uns getroffen haben. Was hätte ich tun sollen? Es dir am selben Abend noch erzählen? Oder am darauffolgenden? Oder in einer unserer E-Mails? Du weißt genauso gut wie ich, dass es keinen richtigen Zeitpunkt dafür gegeben hat.«

»Keine Ahnung, Rune. Vielleicht hättest du diesmal auch einfach deinen Rock unten lassen können«, rutscht mir augenblicklich heraus und ich hasse mich. Ich hasse mich abgrundtief und ich weiß, dass ich das nie wieder gutmachen kann. Ich hätte diesen Raum verlassen sollen, als ich noch die Möglichkeit dazu hatte. Rune kommt auf mich zu und schlägt mir mit ihrer flachen Hand so fest ins Gesicht, dass die Stelle sofort zu brennen beginnt. Ich habe es mir verdient, mehr als das.

Ihr Gesichtsausdruck ist wütend und enttäuscht, doch sie reißt sich zusammen, um die dicken Tränen, die sich hinter ihren Augen drängen, nicht herauszulassen. So habe ich sie noch nie gesehen.

Diesmal verlasse ich den Raum tatsächlich, denn er ist zu eng für uns und für alles, was zwischen uns steht und ab jetzt für immer zwischen uns stehen wird.

Kapitel 13

Rune

Das ist das, was wir sind. Das ist die Wahrheit und das wird sie auch immer sein.

Adam hat sich nicht mehr unter Kontrolle. Das Brüllen, das zertrümmerte Glas, die Scherben und das Schlimmste: seine Worte, die sich tief in mir eingebrannt haben.

Vielleicht hättest du diesmal deinen Rock einfach unten lassen können.

Das ist es, was er von mir denkt. Was jeder von mir denkt. Und ja, vielleicht ist es das, was ich bin. Weil ich nicht anders kann? Oder weil ich nicht anders will? Bin ich mutig, weil ich so viele Männer an mich ranlasse? Bin ich deswegen tapfer und selbstbewusst? Verdammt, ich bin schwach und so wie früher, noch bevor ich Adam überhaupt kennenlernte, ist es der einzige Weg für mich, Anerkennung zu erhalten. Der einzige Weg, etwas zu spüren.

Ich kann ihm seinen Wutausbruch nicht einmal verübeln. Was aber nichts daran ändert, dass es wehtut. Vor allem weil er es war, der das gesagt hat. Jeder andere Mensch, wirklich jeder, hätte so einen Satz zu mir sagen können. Aber nicht Adam.

Vielleicht tut es ihm jetzt bereits leid, aber die Erkenntnis kommt immer erst nach dem Fall und er wird das Gesagte nie wieder zurücknehmen können.

Ich fange an die Scherben aufzusammeln und schneide mich an einer der scharfen Kanten. Das Blut dringt sofort aus meiner Haut, *scheiße.*

»Alles okay?«, höre ich plötzlich Kevs Stimme. Er steht an der Tür, ich sehe ihn nur kurz an und mache weiter. Er braucht keine Antwort von mir, um zu sehen, was los ist.

»Hey, du blutest. Warte, ich helfe dir.« Er greift nach dem Handtuch, das sich am kleinen Waschbecken neben der Tür befindet und hält es mir entgegen.

Ich nehme es an, drücke es in meine Handfläche, wo das Blut ununterbrochen heraus rinnt, und beobachte Kev dabei, wie er die Scherben in den Mülleimer wirft.

»War es das, warum Jonny dich kontaktiert hat? Um euch zu erzählen, was für eine Schlampe ich bin?«, frage ich ausdruckslos.

Ein besorgter Ausdruck legt sich über Kevs Gesicht. »So hat er es nicht gesagt.«

»Aber gemeint. Das hat er früher schon. Er und die ganze Schule waren derselben Meinung. Nur Adam nicht, er hat immer zu mir gehalten. Ihm war es egal, dass ich kein festes Zuhause hatte, dass ich von den anderen als Zigeunerin und Flittchen abgestempelt wurde. Er stand zu mir. Die ganze Welt hätte sich gegen mich verschwören können, doch Adam wäre da gewesen«, ich erzähle einfach drauf los und Kev hört mir aufmerksam zu. »Er war der erste Junge, der mich nicht so angesehen hat wie die anderen Typen in unserem Alter. Bei ihm habe ich mich aufgehoben gefühlt. Er hat mir tatsächlich das Gefühl gegeben, etwas Besonderes zu sein.« Schwermütig atme ich ein und wieder aus.

»Ich weiß, dass du für ihn immer noch dieses eine besondere Mädchen bist, Rune. Ganz egal was die letzten Jahre passiert ist.«

Ich schüttle den Kopf. »Ich glaube nicht. Wir sind erwachsen und wissen nun zu gut, was wir tun oder sagen. Wir befinden uns nicht mehr in dieser jugendlichen Blase, in der wir dachten, unbesiegbar zu sein. Unbesiegbar und übermütig, so wie Adam damals. Hat er dir erzählt, dass er stundenlang in einem Anhänger voller Hühner verbracht hat, um mir nicht Lebewohl sagen zu müssen? Dass wir uns auf einem Polizeirevier in Nevada verabschiedet haben? Und dass ...«, meine Stimme bricht, weil mir sofort Nick und Mias Gesichter vor die Augen treten. Ich beginne zu weinen, es ist unausweichlich und einfach zu viel. »Und dass ich meine beste Freundin und meinen Bruder verloren habe, weil sie Adam zu dieser verfickten Tankstelle gefahren haben, wo er seinen verfluchten Vater treffen sollte? Ich hätte dabei sein sollen, ich hätte auch in diesem scheiß Auto sitzen müssen, das sich wenig später überschlagen hat und gegen einen Baum prallte«, ich schluchze und bekomme kaum noch Luft. »Ich hätte auch sterben müssen in dieser einen Nacht. Dann wären wir jetzt alle besser dran.«

Ich sitze immer noch auf dem Boden, mein Blickfeld ist

verschwommen wegen meiner Tränen, doch ich erkenne, wie mir Kev näherkommt und mich umarmt. Ich kenne ihn nicht einmal richtig, doch seine Umarmung spendet mir Trost. Er drückt mich sogar so fest gegen seinen Körper, dass es wehtut. Aber irgendwie gibt er mir Halt. Einen kurzen Moment bilde ich mir ein, dass es Nick ist, der mich umarmt, weil es sich genauso anfühlt.

Das laute Schluchzen, das mir aus der Kehle fährt, versuche ich nicht einmal zu unterdrücken. Kev sagt kein Wort, sondern streichelt mir über den Rücken und tut in dem Moment genau das richtige. Ich nehme mir vor, Adam zu sagen, dass Kev wirklich einer von den Guten ist. Aber ich habe keine Ahnung, ob Adam jemals wieder ein normales Wort mit mir reden wird.

Nach einer gefühlten Ewigkeit hören die Tränen auf, aus meinen Augen zu strömen, und ich löse mich aus seiner Umarmung. Sein Blick ist bedrückt, fast so, als würde er meinen Schmerz spüren.

»Das wusste ich nicht, Rune. Es tut mir schrecklich leid«, sagt er und versucht die Fassung zu wahren.

Ich schüttle den Kopf, kein Mitleid dieser Welt würde Nick und Mia wieder zurückholen. Egal wie oft ich mir gewünscht habe, selbst in diesem Auto zu sitzen, es ändert nichts an der Tatsache, dass sie für immer fort sind.

»Ich werde nach Adam sehen, vielleicht hat er sich wieder beruhigt und ihr könnt nochmals ...«, beginnt er, doch ich unterbreche ihn.

»Nein, nicht. Ich möchte ihn jetzt nicht sehen und er mich vermutlich genauso wenig. Gibt es hier noch ein anderes Zimmer, wo ich schlafen kann?«

»Adam kann bei mir schlafen. Bleib hier, ruh dich aus. Vielleicht sieht die Welt morgen schon wieder ganz anders aus«, spricht er aufmunternd auf mich ein. »Was macht deine Hand?«

Ich halte sie ihm entgegen.

»Okay, die Blutung hat nachgelassen. Ich hole noch schnell Verbandzeug und lasse dich dann in Ruhe.«

Kaum zwei Minuten später ist er zurück und verarztet meine Wunde. Als er damit fertig ist, wirft er mir erneut einen aufmunternden Blick zu und geht in den Flur zurück. Kurz bevor er die Tür hinter sich schließt, rufe ich nochmals nach ihm. »Kevin?«

Fragend blickt er mich an.

»Danke.«

Er hebt einen Mundwinkel und nickt kaum merklich. Er lächelt auch nicht, weil das Lächeln seine Augen sowieso nicht erreichen würde. Doch sein Blick schenkt mir Mut.

Die Tür fällt ins Schloss, ich schalte das Licht aus und lege mich ins Bett.

Vergessen, das ist alles, was ich jetzt möchte. Vergessen und alles aus meinem Kopf streichen.

Ich schrecke aus einem Albtraum hoch. Plötzlich ist mir diese Kabine zu eng, zu stickig. Ich sehe kein Licht, höre kein

Lebenszeichen. Ich muss hier raus.

Sofort ziehe ich mir meine rote Lieblingshose und den weißen Strickpullover an, stürme hinaus in den Flur und hoch aufs Deck.

Als ich an den Stufen bereits das Licht von draußen erkenne, atme ich erleichtert auf. Die Sonne ist bereits aufgegangen und während ich die dicke Metalltüre öffne, weht mir frische und kühle Meeresluft entgegen.

Ich atme laut und so hastig, als wäre ich einen Marathon gelaufen. Der Wind weht durch mein Haar und ich knote es mir zu einem Dutt fest. Minutenlang stehe ich an der Reling und starre aufs offene Meer. Das Plätschern des Wassers wirkt beruhigend auf mich und langsam lasse ich meine angespannten Schultern sacken. Sogar die Sonne wärmt die blasse Haut an meinen Händen und meinem Gesicht. Plötzlich fange ich an, diesen Moment zu genießen. Ich denke an Augustus Worte und möchte versuchen, den schönen Moment länger festzuhalten als die schrecklichen Minuten des gestrigen Abends.

Zu Recht frage ich mich, was gestern gewesen wäre, wenn wir uns nicht auf diesem Schiff befunden hätten. Hier gibt es keinerlei Fluchtmöglichkeit. Doch hätten wir uns woanders, auf festem Land, gestritten, wäre jemand von uns dann einfach abgehauen, um sich nie wieder zu melden?

Ich befürchte stark, dass Adam derjenige gewesen wäre, der das Weite gesucht hätte, um für immer aus meinem Leben zu verschwinden. Doch jetzt weiß ich, dass er irgendwo hier auf dem Schiff ist, vielleicht kaum ein paar Meter von mir entfernt. Möchte er mich sehen? Mit mir reden?

Ich atme noch einmal tief durch, ziehe die frische, salzige Meeresluft in meine Lungen ein und drehe mich um, um wieder hinein zu gehen. Als ich das tue, steht Adam hinter mir.

Kapitel 14

Adam

Die ganze Zeit schon beobachte ich sie. Ihre zarte Figur an der Reling mit Blick auf das endlose, dunkelblaue Meer.

Heute Nacht habe ich kein Auge zugemacht. Stattdessen bin ich mit Kev in einen Streit geraten, habe ihn angebrüllt, er solle mir sein verdammtes Handy geben, damit ich das Video sehen kann. Ich wusste vielleicht die Internetseite, aber ich hatte keine Ahnung, wonach ich dort suchen sollte. Als ich kurz davor war, Jonny anzurufen, damit er mir den Link schickt, hat mir Kev tatsächlich sein Handy in die Hand gedrückt.

Das Video ging verfluchte zwanzig Minuten. Ich ertrug nicht einmal neunzig Sekunden und erkannte sie sofort.

Verdammt, ich hätte am liebsten wieder etwas in Grund und Boden geschlagen. Diese Wut in mir baute sich seit geraumer Zeit ungezügelt und zu schnell auf. Ich kann mich nicht erinnern, wann aus dem ruhigen und gelassenen Adam, dieser vulkanartige, konfliktsuchende Mensch wurde. Ich gerate so in Rage, dass ich gar nicht mehr anders kann, als zu explodieren. Genauso an dem Abend in der Bar, als ich Jonny an die Gurgel ging, weil er nur ein Wort sagte, dass mich völlig aus dem Konzept brachte. Dann sagte er ausgerechnet *Gypsy-Girl*. Ich habe den Ausdruck schon zu unserer Schulzeit gehasst und dann nennt sich der Titel des Videos auch noch genau so: Happy Birthday, Gypsy-Girl.

Kaum habe ich meinen Gedanken zu Ende geführt, sieht mich Rune an. Mit einer Hand hält sie immer noch die Reling fest. Ihre Fingerknöchel treten dabei weiß hervor. Sie steht keine zwei Meter von mir entfernt und sie sieht niedergeschlagen und mutlos aus.

Eine Welle von Emotionen geht durch mich hindurch. Ich denke daran, wie wir gestern zum ersten Mal wieder miteinander geschlafen haben, an die Tatsache, dass sie genauso mit Daniel geschlafen hat. Daran, wie sie es mit diesem Typen im Video getan hat. Ich möchte nicht wissen, wie viele Typen es noch waren in den letzten fünf Jahren. Etwas in mir zerbricht und plötzlich weiß ich nicht mehr, ob ich jemals wieder der Adam sein kann, der ich früher zu ihr war. Nicht weil sie all die Dinge getan hat, sondern weil ich mich nicht im Griff habe. Weil es jedes Mal so schmerzt, wenn ich an all das denke, was wir hätten sein können und was wir nie geworden sind. Ein richtiges Paar. Wir hatten nie die Chance dazu.

»Wann werde ich wieder abgeholt, um zurück nach Santa Barbara zu kommen?«, fragt sie und zeigt dabei keinerlei Emotionen.

Ich will nicht, dass sie geht. Verdammt, ich möchte, dass sie hierbleibt. Doch ich fürchte, wir sind noch nicht soweit.

»Der Plan war, dass Sam dich morgen früh wieder abholt.

Eine Abholung heute jedoch lässt sich bestimmt einrichten, wenn du nach Hause möchtest.« Ich erschrecke selbst über meine monotone Stimmlage. Aber ich kann nicht anders. Jetzt in diesem Moment kann ich nicht anders.

Sie denkt nach, das ist ihrem Ausdruck deutlich zu entnehmen. Ihr Brustkorb hebt sich, als sie einatmet und sie sagt: »Okay. Wenn das ginge, wäre es gut.«

Ich nicke zustimmend, sehe ihr noch einmal ins Gesicht und laufe zurück nach unten zu den Kabinen. Dort kommt Kev gerade aus dem Labor.

Als er mich sieht, bleibt er abrupt stehen. »Habt ihr miteinander geredet?«

»Ja.«

»Und? Ist wieder alles okay?«

Wieder ist es mir fast unmöglich, mich zusammenzureißen. Ich kann weder freundlich klingen noch mich höflich verhalten. »Was genau soll wieder *okay* sein, Kev?«

Er sieht mich verwirrt an. »Ihr habt also nicht miteinander geredet«, stellt er fest.

»Ich befürchte, dass wir beide nicht bereit dafür sind. Außerdem ist alles gesagt, was gesagt werden musste.«

»Sag mal, bist du bescheuert? Das Letzte, was du ihr gesagt hast, war, dass sie zur Abwechslung mal ihren Rock hätte unten lassen können. Unter normalen Menschen wäre jetzt eine Entschuldigung deinerseits angebracht.«

Ich schnaufe genervt. »Nichts an alldem ist normal, Mann. Nichts. Verstehst du das nicht? Natürlich tut es mir leid,

Herrgott. Das weiß ich und das weiß auch sie. So etwas hätte mir nie über die Lippen kommen dürfen. Es ändert aber nichts daran, dass es in meinem Kopf ist. Dass ich nicht fassen kann, dass sie es wieder getan hat. Wieder mit jemanden aus unserer Band.«

»Sie hat es aber getan, *bevor* sie dich wieder getroffen hat, Adam! Und woher sollte sie denn wissen, dass er in unserer Band ist? Was erwartest du überhaupt? Sie macht dir doch auch keine Vorwürfe, dass du in den letzten Jahren Sex mit Sarah hattest und weiß der Geier welchen Frauen noch. Das war alles, *bevor* du sie wieder getroffen hast. Raffst du das denn nicht? Außerdem bist du derjenige, der bis heute noch täglich mit seiner Exfreundin telefoniert. Also halt mal den Ball flach«, entgegnet er mir entrüstet.

»Rune und ich sind kein Paar. Wir waren es nie richtig und wir werden ...«

»Wage es nicht!«, unterbricht er mich erbost. »Wenn du jetzt das sagst, was ich denke, dann bist du besser still.« Er klingt so wütend und laut, dass er mich mit seiner tiefen Stimme wachrüttelt.

Jetzt weiß ich wieder, warum ich vor Kev nie einen besten Freund hatte. Er treibt mich in den Wahnsinn und das Schlimmste: Das was er sagt, regt mich zum Nachdenken an. Doch nachdenken möchte ich jetzt schlicht und ergreifend nicht.

»Adam, bitte rede mit ihr. Entschuldige dich. Mach ihr keine Vorwürfe für etwas, das eure Zukunft von heute an nicht verändern darf. Schaut nach vorne, nicht mehr zurück.«

Ich presse meine Kiefer aufeinander und blicke in seine hoffnungsvollen Augen. »Warum, Kev? Warum setzt du dich so für sie ein?«

Er kneift die Augen zusammen, als würde er mich nicht verstehen. »Willst du mich verarschen? Ich setze mich nicht für sie ein. Ich sehe die Sache mit einem neutralen Auge, erstens. Und zweitens: Ich sehe, dass ihr euch guttut. Denkst du, ich habe euch nach unserem zweiten Auftritt nicht beobachtet? Herrgott, ich habe sofort gesehen, dass ihr euch schon viel länger kennt. Wie ihr euch angesehen habt und wie vertraut ihr miteinander wirktet. Sie tut dir gut, Adam. Und das ist der Grund, warum ich mich für *euch* einsetze. Weil du mein bester Freund bist.«

Ich blicke nach unten und schließe die Augen. »Ich habe die Bilder vor meinen Augen, wie jemand anderes sie anfasst. Und dass einer von ihnen ausgerechnet Daniel war, dieser Draufgänger. Der Gedanke, dass seine dreckigen Hände sie berührt haben. Ich weiß, dass ich kein Anrecht habe, darüber zu bestimmen. Und mir ist natürlich klar, dass das alles geschehen ist, bevor wir uns wieder begegnet sind. Aber das ändert nichts an der Tatsache, dass es wehtut und mich wütend macht. So unfassbar wütend. Es war wieder so ..., dass ich mich nicht unter Kontrolle hatte.«

Kev kommt auf mich zu und klopft mir auf die Schulter. »Ich weiß, Mann. Aber mach dir keinen Kopf, das bekommen wir in Griff«, er umfasst meinen Arm fest, »und jetzt geh bitte zu ihr. Bitte.«

Ich nicke und laufe schließlich wieder hinauf an Deck, doch Rune ist nirgends mehr zu sehen. Auf dem Weg hierher bin ich auch an meiner Kabine vorbeigelaufen, die leer war. Ich laufe eine ganze Runde, doch hier draußen ist sie nirgends zu finden. Also gehe ich wieder hinunter und beschließe, die Kantine aufzusuchen. Tatsächlich sitzt sie dort alleine mit dem Rücken zur Tür. Sie hält eine Tasse in der Hand und starrt auf die kahle Wand vor ihr.

»Rune«, sage ich und ihre Schultern zucken vor Schreck zusammen.

Ich setze mich auf die gegenüberliegende Bank und wir starren uns minutenlang wortlos an. Irgendwann reißt ihr Blick ab und sie schaut in ihre Tasse hinein. »Ich habe gehört, was Kevin zu dir gesagt hat.«

»Was davon?«

Jetzt blickt sie mich wieder an. »Alles.«

»Das ist okay. Es gibt nichts davon, was du nicht wissen darfst«, gebe ich zu, denn so ist es.

»Als du gestern die Wasserflasche gegen die Wand geschleudert hast ...«, beginnt sie und ich möchte mich sofort entschuldigen. »Ich habe dich nicht wiedererkannt.«

Ich lasse meine Schultern sacken. »Ich weiß. Ich erkenne mich oft selbst nicht wieder.«

»Was meinte Kev damit, dass ihr das wieder in Griff kriegen werdet?«

Ich seufze und schließe kurz meine Augen. »Ich weiß nicht, wie ich es dir erklären soll, ohne dass es sich total verkorkst anhört.«

»Erkläre es mir einfach, Adam.«

Ihr Blick ist weder vorwurfsvoll noch urteilend, also versuche ich, ganz vorne anzufangen. »Weißt du noch, als ihr beschuldigt wurdet, das Geld vom Spendenflohmarkt geklaut zu haben? Nachdem meine Eltern und ich damals ins Rektorat berufen wurden, geschah es zum ersten Mal, dass mein Vater mir eine Ohrfeige verpasst hat. In seinen Augen war diese mehr als gerechtfertigt und ich redete mir ein, dass das schon nicht so schlimm war.« Ich atme tief durch, weil hier der Teil kommt, über den ich nicht gerne spreche. »Als er merkte, dass er mir mit dem gestrichenen Stipendium nicht die Art von Strafe gab, die er sich wünschte, wurde es schlimmer. Je mehr ich mich zurückzog, umso harscher wurden seine Worte und je stiller ich wurde, umso aggressiver lud sich seine Stimmung auf. Er wurde weitere Male handgreiflich, einmal sogar meiner Mutter gegenüber. Plötzlich verachtete ich diesen Menschen nur noch und ich bekam einen regelrechten Hass auf ihn.

Ich musste weg und so beantragte ich einen Kredit und begann mein Studium ein wenig später als geplant. Leider tat ich das jedoch nicht mehr, weil ich unbedingt Meeresbiologe werden wollte, sondern weil ich es zu Hause nicht mehr ertrug. Doch meine Mutter blieb bei ihm, natürlich. Sie versicherte mir, dass er es nicht nochmals getan hatte, doch ich glaubte ihr nicht. Also besuchte ich sie jedes Wochenende, um nach dem Rechten zu sehen. Kev begleitete mich jedes Mal und bekam ebenso mit, mit was für einem Choleriker meine Mutter verheiratet war. Als Kev einmal mitbekam, wie mein Vater vor unserem Haus auf mich losging, weil ich mich wieder einmal nicht so verhalten hatte, wie er es wollte, musste Kev uns auseinanderreißen. Kurz darauf ließen sich meine Eltern scheiden.«

Runes Augen sind glasig geworden. »Er hat dich und deine Mutter geschlagen? Mehrmals?«

Ich nicke. »Meine Mutter nur einmal. Mich öfter. Die letzten Monate bevor mein Studium losging, waren die Hölle. Ich konnte seine verbalen und körperlichen Attacken einfach nicht mehr ertragen und begann mich zu wehren. Doch je mehr ich das tat, umso wütender wurde er. Ich war der Grund, für seine Ausraster und wenn ich nicht da war, wurde er ruhiger – so sagte es meine Mutter. Wie gesagt, ich weiß bis heute nicht, ob ich ihr das glauben soll. Jedenfalls war es das einzig Richtige, für mein Studium nach San Francisco zu ziehen und umso richtiger war es, dass meine Eltern sich scheiden ließen.«

Sie schluckt schwer und blickt mich bekümmert an. »Das tut mir so leid, Adam.«

»Das muss es nicht. Ich bin darüber hinweg. Na ja, mehr oder weniger. Mit meinem Vater möchte ich nichts zu tun haben, doch ich befürchte, dass mich sein fortwährendes, aggressives Verhalten auf eine gewisse Weise beeinflusst hat.

Immer öfter habe ich meine Wut nicht kontrollieren können bis ich einmal ...«, ich zögere, doch ich muss es ihr erzählen, »bis ich einmal vor wenigen Wochen während eines Streits mit meiner damaligen Freundin Sarah ausgerastet bin. Ich habe sie nicht angerührt! Doch ich habe sie angeschrien, wurde unfassbar wütend, bis einige Gegenstände in ihrer Wohnung zu Bruch gingen. Ich weiß nicht einmal mehr genau, warum wir uns gestritten haben. Die Wut in meinem Körper jedoch war unermesslich und ich konnte mich einfach nicht mehr zusammenreißen. Es war schrecklich. Ist es heute noch, wenn ich daran denke.

In dieser Sache habe ich mich Kev anvertraut und er hilft mir, diese Wut in den Griff zu bekommen. Hier auf dem Schiff trainieren wir täglich mit ein paar Hanteln oder legen kurze Sprints an Deck ein. In San Francisco gehen wir jeden Morgen zusammen joggen. Es hilft mir, den Kopf freizubekommen, und ist ein guter Ausgleich, für den Fall, dass es wieder schlechte Tage gibt.

Erst letztens wurde er wieder Zeuge von einem meiner Ausbrüche, als ich Jonny angreifen wollte, weil ... weil er dich Gypsy-Girl nannte. In solchen Fällen habe ich mich nicht unter Kontrolle. So wie auch gestern.«

Rune atmet schwer und schließlich lege ich meine Hand auf ihre verbundene Handfläche.

»Es tut mir so leid, Rune«, bringe ich gequält heraus und möchte sie in diesem Moment nicht anschauen, weil ich mich so schäme. Kev sagte mir gestern schon, dass sie sich an einer der Scherben verletzt hat.

Als ich meinen Kopf nun doch in ihre Richtung hebe, sehe ich weitere Tränen, die sich in ihren Augen sammeln.

»Mein Bruder Nick ... auch er hat so ein ähnliches Verhalten an den Tag gelegt. Meistens dann, wenn ... na ja, du weißt ja, was er mit Roger getan hat. Ich weiß nicht, wie es ist, seine Wut nicht kontrollieren zu können. Doch ich habe Jahre lang mit jemanden gelebt, der das gleiche durchgemacht hat. Ich weiß, wovon du sprichst.«

Sie löst ihre Hand aus meiner Berührung, um sich die Tränen aus dem Gesicht zu wischen. »Es tut mir leid, Adam, dass du das mit deinem Vater wegen mir durchmachen musstest.«

Erschrocken runzle ich meine Stirn und ziehe ihre Hände wieder in meine. »Was redest du da? Das war niemals deine Schuld.«

»Wäre ich nicht in dein Leben getreten, wäre all das nicht passiert!«

Ich bin erschüttert und entsetzt von dieser Feststellung. »Das ist Blödsinn, Rune! Denn du bist das Beste, was mir jemals passiert ist!«

Ihr Gesichtsausdruck ist ehrlich und plötzlich ein wenig freier als vor wenigen Sekunden. »Dass du das wirklich sagen kannst, nach allem was du durchgemacht hast.«

Um meine Vergangenheit soll es heute nicht mehr gehen, denn ich muss mich nicht nur wegen meiner Wut entschuldigen, sondern auch wegen etwas anderem. »Was ich dir gestern gesagt habe ... Es war unverschämt und nicht fair von mir.«

Sie schüttelt den Kopf. »Fair war es nicht. Aber ich kann verstehen, dass es dich beschäftigt. Mir würde es auch nicht gefallen, wenn ich sehen würde, wie du mit einer anderen ...«

Rune beendet ihren Satz nicht, sieht mich an und sagt: »Lass uns nur noch nach vorne blicken, so wie Kevin es gesagt hat.«

»Ja, lass uns nur noch nach vorne blicken«, bestätige ich leise und küsse ihre verbundene Handfläche.

Vielleicht ist es das, was wir sind und was uns ausmacht. Wir haben gelernt, durch tobende Stürme zu gehen und trotzdem heil wieder herauszukommen. Die Tatsache, dass wir nie eine Chance hatten, ein richtiges Paar zu sein, bringt uns jetzt dazu, es umso mehr zu versuchen und daran festzuhalten. Auch wenn es schwierig wird, haben wir schon ein gutes Stück aufgearbeitet und wer weiß, vielleicht haben wir ja doch eine Chance, irgendwann.

Kapitel 15

Rune

Auch wenn Adam es sich vorgenommen hat, sind Kev und er zu beschäftigt, um den ganzen Tag mit mir zu verbringen. Was völlig in Ordnung ist. Ich verbringe die Stunden, die Adam unten im Labor arbeitet, oben auf dem Deck. Mit einer warmen Decke und einem meiner Lieblingsbücher genieße ich die Ruhe und die Zeit, die ich zu Hause in San Diego so niemals hätte.

Obwohl ich alleine bin, bin ich nicht einsam und das habe ich Adam, doch ganz besonders Kevin zu verdanken. Ich habe jedes einzelne Wort gehört, das er vorhin zu Adam gesagt hat. Eigentlich wollte ich zurück in die Kabine, um meine Sachen zusammenzupacken, doch dann sah ich beide um die Ecke stehen und habe ihnen heimlich gelauscht. Als Adam wieder nach oben gegangen ist, um nach mir zu suchen, habe ich mich in Richtung Kantine begeben.

Kevin ist ein toller Mensch, da ihm das Wohl seines besten Freundes mehr als wichtig ist und, weil er mich nicht ein einziges Mal abfällig oder vorwurfsvoll behandelt hat, obwohl er jetzt die ganze Geschichte über mich kennt. Ich bin unglaublich glücklich für Adam, dass er einen so guten Freund gefunden hat. Einer, der zu ihm steht und ihn unterstützt, egal was geschieht.

Die Tatsache, dass Adam wegen seines Vaters durch die Hölle gehen musste, bricht mir das Herz und ich muss unweigerlich daran denken, dass auch ich keine allzu gute Zeit mit meinem Vater verbracht habe.

Ich fühle mich wegen dem, was Adam zugestoßen ist, ein Stück verantwortlich, so wie auch damals, wenn Nick seine Wut wegen mir nicht unter Kontrolle hatte. Meine Gedanken fliegen heute öfter als sonst zu der Zeit, als der Rummel noch mein Zuhause war. Generell seitdem Adam wieder in mein Leben getreten ist, muss ich öfter daran denken, vermutlich weil wir uns dort kennengelernt haben und uns Devil Rock immer ein kleines Bisschen verbinden wird. Genauso wie das Riesenrad, auf dem wir uns zum ersten Mal geküsst haben. Der Gedanke, dass ich nie wieder in meinem Leben ein Riesenrad betreten werde, stimmt mich heute ein wenig traurig. Doch allein der Gedanke daran, solch einen lauten und schrillen Ort wieder zu betreten, lässt sofort Panik in mir aufkeimen und so werfe ich den Gedanken schnell wieder bei Seite.

Ich lege das Buch auf meinen Schoß und starre auf das weite Meer hinaus. Diese Ruhe, wenn das Schiff den Anker gesetzt hat und einfach nur vor sich hin schwankt, ist bewundernswert.

Eine Zeitlang war die Ruhe das Schlimmste, was mich begleitete. Wenn es so still wurde wie jetzt, hörte ich Mias Lachen und Nicks Stimme in Dauerschleife durch meinen

Kopf fahren. Dann suchte ich nach Orten, wo ich unter Menschen war, um Dinge zu tun, die mich ablenkten und den Schmerz in mir vergessen ließen. Doch niemals werde ich wieder einen Ort wie den Rummelplatz betreten können. Dabei ist es egal, ob es der Festplatz ist, auf dem sich gerade Devil Rock und alle anderen befinden oder irgendein beliebiger Fairground. Zu qualvoll sind die Erinnerungen an die Tage, in denen das mein Zuhause war. Kaum zu glauben, dass es eine Zeit gab, in der ich dort glücklich war.

Als junges Mädchen war es immer ein Abenteuer. All die Menschen, die aufgeregt vor den Fahrgeschäften warteten, die lauten Geräusche der riesigen und beachtlichen Maschinen, die blinkenden Lichter und die Musik in meinen Ohren.

Die Geisterbahn der Zwillinge, das Riesenrad, Zauberer Augustus und unser Devil Rock – sie waren meine Familie. Und jetzt wusste ich nicht einmal mehr, wo sie sich befanden, geschweige denn, wie es ihnen ging. Anfangs verfolgte ich ihre Route über diverse Zeitungsartikel. Doch mittlerweile habe ich keine Ahnung mehr und das will ich auch nicht. Dieses Kapitel ist eins der vielen, das ich in meinem Leben abhaken möchte und werde.

Beständigkeit, das ist es, was ich mir so lange herbeigesehnt und jetzt endlich erreicht habe. Seit einem halben Jahr ist mein Leben so, wie ich es mir immer gewünscht habe, mit einem festen Wohnsitz und einem verantwortungsvollen Job. Auch habe ich eventuell wieder so etwas wie einen beständigen Freundeskreis gefunden. Ich würde nie wieder jemanden wie Mia treffen und das will ich auch nicht. Sie ist unersetzbar und so eine Verbindung würde ich nie wieder in der Lage sein, aufzubauen. Doch vielleicht bin ich gerade dabei, Menschen zu finden, die mir guttun. In den letzten zwei Wochen habe ich gemerkt, dass ich über die Witze von Cathy, Silvia und Lorelei tatsächlich manchmal lachen konnte, und nicht mehr nur so tat als ob. Ich versuche mir einzureden, dass mir das reichen wird. Es muss. Es gibt kein Zurück mehr in mein altes Leben.

»Du magst tatsächlich den Sonnenaufgang lieber als den Sonnenuntergang?«, höre ich Adams lächelnde Stimme plötzlich neben mir. Ich erinnere mich, dass er mich das vor Kurzem in einer seiner E-Mails gefragt hat, also nicke ich.

»Warum?«, möchte er wissen.

»Weil ich ihn spüre, jeden Morgen. Ich bin meist schon vorher wach und wenn ich kann, beobachte ich ihn am Himmel. Er kündigt einen neuen Tag an, neues Leben, eine neue Chance, alles besser zu machen.«

Adam nickt und setzt sich neben mich. »Verstehe,« die Wärme seines Körpers durchflutet mich auf eine wohlige Weise, »ich mag den Sonnenuntergang lieber. Vor allem hier auf dem Meer. Er kündigt die Nacht an und verabschiedet sich würdevoll vom vergangenen Tag und ich denke darüber nach, was mir die vierundzwanzig Stunden gebracht haben. Ob es Dinge gab, die ich hätte besser machen können oder Dinge, die mir für immer in Erinnerung bleiben werden.«

Da die Sonne in diesem Moment vor uns bald hinter dem Horizont verschwinden wird, sehe ich Adam an und frage ihn: »Wie war der heutige Tag für dich?«

Er lächelt, starrt aber weiterhin auf den glühenden Feuerball vor uns. »Anstrengender als vermutet. Die Arbeit nimmt kein Ende und manchmal vergesse ich sogar zur Toilette zu gehen, wenn wir uns so in die neusten Ergebnisse hineinstürzen.«

»Bist du glücklich, Adam?«

Jetzt sehe ich im Augenwinkel, dass er mich ansieht, doch nun bin ich diejenige, die vor uns auf das weite Meer starrt.

»Bist du es?«, fragt er, ohne mir eine Antwort zu geben.

»Ich denke, ich könnte es werden, ja. Mein Leben ist nicht so schlecht, schätze ich.«

Als wir uns endlich in die Augen sehen, spüre ich wieder die Schmetterlinge wie wild in meiner Magengrube. Seine Iris ist wirklich genauso dunkelblau wie der Ozean. Ich werde niemals müde davon werden hineinzusehen.

»Wenn du glücklich werden kannst, dann kann ich es auch«, bestätigt er mir jetzt zuversichtlich und kommt mir mit seinem Gesicht näher. Ich kann es kaum erwarten, seine warmen Lippen gleich auf meinen zu spüren. Die Art und Weise, wie er mich küsst, ist einmalig. Einfühlsam doch fordernd. Liebevoll und sinnlich. Kurz bevor sich unsere Lippen treffen, klingelt sein Handy in seiner Hosentasche.

Ich halte sofort inne und auch er greift sich verwundert an seine Jeans. Als er das Handy herausholt, lesen wir beide den

Namen *Sarah* auf dem blinkenden Display. Sein Daumen bewegt sich darüber, ohne dass er es berührt. Offensichtlich hadert er mit sich selbst und weiß nicht, ob er den Anruf entgegennehmen soll.

»Für mich ist es in Ordnung, wenn du ran gehst«, sage ich leise. Er sieht mich an und hebt verwundert eine Augenbraue. »Wirklich«, versichere ich ihm erneut.

Also tut er es. »Hey Ba ... Sarah. Wie geht's dir?«

Ich höre eine weibliche Stimme am anderen Ende, verstehe jedoch nicht, was sie sagt. Adam hört ihr aufmerksam zu, erwidert auf das, was sie sagt verständnisvoll und freundlich. Irgendwann steht er schließlich doch auf und entfernt sich ein paar Schritte von mir. Ich beobachte ihn dabei und höre seine Worte jedoch nicht mehr.

Als ich Kevin heute sagen hörte, dass Adam noch jeden Tag mit ihr telefoniert, wusste ich nicht, was ich davon halten sollte. Weiß ich jetzt immer noch nicht. Hat er noch Gefühle für sie oder tut er es nur aus reinem Anstand und vielleicht auch wegen seines schlechten Gewissens nach seinem Wutausbruch? War dieser vielleicht sogar der Grund, warum sie sich trennten? Ich habe kein Recht darauf, all das zu verurteilen und wenn Adam irgendwann über Sarah reden möchte, dann wird er das vermutlich.

Es vergeht beinahe eine Stunde und als Adam zurückkommt, ist es mittlerweile dunkel geworden. Er verzieht seine Lippen zu einer geraden Linie. »Entschuldige.«

Ich schüttle den Kopf. »Kein Problem. Ist alles in

Ordnung?«

»Ja. Ja, ich denke schon.«

Ich hebe die Decke, unter der ich sitze, um ihm damit anzudeuten, dass er sich wieder zu mir setzen sollte. Er kommt meiner Aufforderung nach, legt einen Arm um mich und küsst meine Schläfe. »Ich wünschte, du könntest immer hier sein«, flüstert er.

»Ich wäre gerne öfter bei dir, doch ich fürchte, dass es mir hier auf dem Schiff irgendwann langweilig werden würde«, gebe ich zu.

»Das kann ich leider nicht abstreiten«, während er das sagt, fährt er mit seinen Fingern durch mein offenes Haar. Durch die Luftfeuchtigkeit formen sich die kurzen Strähnen mehr und mehr zu wellenartigen Locken.

»Wann hast du sie dir abgeschnitten?«, möchte er wissen.

Ich muss nicht lange überlegen. »An meinem zwanzigsten Geburtstag.«

Es war, wie die letzten zwei Jahre zuvor schon, kein besonders schöner Tag und ich erinnere mich nicht gerne daran zurück. »Ich habe eine handelsübliche Schere genommen und sie mir bis auf ein paar Zentimeter angeschnitten. Erst letztes Jahr habe ich angefangen sie heller zu färben und zu glätten«, erzähle ich weiter.

Adam kommentiert es nicht weiter und beginnt stattdessen meine Kopfhaut zu massieren. »Ich habe deine Locken schon immer geliebt und ich liebe es auch jetzt, dass du sie hier auf dem Schiff noch kein einziges Mal geglättet hast.«

»Du bist so aufmerksam«, stelle ich fest, weil jedem anderen Mann meine Haare vermutlich egal wären.

»Deine Locken waren immer dein Markenzeichen.«

»Waren«, sage ich, lege mein Gesicht auf seine Schulter und schließe die Augen, weil seine Berührung an meiner Kopfhaut sich so gut anfühlt.

Mit seinem Daumen beginnt er jetzt über meine Lippen zu streicheln. »Hab ich dir jemals gesagt, dass deine Lippen aussehen wie *Kassins frühe Herzkirschen*? Wir hatten früher welche im Garten, als wir noch in Deutschland gelebt haben.«

Ich muss kichern, weil er den Namen der Kirschen auf Deutsch sagt. »Ich glaube, du solltest mich wirklich mal nach Deutschland mitnehmen. Es hört sich lustig an, wenn du etwas auf Deutsch sagst.«

»Wir können überallhin, egal wo, weißt du das eigentlich?«

Es gefällt mir, wie er das sagt. Er hört sich ein bisschen wild, doch vor allem frei an. »Ja, das können wir«, summe ich leise.

»Rune? Adam? Seid ihr hier?«, ruft Kev nun nach uns. Als wir ihn erblicken, strahlt er über sein ganzes Gesicht. »Leute! Es ist geschafft! Ich habe gerade die letzten Ergebnisse für heute ins Büro nach San Francisco gemailt. Wir haben Feierabend! Zumindest bis morgen früh um acht.«

»Hey, super! Das sind tolle Neuigkeiten!«, sagt Adam euphorisch und etwas laut neben mir. »Das heißt, wir können den Abend heute gemütlich ausklingen lassen! Hast du das

Bier schon kaltgestellt?«

Kev grinst. »Aber hallo, natürlich habe ich das«, er setzt sich im Schneidersitz neben mich, »ich hoffe, du trinkst Bier. Alles andere hätten wir nicht auch noch reingeschmuggelt bekommen.«

»Ich stoße auf jeden Fall mit euch an, was ich dabei trinke, ist mir ziemlich egal«, sage ich.

Adams und Kevs Erleichterung nach dem heutigen Arbeitstag ist fast greifbar. Ich kann mir vorstellen, dass es kein einfacher Job ist, den sie hier erledigen.

»Ich mag dich«, entgegnet er mir lächelnd und wirft auch Adam einen gutgelaunten Blick zu. »Ich werde mir etwas zu Essen aufs Zimmer holen, weil ich noch ein längeres Telefonat zu führen habe. Treffen wir uns nach dem Abendessen wieder hier? Sagen wir, in zwei Stunden?«

»Alles klar«, bestätigt ihm Adam.

»Aber lasst mich diesmal bitte nicht wieder warten, okay?«

Adam und ich werfen uns einen kurzen, belustigten Blick zu, doch Adam sagt: »Nein, keine Sorge. Diesmal sind wir pünktlich.«

Kev klopft mit seinen Fingerknöcheln zweimal auf eine metallische Vorrichtung, die sich neben uns befindet und nickt. »Dann bis später, Freunde.«

Als er weg ist, steht Adam ebenfalls auf, hält mir seine Hand entgegen und zwinkert. »Komm, ich lade dich zu einem Bohneneintopf ein. Es hat mich zwar fast meinen Job gekostet, aber heute ist er sogar vegetarisch.«

»Ich bin begeistert«, antworte ich gespielt entzückt und lasse mich von ihm auf meine Beine ziehen.

Der Himmel über uns ist dunkel aber so klar, dass uns jeder einzelne Stern funkelnd entgegen scheint. Ich bezweifle, dass es einen Zeitpunkt in den letzten fünf Jahren gab, an dem ich mich so ausgelassen gefühlt habe wie in diesem Moment. Vielleicht liegt es am Bier, das ich getrunken habe, an den Witzen von Kevin und an Adams Berührungen. Doch ich fühle mich so wohl hier auf diesem Schiff, dass es fast beängstigend ist.

»Adam war so ein verdammter Streber während unseres Studiums. Zwei Wochen vor jeder Klausur hat er dann tatsächlich gar kein Wort mehr mit mir gesprochen. Ich hätte ihn am liebsten gegen eine Wand geklatscht. Kein Wunder, dass er seinen Bachelor in sechs Semestern durchgezogen hat«, erzählt Kev.

»Ich hätte dich auch gerne dahin geschickt, wo der Pfeffer wächst, wenn du mich nicht in Ruhe lernen lassen hast«, erwidert Adam augenblicklich.

»Habt ihr während des Studiums zusammengewohnt?«, möchte ich wissen.

»Wir haben uns ein Zimmer in einem Studentenwohnheim geteilt, ja«, bestätigt Adam. »Es war Fluch und Segen zugleich.«

»Für dich ein Segen, für mich ein Fluch«, witzelt Kev.

Adam verdreht die Augen. »Wann soll es für mich ein

Segen gewesen sein? Wenn du deine Frauenbekanntschaften mitten in der Nacht aufs Zimmer gebracht hast und ich im Flur übernachten musste?«

Bei der Vorstellung muss ich lachen und auch Kev stimmt sofort mit ein. »Das tut mir leid, Mann. Wir wussten einfach nicht, wohin wir sonst gehen sollten.«

»Lebt ihr in San Francisco ebenfalls zusammen?«, frage ich weiter.

Adam reißt die Augen auf. »Gott bewahre, nein!«

»Apropos Frauenbekanntschaften«, fängt Kev an, »hat deine Freundin Silvia mal nach mir gefragt?«

Ich schmunzle. »Ich dachte schon, du fragst nie.«

Kev sieht mich voller Neugier an. »Also hat sie?«

»Na klar. Sie wollte sich aber erst bei dir melden, wenn du wieder an Land bist«, bestätige ich und Kev spring sofort auf vor Freude.

»Yes!«, stößt er dabei aus und wirft seinen Arm in die Luft. »Gott, Rune! Du rettest mir die letzten sechs Wochen hier an Bord!«

Adam und ich wechseln einen vielversprechenden Blick miteinander und ich glaube, dass wir dasselbe denken. Sein nächster Satz bestätigt es mir.

»Gibt es da vielleicht etwas, das du uns in diesem Zusammenhang erzählen möchtest?«, fängt er an.

Ich muss mir ein Kichern unterdrücken.

Stutzig sieht er uns an. »Was? Wovon sprichst du?«

»Na, du weißt schon. Möchtest du uns nicht erzählen was

... zwischen dir und Silvia vorgefallen ist, in dieser einen Nacht nach unserem zweiten Auftritt?«, hakt Adam weiter nach.

Kev nippt gerade aus seiner Bierflasche und verschluckt sich beinah, als er hört, um was es uns geht. »Vergesst es – und zwar ganz schnell! Sagte ich nicht, dass es privat sei? Außerdem wollt ihr das wirklich nicht hören.«

»Du hast gesagt, es sei privat und außerdem ziemlich peinlich. Natürlich möchten wir das wissen!«, entgegnet Adam überzeugt und nun muss auch ich lachen.

Ich beginne Kev dabei zu beobachten, wie er mit sich hadert, weil er sich vermutlich nicht sicher ist, ob er es uns wirklich erzählen soll. Er streicht sich sein braunes Haar nach hinten, doch es fällt ihm sofort wieder auf die Stirn. Adam und er sind in etwa gleich groß, doch Kev ist ein bisschen muskulöser. Er erinnert mich nach wie vor an meinen Bruder Nick, dem die breiten Schultern und der kräftige Rücken in die Wiege gelegt wurden, ohne dass er jemals übertrieben viel Sport getrieben hat. Vielleicht schätze ich Kev aber auch völlig falsch ein und er stemmt täglich seine hundert Liegestütze?

Kev beißt sich auf die Innenseite seiner Backe und seufzt. »Okay. Ich erzähle es euch. Aber was auf dem Pazifik erzählt wird, bleibt auf dem Pazifik. Sind wir uns da einig?«

Adam und ich können unser Glück kaum fassen und nicken einstimmig und feixend.

Kev blickt nach unten, während er mit seiner Erzählung

beginnt. »Wie ... ihr euch sicherlich vorstellen könnt, waren Silvia und ich irgendwann alleine in ihrer Wohnung, nachdem alle gegangen waren und ...« Er zögert, doch sieht uns schließlich wieder an. »Tja, wir waren betrunken und scharf aufeinander – Himmel, ich war es schon den ganzen Abend lang! Silvia ist wie ein Raubtier, wild und unzähmbar.«

Er fährt mit beiden Händen über sein Gesicht und ich gebe mir die größte Mühe, nicht loszulachen, denn das wäre jetzt wirklich unfair. Auch Adam reißt sich zusammen, das ist ihm deutlich anzusehen.

»Es stellte sich heraus, dass Silvia auch im Bett eine richtige Wildkatze ist«, fährt er kopfschüttelnd fort. »Gott, ich wusste gar nicht wohin mit mir. Sie nahm sich alles, was sie wollte und ich konnte kaum fassen, dass ich in jener Nacht der Mann der Stunde sein sollte, und der, der ihr ein paar unvergessliche Orgasmen bescheren würde. Denn eins könnt ihr mir glauben, wenn ich erstmal loslege, kann ich stundenlang, wenn ich will.« Jetzt ist seine Stimme voller Stolz und ich kann mir beim besten Willen das Lachen nicht mehr verkneifen und pruste laut los.

»Wenn er seinen Frauenbesuch in der Uni aufs Zimmer genommen hat, habe ich wirklich bis zum Morgengrauen auf dem Flur verbracht, er hat leider recht«, murmelt Adam in meine Richtung und ich schüttle immer noch lachend den Kopf.

»Wie dem auch sei«, fährt Kev fort. »Auf einmal ging es mit Silvia richtig zur Sache, Himmel, der Sex war großartig, bombastisch! Nicht von dieser Welt! Doch sehr schnell merkte ich bereits, dass ich Gefahr lief vom 3-Stunden-Mann zum 3-Minuten-Mann degradiert zu werden. Ich wusste gar nicht, was los war! Das war mir vorher noch nie passiert. Nach kürzester Zeit konnte ich mich kaum noch zusammenreißen und war kurz davor zu kommen. Ich wusste gar nicht, wie mir geschieht.«

Kev nimmt nochmals einen kräftigen Schluck seines Biers und atmet tief durch. »Und dann dachte ich darüber nach, was ich tun könnte, um nicht zu früh zu kommen. Leute, ich habe alles versucht. Ich dachte an süße Katzenbabys, an meine Steuererklärung – an alles! Aber es half nichts und ich steuerte geradewegs meinem peinlichen Ende zu. Doch das was dann kam, war an Peinlichkeit nicht zu übertreffen. Na ja, oder sagen wir, es dauerte eine gute Stunde, bis mir die Peinlichkeit des Jahrtausends über die Lippen kam. Denn ich fing an, an meine Mutter zu denken,« beginnt er den Satz und Adam und ich fahren mit einem lauten Schrei sofort dazwischen.

»Kev, nicht! Warum?«, ruft Adam entrüstet.

»Okay, ich glaube, ich möchte den Rest nicht wissen«, rutscht es auch mir laut heraus.

»Jetzt wartet! Moment! Es hat mir geholfen! Es hat mir tatsächlich geholfen. Irgendwo hatte ich mal gehört, dass das einer der Tricks sei, nicht zu kommen und *Himmel*, es funktionierte! Die Blockade war gelöst und ich konnte endlich loslegen!«, erzählt Kev aufgeregt. »Und dann steuerten wir endlich unserem gemeinsamen Happy End zu. Wow, Leute. Es war wie ein Rausch. Jedoch ... stöhnte ich am Ende nicht Silvia Namen, sondern ...«

»Den deiner *Mutter*?«, fährt Adam völlig schockiert dazwischen.

Kev nickt langsam und beschämt und auch ich lache so laut, wie ich in meinem Leben selten gelacht habe.

»Ich sagte: *Oh, MAMA*, und zwar so laut, dass mich Silvia völlig bestürzt angesehen hat.« Kevin ist so dermaßen peinlich berührt, dass er mir fast leidtut, doch ich kann meinen Lachanfall nicht stoppen und auch Adam jauchzt amüsiert und hält sich den Bauch.

»Das ist nicht komisch, Leute«, murmelt Kev und bewirkt damit, dass wir nur noch mehr lachen.

»Wie bist du aus der Nummer wieder rausgekommen?«, fragt Adam immer noch kichernd.

»Ich glaube, ich sagte im Anschluss so etwas wie: *Ich meine, Mamma Mia, das war ein Ritt!*, oder so ähnlich.«

Freudentränen laufen mir übers Gesicht und ich halte mich an Adam fest, weil ich es nicht schaffe, mit dem Lachen aufzuhören.

Kevin setzt seine Erzählung fort: »Das Gute war, dass ich mich tagelang bis vor Kurzem nicht im Entferntesten daran erinnern konnte, weil ich so betrunken war! Doch letztens habe ich davon geträumt. Ein wahrer Albtraum. Es war schrecklich und ich wünsche es nicht einmal meinem schlimmsten Feind.«

Meine Bauchmuskeln schmerzen, da ich vor Lachen nicht mehr kann.

»Jedenfalls freut es mich, dass Silvia nach dem Erlebnis sich trotzdem wieder mit mir treffen will. Du rettest mir wirklich den Arsch mit dieser Nachricht, Rune.«

»Das war mir ein Vergnügen, gern geschehen«, entgegne ich immer noch lächelnd. »Ich gönne es dir, vor allem nach diesem Erlebnis.«

Kev schmunzelt wegen meines Spruchs, doch er lächelt ebenfalls und ich habe ihn nach dieser Erzählung noch mehr in mein Herz geschlossen.

»Ein letztes Bier und dann gehen wir schlafen«, beschließt er und öffnet uns nochmals drei Flaschen. Adam und er liegen mir gute zwei Flaschen voraus und ich sehe Adam an, dass er den Alkohol langsam auch im Blut spürt. Er ist anhänglicher als zu Beginn des Abends und interessiert sich kaum dafür, dass Kev uns dabei beobachtet, wie wir heimlich aneinander herum tätscheln. Außerdem redet er jetzt kaum noch und lässt Kev all die witzigen Anekdoten ihres Studentenlebens erzählen. Ich habe mich selten so köstlich amüsiert.

Irgendwann kann ich Adams Blicken nicht mehr ausweichen. Sie sind so tiefgründig und ich möchte ihn küssen, ihn berühren. Aus Rücksicht auf Kev fahre ich ihm nur durch sein volles Haar, er schließt die Augen und ich drücke ihm einen Kuss auf seine Wange.

Doch von einer Sekunde auf die nächste, lerne ich

plötzlich den sentimentalen Kevin kennen. »Adam, ich freue mich wirklich so sehr für dich«, er rückt näher an uns heran und presst seine Hand fest auf Adams Schulter, »wirklich, Mann. Ich habe mich noch nie in meinem Leben so sehr für dich gefreut. Dass Rune ausgerechnet jetzt in dein Leben treten musste. Es ist das größte Glück auf Erden.«

Adam schüttelt schmunzelnd mit dem Kopf und klopft seinem Freund ebenfalls auf die Schulter. »Danke, Kev. Aber vielleicht sollten wir jetzt wirklich schlafen gehen.«

Kev willigt ein und auch mir ist es langsam kalt geworden hier draußen, trotz der zahlreichen Decken, mit denen wir ausgestattet sind. Torkelnd wackeln wir die Stufen hinab und offensichtlich bin ich die nüchternste von allen, doch ein bisschen spüre ich den Alkohol auch. Kevin verabschiedet sich vor seiner Kabine, in die er hineinstolpert und wünscht uns vorher noch eine gute Nacht.

Als wir auch unsere Kabine erreichen, reißt sich Adam sofort alle Kleider vom Leib und legt sich in Boxershorts auf die schmale Matratze.

Ich muss kichern und beginne mich ebenfalls zu entkleiden.

Auch meine Unterwäsche landet auf dem Boden und ich schnappe mir ein Shirt von ihm, das ich mir überziehe. Mir ist kalt, doch sein Körper wärmt mich innerhalb weniger Sekunden und sofort befinden wir uns eingekuschelt unter der Decke.

Ich liege fast auf ihm, weil das Bett wirklich so winzig ist und sein riesiger Körper allein kaum Platz hier hat, doch das stört mich nicht. Überhaupt nicht. Ich horche seinem leisen Atem und spüre, wie sich sein Brustkorb unter mir hebt und wieder senkt. Kurz bevor ich einschlafe, höre ich nochmals seine Stimme.

»Ich habe Sarah damals gefragt, ob sie mich heiraten möchte. Wir waren kaum ein Jahr zusammen. Ich war so verzweifelt und dachte, sie würde die große Lücke in mir füllen.«

Alles in mir erstarrt. Ich habe das Gefühl, den Pausenkopf drücken zu müssen und den Moment zurückzuspulen. Hat Adam das gerade wirklich gesagt?

»Sie hat Nein gesagt, natürlich und Gott sei Dank. Sie war die Einzige, die begriff, dass wir viel zu jung waren.«

»Hattest du deswegen deinen Wutausbruch, damals in ihrer Wohnung?«, frage ich nach, denn das ist im Moment das Einzige, was mir dazu einfällt.

Obwohl es dunkel ist, spüre ich Adams Blick auf meiner Haut. »Gott, nein. Deswegen bin ich nicht ausgeflippt. Der Wutausbruch fand kurz zuvor statt.«

Ich sage nichts mehr und stelle mir vor, was geschehen wäre, wenn er sie tatsächlich geheiratet hätte.

»Nach ihrem Nein haben wir uns getrennt. Das ist jetzt drei Monate her«, erzählt er.

»Und warum telefoniert ihr dann jeden Tag miteinander?« Im nüchternen Zustand hätte ich diese Frage nicht gestellt aber jetzt nach dieser Erkenntnis, kann ich nicht anders.

»Ich weiß es nicht. Wirklich nicht. Wir haben uns dafür

entschieden Freunde zu bleiben und vermutlich tut es ihr gut, mit jemanden zu reden. Sarah ist gerade nach New York gezogen, weil ihre Schwester dort einen neuen Job angeboten bekommen hat. Sarah hat sonst niemanden außer ihr. Jedenfalls hat sie das Glück, dort ihr Studium fortsetzen zu können. Sie studiert ebenfalls Meeresbiologie.«

Ich würde Adam gerne sagen, dass mich Sarahs Lebensgeschichte eigentlich nicht interessiert. Dass sie jedoch dasselbe studiert wie er, lässt mich kurz stocken.

»Warum hast du mir das erzählt, Adam?«

Ich spüre, wie er mit den Schultern zuckt. »Ich weiß es nicht. Vielleicht weil ich gestern Abend einen Teil aus deiner Vergangenheit erfahren habe und dachte, es wäre fair, dir auch etwas von mir zu erzählen.«

Wieder antworte ich nicht darauf, weil ich keine Ahnung habe, was ich sagen könnte. Also schweigen wir und diesmal glaube ich, dass Adam tatsächlich eingeschlafen ist.

Kapitel 16

Adam

Als Sam am nächsten Morgen um Punkt acht Uhr Rune wieder abholt, möchte ich ihn gerne fortschicken. Obwohl es uns schwerfällt, uns voneinander zu verabschieden, wartet ihre Arbeit in San Diego, genauso wie meine im Labor. Doch sechs weitere Wochen ohne Rune sind sechs Wochen zu viel.

»Es ist kein Abschied für immer«, höre ich ihre sanfte Stimme, während sie sich ein letztes Mal an mich schmiegt. Sie küsst meine Wange und schließlich meinen Mund.

»Es könnte sein, dass ich dich jeden Tag anrufen werde«, sage ich in einem gespielt drohenden Ton.

»Kein Problem, damit kann ich leben.«

»Leute! Es wird Zeit«, hören wir Sam laut rufen.

Nach einem letzten Kuss begibt sie sich schließlich auf sein Boot. Als sie davonfahren, winke ich ihr noch eine Ewigkeit nach.

Wenig später im Labor wartet wieder ein Haufen Arbeit auf uns und auch Kev wirkt wieder sehr gestresst. An so Tagen fällt es mir schwer, nur das Positive an diesen Forschungstrips zu sehen. Ich bin mir keineswegs zu fein für solch aufreibende Aufgaben, im Gegenteil, denn sie fordern mich heraus und treiben mich dazu, an meine Grenzen zu gehen. Was etwas Gutes ist, meiner Meinung nach. Doch mittlerweile sehe ich auch die Schattenseiten, wie zum Beispiel die lange Abwesenheit von zu Hause. Die Tages- und Nachtschichten ohne Pausen zwischendurch. Immer wieder muss ich mir einreden, dass die Meeresbiologie alles ist, was ich mir so lange gewünscht habe. Doch ich muss auch an Runes Worte ihrer letzten E-Mail denken: *Hattest du auch schon mal das Gefühl, etwas so sehr zu wollen, dass, wenn es so weit ist, du es gar nicht genießen kannst? Vielleicht weil du zu lange darauf gewartet hast? Oder vielleicht ... weil es sich plötzlich nicht mehr richtig anfühlt ...*

Fühlte sich dieser Job nicht mehr richtig an? Dabei sollte ich so verflucht dankbar sein, in meinem Alter bereits an solchen Forschungstätigkeiten auf dem Wasser tätig sein zu dürfen. Warum fühlte es sich dann immer so ... merkwürdig an?

»Tut mir leid übrigens wegen gestern«, sagt Kev plötzlich neben mir.

»Was meinst du?«

»Na ja, dieses sentimentale Gerede, dass ich so dankbar bin, dass dir Rune *ausgerechnet jetzt* über den Weg laufen musste.«

Ich weiß, was er meint. »Ich denke, es ist Rune nicht wirklich aufgefallen.«

Kev nickt, doch es beschäftigt ihn nach wie vor. Nicht nur ihn. »Willst du es ihr nicht mal sagen?«, fragt er schließlich.

Ich fange an, die zuletzt angelegten Tabellen auszudrucken

und in den dafür vorgesehenen Ordner zu heften. »Irgendwann muss ich es ihr sagen, ja. Ich habe aber keine Ahnung, wie sie darauf reagieren wird.«

Da Kev nicht weiter darauf eingeht, versuche ich das Thema zu wechseln. »Aber ich habe ihr, angetrunken wie ich war, gestanden, dass ich Sarah damals einen Heiratsantrag gemacht habe.«

Darauf reagiert er natürlich sofort. »Oh Mann, Adam! Böses Foul, echt. Warum erzählst du ihr das überhaupt? Das ist doch vergangen und beeinträchtigt eine gemeinsame Zukunft nicht wirklich.«

»Ich weiß auch nicht, ich wollte eben ehrlich sein.«

Er klopft mir freundschaftlich auf den Rücken. »Du bist ein echt guter Typ, aber vielleicht ein bisschen zu ehrlich für diese Welt«, scherzt er.

Ich schüttle belustigt den Kopf, bevor wir uns weiter an die Arbeit machen.

Rune und ich telefonieren zwar nicht täglich, doch trotzdem verdammt oft. Und wenn wir nicht miteinander sprechen, schreiben wir uns E-Mails. Mit Sarah telefoniere ich immer seltener. Vermutlich hat sie gemerkt, dass ich immer abwesender werde während unserer Gespräche und tatsächlich kaum noch Zeit habe.

Es ist schwierig zu beschreiben, was das zwischen Sarah und mir damals war. Natürlich hatte ich Gefühle für sie. Die Tatsache, dass sie mit ihrer volljährigen Schwester wohnte und sonst niemanden hatte, führte dazu, dass ich etwas für sie empfand, das so eine Art Beschützerinstinkt in mir hervorrief.

Wir lernten uns während meiner Studienzeit in San Francisco kennen auf einer Party auf dem Campus, kurz bevor die Semesterferien begannen. Vielleicht begann ich durch Sarah nicht mehr nur noch das schwarze Loch vor mir zu sehen, dass mich mehr und mehr auffraß. Durch sie waren meine Gedanken nicht mehr so düster und ich begann tatsächlich noch etwas anderes zu sehen als nur die Kurse und Klausuren. Auch Kev stellte die Veränderung fest und nahm sie schließlich in unseren Freundeskreis auf. Wir drei und noch ein paar andere aus unserer Stufe verbrachten eine gute Zeit miteinander. Bis der Tag kam, an dem ich mich so euphorisch mit dieser neuen Lebenslust fühlte, dass ich Sarah einen Heiratsantrag machte. Ihre Reaktion darauf und die Tatsache, dass sie nach New York zog, ließ uns die Beziehung beenden.

Kev reicht mir eine Tasse Kaffee. »Nur noch einmal schlafen.«

Wir sind ausgelaugt, die Nerven liegen blank und die letzten Wochen sitzen uns tief in den Knochen. Ich kann es kaum erwarten, in Santa Barbara anzulegen und Rune in meine Arme zu schließen. Sie denkt, dass sie sich einen Tag freigenommen hat, um mich abzuholen. Doch die Wahrheit ist, dass ich heimlich mit ihrer Chefin gesprochen habe, damit sie ihr die ganze restliche Woche freigibt. Ich hoffe, ich kann Rune mit meiner Überraschung ebenfalls begeistern.

»Ich kann mein Glück kaum fassen, denn mittlerweile habe ich das Gefühl, seekrank geworden zu sein«, reagiere ich auf Kevs Feststellung.

»Witzbold«, entgegnet er mir, »der nächste Trip ist schon in zwei Wochen.«

Ich schlucke schwer, weil ich diese Tatsache bisher verdrängt habe. Um nicht weiter daran zu denken, weiche ich sofort vom Thema ab und beginne erneut, den Plan für morgen durchzugehen.

»Du weißt noch, was du vor Rune morgen behaupten musst, sobald sie uns am Hafen in Santa Barbara abholt, oder?«, frage ich ihn.

Er gönnt sich einen Schluck des schwarzen Kaffees und blickt mich an. »Klar. Ich werde ihr erzählen, dass wir noch am selben Tag weiter nach San Francisco müssen, weil dort ein ganz wichtiger Termin auf uns wartet.«

»Ja und weiter«, fordere ich ihn auf, unseren Masterplan weiterauszuführen.

»Dann wird sie schweren Herzens mit uns Mittagessen und total geknickt sein, weil sie nicht, wie geplant, die Nacht mit dir in einem Hotel verbringen kann. Wir fahren sie mit dem Mietwagen nach dem Essen an den Bahnhof, wo sie denkt, in den nächsten Zug zurück nach San Diego steigen zu müssen. Doch genau dann, wenn sie aussteigen soll, fahren wir einfach weiter und entführen sie nach San Francisco!«, ruft er euphorisch und ich lache.

»Okay, das mit dem Entführen hört sich schräg an. Wir fahren einfach Richtung Bahnhof und kurz bevor sie aussteigt, weihen wir sie ein und erzählen ihr, dass sie die restliche Woche freibekommen hat.«

»Perfekt. Sie wird Augen machen!«

Ich nicke grinsend. »Ja, ich hoffe, das wird sie.«

Kurz bevor wir uns ein letztes Mal zurück ins Labor machen, klingelt mein Handy. Es ist Rune.

»Hey, Blossom. Was gibt's?«, nehme ich den Anruf lächelnd entgegen.

»*Hey, Baby*«, antwortet sie charmant und wieder mit diesem sarkastischen Unterton, den ich liebe. Doch im nächsten Moment fällt sie schon mit der Tür ins Haus. »*Ich habe schlechte Neuigkeiten.*«

»Es kann keine schlechten Nachrichten für mich geben, wenn ich dich morgen wiedersehe.«

»*Ich fürchte schon … Ich schaffe es morgen nicht nach Santa Barbara.*«

»WAS?«, stoße ich sofort aus. »Das kann nicht sein.« Kann es wirklich nicht, ich habe doch mit ihrer Chefin gesprochen.

»*Es tut mir so, so, so unglaublich leid, Adam! Ich habe alles versucht. Aber wir haben zwei Termine reinbekommen, die wir absolut nicht absagen können. Einen davon für Fiona und den anderen muss ich wahrnehmen. Das könnten die zwei größten Aufträge des Jahres werden, ich kann den Termin unmöglich absagen.*«

»Aber, aber … wir wollten doch …«, stammle ich, weil mein

ganzer Plan gerade auseinanderfällt.

»Ich komme dich am Wochenende einfach in San Francisco be-
suchen, was hältst du davon? Oder ihr kommt nach San Diego. Kev
und Silvia wollten sich ja auch baldmöglichst wieder sehen ... das
können wir ja noch besprechen. Ich muss jetzt auflegen, Fiona war-
tet auf mich.«

Rune entschuldigt sich abermals, ich komme kaum zu
Wort und schon hat sie wieder aufgelegt. Kev sieht mich an
und als ich ihm das erzähle, kann er es selbst nicht glauben.

»Und jetzt?«, fragt er zu Recht.

»Verdammt, das kann doch nicht wahr sein! Ich habe
doch mit ihrer Chefin gesprochen? Das muss ein schlechter
Scherz sein?«

»Es gibt nur einen Weg das herauszufinden. Du musst Fiona Bergmann noch einmal anrufen.«

Eine Stunde später erfahre ich am Telefon leider nichts
anderes. Fiona sagt etwas von doppelter Terminbelegung, es
sich um zwei wirklich wichtige Kunden handelte und auch,
dass es ihr schrecklich leidtäte. Sie verspricht mir hoch und
heilig, dass Rune die restliche Woche wie gehabt freibekommen wird, bloß müsse sie morgen unbedingt in San Diego
bleiben.

Kev und ich schmieden während unserer letzten Stunden
an Bord einen neuen Plan und entscheiden uns dazu, dass
es nur einen Weg gibt, wie wir mein Vorhaben nach wie vor
realisieren können.

Als wir am nächsten späten Vormittag endlich festen Boden unter den Füßen haben, kann ich es kaum glauben. Unser Weg führt, wie auch ursprünglich geplant, zur Autovermietung wo wir ein Auto leihen und uns auf den Weg nach San Diego machen. Wenn ich Rune nicht hier überraschen kann, so tue ich es eben dort. Wegen des Verkehrs dauert die Fahrt fast vier Stunden, doch gegen frühen Nachmittag stehen wir endlich vor dem hohen Gebäude, in dem sie arbeitet. Dank eines weiteren Anrufes bei Fiona weiß ich, dass der Termin in einer Stunde enden wird. Also werden wir einfach oben warten.

Ich habe Kev angeboten, sich bereits jetzt mit Silvia zu treffen. Doch es scheint mir, als hätte er noch nicht den Mut gefunden, sie anzurufen.

Als wir den zehnten Stock erreichen, betreten wir das Büro, in dem Fiona bereits auf Runes Platz sitzt und ein Telefonat führt. Sie sieht uns und macht Handzeichen, dass wir uns auf die Stühle im Wartebereich setzen sollten. Nachdem sie aufgelegt hat, sieht sie uns an.

»Und wer von euch beiden ist nun Adam West?«, fragt sie neugierig.

Ich hebe meine Hand zur Begrüßung, stehe auf und laufe auf sie zu. »Hallo Mrs Bergmann, es freut mich, Sie persönlich kennenzulernen.«

»Nennt mich bitte Fiona. Bedient euch bitte in der Küche, wenn ihr etwas zu trinken möchtet. Normalerweise würde ich meine Assistentin darum bitten«, sie zwinkert uns freundlich zu, »aber sie hat heute einen äußerst wichtigen Termin.«

Als ich höre, wie Fiona über Rune spricht, erfüllt es mein Herz mit Stolz. Gott, ich möchte sie jetzt umarmen und nie wieder loslassen.

»Wann kommt sie denn?«, möchte Kev jetzt wissen.

»Es sollte nicht mehr lange dauern. Macht es euch gemütlich, ich bin in meinem Büro«, verabschiedet sie sich wieder und verschwindet hinter einer der Türen.

Kev setzt sich an Runes Schreibtisch und dreht sich mit ihrem Stuhl um seine eigene Achse. »Hey, schau mal, hier ist ein Bild von Silvia«, stellt er fest und bleibt mit seinem Gesicht vor dem Foto stehen, das an einer Art Pinnwand hängt.

Ich gehe ebenfalls zu ihm und betrachte das Bild der beiden vor einem meterhohen Aquariumbecken. Das Licht auf dem Foto ist gedimmt und das blaue Becken hinter ihnen strahlt ihre Gesichter an. Rune lächelt und auch Silvia grinst frech in die Kamera und umarmt Rune so fest sie nur kann. Ich könnte schwören, dass dieses Bild vor zwei Monaten, als ich zu Runes Mittagspause hier war, noch nicht dort hing.

Mein Blick wandert weiter und unter ihrem Computerbildschirm finde ich etwas, das ich eine Ewigkeit nicht mehr gesehen habe. Plötzlich spielt sich der Tag vor über fünf Jahren in meinem Kopf ab, als wäre es gestern gewesen. Ich sehe die Kette mit dem Anhänger einer kleinen Weltkarte, die ich ihr damals am Tag des Spendenflohmarkts geschenkt habe. Unweigerliche beginne ich zu lächeln.

Kev ist vom Stuhl mittlerweile aufgestanden und steht an der meterhohen Fensterfront, wo er auf die stark befahrene Straße sieht. Ich schaue in seine Richtung und möchte gerade etwas sagen, als sich zwei kalte Hände von hinten über meine Augen legen.

»Erwischt«, haucht Rune und lacht leise. Ich drehe mich zu ihr, während sie ihre Hände von meinem Gesicht nimmt. Als ich sie erblicke, macht mein Herz einen Satz. Gott, ich habe sie so vermisst. Ihre Haare sind offen und diesmal nicht mehr glatt oder gewellt, sondern richtig lockig. Auch wenn sie durch die Locken kürzer wirken als sonst, liebe ich diesen Look an ihr. Er macht sie frecher und echter.

Rune bemerkt meinen musternden Blick natürlich und quittiert ihn mit einem liebevollen Augenaufschlag. Ich halte es nicht länger aus und umarme sie endlich. Dabei drücke ich sie so fest an mich, dass ich Angst habe, sie könnte keine Luft mehr bekommen. Doch sie drückt mich mindestens genauso fest zurück, während unsere Herzen um die Wette hämmern.

»Es könnte passieren, dass ich dich nie wieder loslasse«, flüstere ich an ihren Haaransatz und spüre, wie sie kichert.

»Hey, ihr zwei!« Kev steht neben uns. »Ich bin auch noch da, kann mich bitte auch jemand umarmen?«

Nur langsam lösen wir uns voneinander. Lachend sieht Rune ihn an und gibt auch ihm eine feste Umarmung.

»Und jetzt verratet mir, was ihr denn schon hier macht?«, möchte sie schließlich wissen und sieht uns neugierig an.

»Heute Morgen hast du mir noch erzählt, ihr fahrt direkt nach San Francisco.«

Kev lacht. »Überraschung!«

Auch ich muss grinsen. »Ja, Überraschung.«

»Ihr Spinner, schön, dass ihr da seid!«, entgegnet sie amüsiert und hört nicht auf, mich anzublicken. Dabei strahlt sie über ihr ganzes Gesicht. »Silvia wird sich auch freuen.«

»Ja, Adam ist auch schon ganz aufgeregt«, sagt Kev und Rune blickt ihn verwundert an.

»Wegen Silvia?«, fragt sie schließlich an mich gewandt.

»Ähm, nein«, zögere ich, »wegen was anderem.«

Auch Kev fängt schließlich an, nervös von einem Bein auf das andere zu wippen.

»Was habt ihr wieder ausgeheckt?«, will sie wissen.

Schließlich rücke ich mit der Sprache raus. »Ich möchte mit dir wegfahren, an den Strand, in die Berge, ganz egal wohin. Hauptsache nur wir beide, Tag und Nacht, ohne Verpflichtungen, nur Rune und Adam.«

Ihre Augen werden groß und ein Funkeln verbreitet sich darin. »Was? Wann?«

»Ich würde sagen ...«, fange ich an und sehe auf die Uhr, »morgen früh gleich. Oder noch heute Nacht. Wann immer du bereit bist.«

»Aber ... aber ...«, stammelt sie. »Es ist Dienstag. Ich kann doch nicht ...«

»Doch! Kannst du! Adam hat mit Fiona geredet!«, ruft Kev laut und hochzufrieden.

Rune kann es nicht fassen. »Nein, das kann nicht sein. Sie hat mir morgen einen weiteren Termin gegeben.«

»Das war nur, damit du keinen Verdacht schöpfst«, spricht Fiona plötzlich hinter uns. »Du hast den Rest der Woche frei. Wir sehen uns nächsten Dienstag wieder.«

»Oh, wow!« Rune ist völlig überrumpelt, im positiven Sinne. Sie hält sich die Hand vor den Mund und es ist offensichtlich, dass sie es nicht fassen kann.

»Das hast du dir verdient, Liebes«, sagt Fiona augenzwinkernd. Sie hält ihre Handtasche in der Hand und auch das Licht in ihrem Büro ist bereits ausgeschaltet. »Wie lief der Termin?«, möchte sie noch von Rune wissen.

»Gut«, bestätigt sie. »Sehr gut sogar. Wir haben den Auftrag.«

Fiona lächelt überzeugt, »das wollte ich hören«, läuft an uns vorbei und bittet uns alle Lichter auszuschalten, wenn wir gehen. Nach dem Abschied blickt mich Rune mit großen Augen an.

»Ich kann es nicht fassen. Wir fahren wirklich für eine Woche weg? Wohin denn genau?«, möchte sie wissen.

Ich ziehe sie an ihrer Hand zu mir. »Das ist noch alles offen. Na ja, zumindest das meiste davon. Die ungefähre Richtung weiß ich. Ansonsten lassen wir uns einfach treiben.«

Sie wirft sich wieder in meine Arme. »Das klingt großartig. Können wir auch sofort los?«

Kev lässt ein lautes Schnauben von sich und wir müssen sofort lachen.

»Ich glaube, wir sollten ihn erst zu Silvia bringen, bevor wir aufbrechen«, stelle ich fest und Rune ist meiner Meinung.

»Du hast recht. Lass uns diesen armen Kerl zu seiner Geliebten fahren.«

Kapitel 17

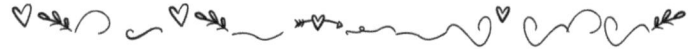

Rune

Ich kann mein Glück kaum fassen. Die Tatsache, dass ich mit Adam für eine ganze Woche unterwegs sein werde, erfüllt mich mit Freude und positiver Aufregung. Die letzten sechs Wochen waren anstrengend, mühsam und nervenaufreibend. Ein Termin jagte den nächsten, bei der Arbeit gab es allerhand zu tun und ich verbrachte viele Abende im Büro, um noch den restlichen geschäftlichen Kram zu erledigen, weil ich tagsüber kaum dazu gekommen war, da ich immer unterwegs war.

Ich empfinde ein aufgewecktes Kribbeln unter der Haut, bei dem Gedanken, mit Adam ziellos irgendwohin zu fahren. Ich sitze auf dem Beifahrersitz während wir zu meiner Wohnung fahren. Kevin haben wir gerade bei Silvia abgesetzt, die ganz aus dem Häuschen war, als sie ihn sah.

Draußen ist es mittlerweile dunkel geworden und die Lichter der Straßenlaternen, an denen wir vorbeifahren, flackern gedämpft zu uns herein.

»Bist du müde?«, fragt Adam in sanfter Stimme.

»Ja, sehr. Ich möchte mich am liebsten zwei Tage lang nur noch in einem Bett verkriechen.«

»Wenn ich dir dabei Gesellschaft leisten kann, gerne«,

erwidert Adam darauf verschmitzt, legt mir eine Hand auf meinen Oberschenkel und lässt sie darauf ruhen.

Wieder stelle ich fest, wie schnell mein Körper auf ihn reagiert. Seine Stimme, seine Berührungen, seine Aura – einfach alles. Ich bin süchtig nach ihm und ich möchte nie wieder so lange von ihm getrennt sein.

Wir haben uns dazu entschieden, doch erst morgen früh aufzubrechen. So kann ich in Ruhe eine kleine Tasche packen und wir haben diese Nacht zum Schlafen. Oder auch nicht. Wir können jetzt im Auto schon kaum die Finger voneinander lassen.

»Wohin führt uns die Reise als Erstes?«, möchte ich wissen, kurz nachdem wir meine Wohnung betreten haben.

»Ich sage nur vier Wörter: Sonne, Strand, Rune und Adam.«

Lächelnd umarme ich ihn von hinten, während er sich frische Unterwäsche aus seiner Tasche sucht. Er erinnert sich daran, was ich ihm vor Wochen mal per E-Mail geschrieben habe, und ich liebe es.

Er dreht sich um und nimmt mein Gesicht zwischen seine Hände. »New Orleans wird eventuell etwas zu weit sein, um mit dem Auto hinzufahren. Aber die Westküste hat wundervolle Strände zu bieten.«

»Vor allem jetzt im August.«

Adam nickt und gibt mir einen sanften Kuss auf den Mund.

Als er aus meinem Zimmer geht, um ins Badezimmer zu

gehen, läuft ihm Cathy in die Arme.

»Oh, hey. Adam!«, höre ich sie überrascht sagen und laufe ebenfalls aus dem Zimmer.

Ich habe die Hände auf meine Hüften gestemmt und sehe sie an. »Du hast von seinem Plan auch die ganze Zeit gewusst, oder?«

Cathy kichert. »Und wie ich das habe. Meine Mutter hat mir gleich davon erzählt.«

Adam zuckt mit den Schultern, wirft mir einen unschuldigen Blick zu und geht ins Bad.

Jetzt lächelt Cathy, breit und ungehalten. »Okay, jetzt erinnere ich mich wieder daran, wie gutaussehend er ist. Verflucht, Rune. Du hast ein verdammtes Glück.«

Ich gebe ihr einen Schubs mit meiner Schulter und schüttle den Kopf. »Er sieht nicht nur von außen gut aus.« Dabei ertappe ich mich, wie ich ihm verträumt hinterherblicke.

»Von außen, von innen und unter der Gürtellinie vermutlich auch, oder?«, fragt sie eher rhetorisch. Meine Antwort darauf ist ein nervöses Kichern. Cathy stimmt sofort mit ein und plötzlich fühle ich mich wie auf der Highschool, auf der ich nie war. Mit Freundinnen und einem gutaussehenden Schwarm, mit dem ich ungestört eine ganze Woche verbringen werde. Wer hätte vor wenigen Monaten gedacht, dass es mir einmal so gut gehen würde?

Wir beginnen unsere Reise in einem dunkelblauen Pick-up

hoch Richtung Norden und halten immer dann an, wenn uns gerade danach ist.

»Er ist bei der eigenen Firma seines Großvaters angestellt?«, frage ich.

»Ja, Kev hat darauf bestanden, eine einfache Angestelltenposition einzunehmen. Er war nie auf denselben Erfolg wie sein Opa aus. Wie auch. Kevin ist unter einfachen Umständen aufgewachsen und hat sich spontan dazu entschieden, Meeresbiologie zu studieren. Eigentlich wäre er lieber in die Weltraumforschung gegangen, aber durch seinen Großvater hat sich das Forschen auf dem Wasser eher angeboten.«

Wieder muss ich schmunzeln. »Ich kann nicht glauben, dass ich auf einen Nerd stehe. Und Silvia tut es offensichtlich auch.«

Auch Adam muss lachen. Erst vorhin haben wir ein Bild der beiden Turteltauben auf Kevins Instagramprofil gesehen.

»Wir sind eben unwiderstehlich«, scherzt Adam und dreht die Musik lauter. Ich beiße mir auf die Unterlippe, weil er recht hat.

Zur Ablenkung schaue ich aus dem Fenster, die Aussicht ist wie immer faszinierend und wir halten mehrere Male an bekannten Aussichtsplattformen und Stränden an. Dadurch sind wir stundenlang unterwegs, essen kleine Snacks auf der Ladefläche des Pick-ups und lassen uns die Sonne auf die Gesichter scheinen. Einmal leiht Adam sogar ein Surfbrett aus und ich sehe ihn zum ersten Mal auf dem Wasser. Er reitet furchtlos auf den Wellen und erwischt fast jede mit einer beachtlichen Leichtigkeit. Ich bin völlig beeindruckt, weil das Wasser des Ozeans immer etwas war, vor dem ich mich gefürchtet habe. Adam bittet mich oft, ihm im Wasser Gesellschaft zu leisten, und obwohl ich einen Bikini trage, möchte ich nicht. Irgendwann wirft er mich über seine Schulter und trägt mich ins Meer hinein.

»Adam! Nein! Stopp, stopp, stopp!«, protestiere ich und werde mit jedem Wort lauter. »Bitte, stopp!«

Er stellt mich mit meinen Füßen ins Wasser und blickt mich aufmerksam an. »Was ist?«

Ich zögere kurz, doch ich muss es ihm sagen. »Ich habe großen Respekt vor dem Wasser. Weil ... ich nicht schwimmen kann. Das hier«, sage ich und zeige auf meine Beine, wo das Wasser mir bis an die Knie geht, »ist das Höchste der Gefühle. Vor allem hier im Meer habe ich Angst von einer Welle ins Wasser gezogen zu werden. Auch wenn das völlig bescheuert ist, weil ich schließlich im Wasser stehen kann und hier kaum eine Welle zu sehen ist. Aber ich träume andauernd davon, von einer Welle verschluckt zu werden.«

»Du kannst nicht schwimmen und begibst dich Kilometer weit auf das Meer hinaus, um mich auf einem Schiff zu besuchen?«, fragte er erstaunt. Dabei überrascht ihn diese Tatsache wohl mehr als die, dass ich nicht schwimmen kann.

»So genau habe ich darüber nicht nachgedacht. Ich wollte eben ... zu dir.«

Jetzt lächelt er stolz und hebt mich wieder so hoch, dass sich meine Füße aus dem Wasser heben. Wie aus einem

Reflex lege ich meine Beine um seine Hüften und halte mich an ihm fest.

»Du überraschst mich immer wieder, Blossom«, flüstert er an meinen Lippen.

»Wir haben als Kinder eben nie schwimmen gelernt. Wie denn und wann?«

»Verständlich.«

»Sicher? Das ist also kein Problem für dich, gerade du als Wasserratte bräuchtest doch eine Begleiterin, die dein Hobby teilt ...«, gebe ich unsicher von mir.

»Alles was ich brauche, bist du Rune. Das war schon immer so, und das wird auch immer so bleiben.«

Ein warmes Gefühl breitet sich in meiner Magengrube aus und bewegt sich rasend schnell über meinen ganzen Körper. Adam schafft es immer wieder, mich wie dieses eine, besondere Mädchen fühlen zu lassen.

Das leise Geräusch des Wassers unter uns und seine zarten Küsse, einfach alles mit ihm fühlt sich so unfassbar gut an. Ich fahre ihm durch sein Haar, löse mich von ihm und betrachte ihn neugierig. »Wohin führt uns unsere Reise heute noch?«

Ein schelmisches Grinsen fährt über sein Gesicht. »Ich denke, wir sollten so langsam einen Ort zum Schlafen finden. Andererseits könnten wir auch irgendwo in der Wildnis übernachten, was denkst du.«

»In der Wildnis?«, frage ich überrascht und muss lachen. »Nicht in einem Hotel?«

Er zuckt mit den Schultern. »Ich habe ein Zelt dabei, Schlafsäcke, warme Decken. Wir kochen uns irgendwo warmen Tee für unsere Kannen und sind perfekt ausgestattet für die Nacht.«

Amüsiert schüttle ich meinen Kopf. »So kenne ich dich gar nicht.«

»Ich war gefühlt mein ganzes Leben lang anständig und ein vorbildlicher Junge. Lass uns etwas Außergewöhnliches tun.«

Es ist neu für mich, ihn so reden zu hören, weil ich mich daran erinnere, dass ich früher oft diejenige war, die mit ihm die *verbotenen Dinge* angestellt hat. Unser gemeinsamer Ritt auf Devil Rock, als der Jahrmarkt noch geschlossen hatte. Das Übernachten auf einer Wiese, weswegen er danach seine Eltern zum ersten Mal angelogen hat und als wir in Nevada in den Pool eines Motels eingebrochen waren ...

»Einverstanden?«, hakt er nach und ich zucke mit den Schultern, doch nicke schließlich.

»Ich habe kein Problem damit, in der freien Natur zu übernachten ...«, antworte ich. Adam hat keine Ahnung, wie oft ich in den letzten Jahren draußen geschlafen habe. Nicht weil ich auf der Straße gelebt habe, sondern weil ich die Menschen um mich herum satthatte, die immer dachten, ich wäre ihnen etwas schuldig, nur weil sie mir ein Zimmer und eine warme Mahlzeit anboten. Selbst wenn ich genug Geld verdient und eine Bleibe gefunden hatte, verbrachte ich unzählige Sommernächte im Freien.

Unser Abendessen nehmen wir auf der Veranda eines Restaurants direkt am Strand ein. Es ist herrlich und wir bleiben eine gefühlte Ewigkeit. Das Essen und meine Drinks schmecken köstlich und beinhalten gefährlich viel Alkohol. Ich hatte schon drei von diesen fruchtigen Cocktails, Adam trinkt Mineralwasser.

Ich kichere über fast alles, was er sagt, und habe mich schon lange nicht mehr so frei gefühlt. Die Lampions über uns werfen ein gedimmtes Licht auf unsere Gesichter und ich kann meine Augen nicht mehr von ihm lassen. Ich beobachte seinen Lippen, wenn er spricht, und höre dazu seine tiefe Stimme. Dabei flattern zarte Kolibris in meiner Magengegend herum und ich stelle mir vor, wie es wäre, wenn er auf einer einsamen Bühne stehen und nur für mich singen würde. Plötzlich sieht er mich irritiert an und lacht schließlich laut auf.

»Was? Was ist?«, frage ich verwirrt.

»Hast du mir gerade zugehört?«

Ich schlucke nervös. »Ja?«

Er lacht wieder. »Dann antworte mir auf die Frage, die ich dir gerade gestellt habe.«

»Frage?«

Jetzt hallt seine Lache über die ganze Veranda, sie ist so herzlich und laut, dass sie bis draußen auf dem Meer zu hören sein muss.

»Rune Evelyn Gibson, bist du etwa betrunken?«

Ich erschaudere kurz, weil er meinen gesamten Namen

nennt. »Vielleicht nur ein bisschen angetrunken.«

Ein Kellner läuft an uns vorbei und Adam bestellt die Rechnung. »Gehen wir besser, bevor ich dich ins Auto tragen muss.«

Wieder muss ich kichern und Adam wirft mir einen schelmischen Blick zu.

»Ich habe nichts dagegen, von dir ins Auto getragen zu werden«, sage ich, während er neben mir steht und mir meine Strickjacke reicht. Natürlich lässt er sich das nicht zweimal sagen. Er greift gekonnt unter meine Beine und nimmt mich in seine Arme, als würde er mich über die Schwelle tragen. Ich stoße einen kurzen Schrei aus und sehe noch, dass sich ein paar Gäste nach uns umdrehen. So egal wie heute war mir das schon lange nicht mehr.

Zurück in unserem Pick-up setzt mich Adam auf den Beifahrersitz, sprintet zur Fahrerseite und steigt ein. »Nächster Stopp: Irgendwo im Nirgendwo«, murmelt er und ich grinse.

Die Fahrt verläuft ruhig und wir lauschen der Musik im Radio, Adam singt leise mit. Ich nicke immer wieder ein und werde geweckt, als wir unser Ziel erreicht haben. Ich öffne die Augen kurz bevor Adam die Scheinwerfer des Autos ausschaltet. Es ist stockdunkel und draußen ist rein gar nichts zu sehen.

»Wo sind wir, Adam?«, flüstere ich, weil es mir fast ein wenig unheimlich ist.

»Komm mit.«

»Was? Mit raus? In diese beängstigende Dunkelheit? Bist

du wahnsinnig?«

Doch er hört mich gar nicht mehr, weil er bereits ausgestiegen ist. Als er die Beifahrertür öffnet, ziehe ich die dünne Decke, die ich mir vorhin über die Beine gelegt habe, bis vors Gesicht. »Vergiss es«, murmle ich in den Stoff hinein.

»Sei kein Angsthase und komm.« Er zieht mich an meiner Hand in seine Arme. »Ich bin bei dir.«

Tatsächlich fühle ich mich nirgends so sicher wie bei Adam. Emotional genauso wie körperlich. Er überragt mich wie immer um mehr als zwei Köpfe und, das fällt mir nicht zum ersten Mal auf, sind auch seine Schultern breiter geworden, so wie es bei den meisten jungen Männern der Fall ist. Dieser Gedanke lässt mich weiter an ihn schmiegen. Das merkt er sofort und zieht mich noch fester an sich heran, während wir weiterlaufen.

»Wir sind gleich an der Stelle, die ich dir zeigen möchte.«

»Mit dir würde ich überall hingehen«, entgegne ich ihm leise.

Wir laufen einen kleinen Hügel hinauf, durch eine hohe Wiese. Hier oben befinden sich kaum noch Bäume oder Pflanzen und mit einem Mal erstreckt sich der nachtblaue und sternendurchflutete Himmel vor uns. Fassungslos schnappe ich nach Luft. Das hier ist kein einfacher Sternenhimmel. Es ist als würde sich die gesamte Milchstraße vor uns erstrecken. Der Himmel ist nicht nur nachtblau, er färbt sich Richtung Horizont auch hellblau, lila, rosa. Ich sehe die funkelnden Sterne, die wunderschönen Farben, wie sie miteinander harmonieren - es raubt mir jeglichen Atem. Völlig aufgelöst bleibe ich stehen, weil ich es nicht glauben kann. »Oh mein Gott«, gebe ich von mir, doch es ist kaum hörbar. Ich sehe nur diesen atemberaubenden Nachthimmel und ich bin verliebt, hin und weg und vernarrt.

Irgendwann schaffe ich es doch und sehe ihm in sein lächelndes Gesicht. »Adam das ist ...«

»Magisch?«, vollendet er meinen Satz und ich nicke nur.

Er legt die Decke, die er mitgebracht hat, auf den Boden, so dass wir uns daraufsetzen und minutenlang den Sternenhimmel anstarren, ohne ein Wort miteinander zu sprechen. Ich beginne über mein ganzes Leben nachzudenken. Mit diesem galaktischen Ausblick fühlt man sich plötzlich so klein und unbedeutend. Doch das stimmt nicht ganz, denn es ist das erste Mal seit langem - vielleicht sogar seit überhaupt - dass ich das Gefühl habe, das Richtige in meinem Leben zu tun.

»Bist du glücklich, Adam?«, stelle ich ihm die Frage, die ich immer in solchen Momenten stelle und ich nehme mir vor, ihn das so oft zu fragen, wie ich nur kann. Denn ich möchte, dass Adam glücklich ist, und vielleicht bin ich diejenige, die ihn auch ein Leben lang glücklich machen kann.

»Jetzt in diesem Moment bin ich sehr, sehr glücklich, ja«, antwortet er frei und überzeugt.

»Ich auch«, flüstere ich und lehne meinen Kopf auf seine Schulter. Er legt seine Hand, die bis gerade eben auf meinem Bein ruhte, um meinen Oberarm und zieht mich zu sich.

Dabei gibt er mir einen Kuss auf die Schläfe, verharrt mit seinem Gesicht dort und atmet meinen Geruch tief ein.

»Weißt du, wie sehr ich dich vermisst habe?«, fragt er, macht aber nicht den Anschein, eine Antwort zu verlangen. Ich weiß auch nicht, ob er meint, dass er mich die letzten sechs Wochen vermisst hat oder die letzten fünf Jahre. Vermutlich beides. Denn genauso habe ich auch empfunden. Der Gedanke, dass er bald wieder auf hoher See unterwegs sein wird, stimmt mich traurig.

Wie wäre es, wenn wir in derselben Stadt leben würden und die Möglichkeit hätten uns immer zu sehen, wenn uns danach wäre? Wie wäre es ... eine richtige Beziehung mit ihm zu führen? Wenn er immer unterwegs ist, würden wir immer nur eine Fernbeziehung führen. Vielleicht könnte er mich ab und zu wieder auf das Forschungsschiff schmuggeln, er wäre auch nicht immer auf dem Wasser und vielleicht würde er sogar seinen Wohnsitz von San Francisco nach San Diego verlegen für mich. Doch er wäre trotzdem verdammt oft und vor allem lange weg.

»Warum?«, frage ich plötzlich ins Nichts hinein.

Er sieht mich fragend an. »Warum was?«

»Warum ist es so schwer ...«, ich zögere, weil ich nicht weiß, wie er darauf reagieren wird. »Warum ist es so schwer, normal zu sein.«

»Weil normal sein langweilig ist«, antwortet er lächelnd, ohne zu wissen, worauf ich hinauswill.

»Ich habe mir immer gewünscht, ein normales Leben zu

führen. Beständig, verantwortungsvoll. Ich denke, das tue ich jetzt«, beginne ich zu erzählen. »Doch die Wahrheit ist, dass mein Leben auf einer Lüge basiert. Cathy, Lorelei und Silvia, sie alle wissen nicht, wer ich wirklich bin und woher ich stamme. Sie sehen nur die ruhige und reservierte Rune. Auch wenn ich die letzten Wochen ein bisschen über mich hinausgewachsen bin, bin ich nicht die Rune, die ich früher war. Spontan, unbeschwert und frei. Natürlich tobte in mir damals auch ein innerer Kampf. Ich wollte von meinem Vater gesehen werden, ich wollte mehr Aufmerksamkeit und seine Liebe spüren. Doch die bekam ich nicht. Nie. Und dann begann ich das Leben der anderen Jugendlichen in meinem Alter zu sehen und ... verdammt, ich wollte auch so sein. Und dann kamst du. Du hast mir gezeigt, dass es okay ist, so zu sein, wie ich war.«

Mit seiner freien Hand greift Adam nach meiner und führt sie an seinen Mund, wo er einen zarten Kuss auf meinem Handrücken hinterlässt. Diese Berührung ist so intensiv, dass ich seine Lippen vermutlich die ganze Nacht noch auf meiner Haut spüren werde.

»Und jetzt«, fahre ich fort, »bist auch du wieder der Einzige, der mich so akzeptiert, wie ich bin. Du bist der Einzige, der mich wirklich kennt, die neue und die alte Rune. Würde ich so wie jetzt auf dem Jahrmarkt vor Augustus und den Zwillingen erscheinen, würden sie mich vermutlich gar nicht erkennen.« Adam horcht aufmerksam auf, als ich den Rummel erwähne und ich fahre fort. »Doch die Wahrheit ist, dass ich nie wieder dort auftauchen werde. Es ist ausgeschlossen und der Gedanke allein ist eine Utopie. Also konzentriere ich mich auf mein neues Leben, doch es basiert auf einer Lüge.«

»Warum sagst du das, Rune? Nur weil deine Freundinnen dein früheres Ich nicht kennen, heißt das noch lange nicht, dass sie es nicht akzeptieren würden. Du gibst ihnen nicht einmal die Chance, die frühere Rune kennenzulernen. Sie würden dich trotzdem lieben, das weiß ich.«

Ich spüre kein bisschen Alkohol mehr in meinem Blut. Auf einmal sehe ich alles klar vor meinen Augen und ich nehme mir vor, Adam die ganze Wahrheit zu meinem jetzigen Leben zu erzählen. »Ich glaube nicht, dass sie eine Lügnerin mögen würden. Cathy und Lorelei stammen aus wohlhabenden Familien, ihre Kindheit war immer behütet und sorgenfrei. Sie haben Geld und denken, dass auch ich aus ähnlichen Verhältnissen stamme. Als Cathy mich kennengelernt hat, habe ich gerade in einem Designer-Outlet gejobbt und ihr erzählt, dass ich mich gerade von meinem Freund getrennt hätte und auf der Suche nach einer Wohnung und einem neuen Job wäre. In Wahrheit habe ich aber abends noch in einer Jugendherberge geputzt, wo ich - wie so oft in den letzten Jahren - in einer Abstellkammer übernachtet habe. Manchmal hatte die Besitzerin Mitleid mit mir, und ließ mich in einem der richtigen Zimmer schlafen, wenn ihr Mann nicht da war.

Verflucht, ich wollte doch einfach nur ein normales Leben

führen, doch mit dem Hungerlohn, den ich verdiente, war das einfach nicht möglich. Kein Schulabschluss, keine Ausbildung. Wo sollte ich hin?

In der Jugendherberge habe ich Bekanntschaft mit einem Pärchen gemacht, das Kontakt zu irgendwelchen zwielichtigen Typen hatte, die Zeugnisse, Ausweise und alles Mögliche fälschten. Das war die Gelegenheit dem Trott zu entfliehen. Ich musste die Chance ergreifen, die sich mir gerade eröffnet hatte. All die Zertifikate und Abschlusszeugnisse, die ich in die Bewerbung schob und wenig später Cathy überreichte, damit sie sie ihrer Mutter geben konnte, sind allesamt gefälscht. Eine Lüge, von A bis Z. Ich dürfte offiziell meinen Job gar nicht ausführen.«

Adam ist verstummt. Offensichtlich habe ich ihm die Sprache verschlagen.

»Ich bin so hin- und hergerissen, Adam. Bevor wir uns wieder begegnet sind, habe ich meinen Alltag gelebt, wie ein Roboter. Ich glaube nicht, dass ich in der Zeit jemals etwas gespürt habe außer Trauer und Niedergeschlagenheit. Und dann standest du auf einmal da, in dieser Bar auf der Bühne. Du hast mich zurück ins Leben geholt. Ich kann wieder lachen und die schönen Dinge genießen. Doch ich beginne alles zu hinterfragen. Mir wird bewusst, auf was für einer unglaublichen Lüge mein Leben steht. Ich kann nicht ... ich weiß nicht, was ich tun soll.«

Verzweifelt blicke ich ihn an. Auch seine Ausgelassenheit ist ihm aus dem Gesicht gewichen.

Ich brauche Adam und seine Hilfe, um mir bewusst zu werden, wo ich hingehöre. Anders schaffe ich es nicht.

Kapitel 18

Adam

»Bitte hilf mir«, flüstert sie leise und sieht mich flehend an. »Was soll ich tun?«

Mir wird wieder bewusst, wie zerbrechlich Rune innerlich ist. Auch wenn sie nach außen hin stark und selbstbewusst wirkt, ist sie verzweifelt.

Und wie jedes Mal, wenn wir von früher sprechen, sickern diese Gedanken an die Oberfläche zu einer Sache, über die ich schon die ganze Zeit hadere, es ihr bisher aber noch nicht sagen konnte.

Stattdessen nehme ich sie in meinen Arm. »Ich werde alles Erdenkliche tun, um dir zu helfen, Rune.«

Sie sieht mich an in der Hoffnung, ich könnte ihr jetzt sagen, wie es weitergehen soll. Das werde ich, aber nicht jetzt und nicht heute.

»Lass uns die nächsten Tage genießen und schauen, wohin uns die Reise führt, okay? Und ich verspreche dir, heute in einer Woche weiß ich, was und wo wir anfangen werden.«

»Wir«, wiederholt sie. »Das hört sich schön an.«

Ich nicke, denn das tut es wirklich.

Wenn ich an die Zukunft denke, sehe ich Rune bei mir. Egal

was kommen mag, nie soll uns wieder etwas trennen. Ich denke, dass es ihr ähnlich geht. Diese eine Woche jedoch verbringen wir, ohne über die Zukunft zu reden. Wir haben eine tolle Zeit. Rune ist völlig losgelöst, wenn wir den Tag am Strand verbringen oder in den Bergen spazieren gehen und auch nachts, wenn wir draußen auf der Ladefläche des Pick-ups liegen oder in unserem Zelt unter freien Himmel übernachten. Ich sauge alle Eindrücke auf und möchte alles für immer in meiner Erinnerung behalten. Wir lernen uns auf jegliche Weise neu kennen und wir lieben uns, jede Nacht. Rune ist so ein zartes Wesen, doch sie ist eine Kämpferin. Eine wunderschöne noch dazu. Ich beobachte sie, wenn sie am geöffneten Fenster sitzt, ihre Hand nach draußen hält und den Wind durch ihre Finger wehen lässt. Sie lächelt dabei und bewegt ihre Lippen zu den Songs, die im Radio laufen. Jetzt, wo sie sich nicht mehr schminkt und wir stundenlang in der Sonne verbringen, sehe ich die Sommersprossen wieder in ihrem Gesicht. Ihre Haare sind nach wie vor nur schulterlang, doch ihre Locken wehen im Wind und kringeln sich in alle Richtungen. Der dunkelrote Ansatz ist immer mehr zu sehen. Seitdem ich sie vor zwei Monaten das erste Mal wieder getroffen habe, hat sie ihre Haare nicht mehr heller gefärbt. Und es stört sie nicht, gar nicht.

»Ich habe deine Kette immer bei mir getragen«, gesteht sie mir eines Abends. »Wenn ich sie nicht anhatte, trug ich sie trotzdem bei mir. Und immer, wenn ich mich einsam fühlte, habe ich sie angeschaut und mich an deine Worte erinnert.«

Wir liegen in unserem Zelt, in der Nähe des Strands. Zu hören ist nur das Rauschen der Wellen. Rune hält den Anhänger fest zwischen ihren Fingern, ich nehme ihre Hand in meine, drücke sie fest und flüstere: »*Damit du dich erinnerst, dass wir immer unter demselben Himmel sein werden.*«

Rune nickt. »Der Gedanke, dass du irgendwo da draußen unter demselben Himmel gelegen hast und vielleicht auch gerade an mich dachtest, hat mich irgendwie beruhigt.« Sie dreht sich jetzt auf die Seite in meine Richtung. Es ist stockdunkel, doch unsere Augen haben sich an die Dunkelheit gewöhnt.

»Mit dir am selben Fleck unter demselben Himmel zu liegen, ist bedeutend besser.« Ihre Stimme erklingt nur noch als leises Flüstern und ich bekomme eine Gänsehaut. »Danke, dass du mir diese Woche ermöglicht hast, Adam.«

Meine Antwort darauf ist ein verspielter Kuss auf ihre warmen Lippen. Sie schmeckt göttlich, immer wieder aufs Neue. Wenn ich daran denke, wie sehr sie mir damals schon im Kassenhäuschen von *Devil Rock* gefallen hat und wie sehr ich sie jetzt begehre. Großer Gott, das ist ein himmelweiter Unterschied. Denn jetzt ist sie eine erwachsene Frau, ich kenne ihr Innerstes und alles, was sie zu diesem besonderen Menschen macht.

Morgen werde ich ihr sagen, dass ich jetzt weiß, wie es mit uns weitergehen soll. Seitdem ich mit ihr vor einer Woche in das Auto gestiegen bin, weiß ich, dass es nur diesen einen Weg für uns geben kann. Und ich wünsche mir nichts sehnlicher, als mit ihr diesen Schritt zu gehen.

Wir packen all die Dinge zusammen, die sich im Zelt befinden und ich baue es innerhalb weniger Minuten ab, weil ich nach einer Woche genau weiß, wie das geht.

Als wir wieder die Zivilisation erreichen, halten wir an einem IHOP und essen im Stillen unsere Pancakes zum Frühstück. Rune gibt sich Mühe zu lächeln, doch sie weiß genauso gut wie ich, dass ich heute Abend, nach unserer Ankunft in San Diego wieder nach San Francisco fliegen muss, weil ich morgen früh einen Termin in der Firma habe, um die nächste Exkursion zu besprechen. Diese wird bereits in einer Woche beginnen, doch vielleicht wird sie ohne mich stattfinden.

Zurück auf der Straße fahre ich Richtung Süden, doch relativ bald verlasse ich die Interstate und folge der Landstraße zum Strand.

Rune sieht auf die Schilder. »Warum fahren wir nicht weiter?«

»Ich möchte mit dir noch an einen bestimmten Ort fahren«, antworte ich nur und sehe, dass sie das zufrieden stimmt. Denn die letzte Woche habe ich sie kein einziges Mal enttäuscht. Diesmal begleiten mich jedoch gemischte Gefühle, weil wir nie darüber gesprochen haben.

Ich parke das Auto außerhalb vom Zentrum von Laguna Beach und werfe noch mal ein Blick auf mein Handy, bevor wir aussteigen, um zu wissen, wo lang wir laufen müssen.

Rune sieht ein bisschen skeptisch aus, doch sie reicht mir ihre Hand.

»Vertraust du mir?«, frage ich.

»Ich bin mir noch nicht sicher«, antwortet sie immerhin ehrlich. »Wo gehen wir hin?«

»Wir müssen ein Stückchen laufen. Aber vielleicht kann ich die Zeit nutzen, um dir etwas zu erzählen.« Meine Stimme klingt plötzlich nicht mehr so selbstbewusst wie vor wenigen Minuten. Ich kann nicht leugnen, dass ich auch etwas Angst vor ihrer Reaktion habe.

Die ersten Meter gehen wir leise nebeneinander her und halten uns an den Händen. Warum auch immer ist es heute nicht so warm wie die letzten Tage und ich sehe die Gänsehaut an Runes Armen, da sie nur eine schwarze Bluse mit kurzen Ärmeln trägt. Auch ich trage nur ein Shirt, doch unwillkürlich lege ich meinen Arm um ihre Schultern und ziehe sie an mich, um sie aufzuwärmen.

Ich nehme mir vor, sie jetzt über mein Vorhaben aufzuklären. Unser Ziel ist hier schon von Weitem zu erkennen. Es ist nicht zu übersehen, das Riesenrad. Es ist nicht so groß wie das von Mias Eltern, außerdem ist es nicht strahlend weiß, sondern rot, mit bunten, doch auch offenen Kabinen.

Auch Rune erblickt es sofort und bleibt abrupt stehen. »Was machen wir hier?«

Ich bleibe ebenfalls stehen und sehe sie an. Die Wörter kommen ihr nicht wie eine normale Frage über die Lippen, sondern hohl und leer, als wäre es nicht mehr Rune, die zu mir spricht. Ihr Gesicht wird kreidebleich und kleine Schweißperlen bilden sich auf ihrer Stirn.

»Ich ... ich wollte ...«, stammle ich, denn so habe ich sie noch nie gesehen. Sie sieht erbärmlich aus, doch ihre Augen kleben weiterhin an diesem Riesenrad.

Mit einem festen Ruck drehe ich sie an ihren Schultern zu mir, damit sie mich wieder anblickt. »Rune, atme«, bitte ich sie inständig, da sich weder an ihrer Kehle noch ihrem Brustkorb auch nur eine Atembewegung erkennbar macht.

Panisch sieht sie mich an. Ihre Augäpfel treten hervor. Sie wirkt völlig verstört. »Ich muss hier weg, ich muss hier sofort weg«, sagt sie und entreißt sich meinem Griff. Sie rennt los, in die Richtung, aus der wir gekommen sind und schaut nicht nach links oder nach rechts. Ich habe Angst, dass sie genauso auch über die Hauptstraße rennen wird, die sich weiter vorne befindet. Ich renne ihr sofort nach, doch sie ist so unglaublich schnell. Wenige Sekunden später geschieht genau das, was ich befürchtet habe. Sie überquert die Straße, ohne auf den Verkehr zu achten, die Autos hupen, bremsen abrupt ab.

»Rune!«, schreie ich ihr nach, doch sie hört mich nicht. Auch ich muss die Straße wie ein Wahnsinniger überqueren, um ihr auf den Fersen zu bleiben. Sie erreicht den Strand, springt die wenigen Stufen hinab und landet mit ihren Knien im Sand. Ich bin direkt hinter ihr, doch sie steht auf und läuft bis nach vorne ans Wasser, vor dem sie sich so sehr fürchtet. Endlich bleibt sie stehen. Ich trete neben sie und sehe, wie sie heftig ein und ausatmet. Und sie weint, dicke Tränen laufen ihr übers Gesicht.

»Rune«, wiederhole ich jetzt leiser und gerade wollte ich sie noch schütteln, weil sie von einem Auto hätte erfasst werden können. Doch jetzt sehe ich, wie sie schluchzt und ihr Gesicht verzweifelt in ihren Händen vergräbt.

»Gott, Rune«, wiederhole ich und nehme sie in den Arm. Ihr ganzer Körper bebt unter meiner Umarmung. Was habe ich bloß getan? Ich drücke sie so fest an mich, wie ich nur kann.

»Warum hast du das getan, Adam?«, spricht sie plötzlich leise und mit belegter Stimme.

»Weil ich es nicht wusste, Rune. Ich wusste nicht, dass du so empfindest, allein beim Anblick eines ...« Ich traue mich nicht einmal mehr, dieses Wort auszusprechen. Riesenrad. Ein verdammtes Riesenrad. Es ist zwar nicht das, was mal ihrer verstorbenen besten Freundin gehört hätte, aber es ist ein Riesenrad. Ich bin so ein verdammter Trottel, ich hätte es gleich wissen müssen!

»Es tut mir so leid, Rune. Das musst du mir glauben. Ich habe es wirklich nicht gewusst, aber ich ... ich hätte es mir denken müssen.«

In ihren tränenunterlaufenen Augen sehe ich Enttäuschung. »Ja, das hättest du dir wirklich denken können.«

»Was wolltest du damit bezwecken? Wofür das Ganze?«, fragt sie immer noch außer sich.

Jetzt in diesem Moment kann ich es ihr nicht sagen. Das

wäre unser Untergang. Ihrer, genauso wie meiner. »Das spielt jetzt keine Rolle mehr.«

Ihr Gesichtsausdruck wandelt sich mit jeder Sekunde von verzweifelt zu wütend. Nicht nur wütend, sondern unglaublich empört. »Sag ... mir ... was du dort vorhattest, Adam.«

Ich schlucke schwer und sie zieht sich aus meiner Umarmung. Immer noch auf eine Antwort wartend, bleibt sie vor mir stehen. »Was wolltest du dort ...«, wiederholt sie jetzt nur als leises Krächzen. Ich erkenne sie kaum wieder.

Es kostet mich einen tiefen Atemzug, um zu wissen, dass ich sie nicht anlügen kann. Ich könnte ihr jetzt sonst etwas erzählen, irgendetwas erfinden, damit dieser furchtbare Moment endlich endet. Doch ich kann nicht. Also fange ich an. »Ich ... habe ... ich hatte die Vorstellung. Ich dachte ...«, Gott im Himmel, wie soll ich ihr das nur erklären, »die letzten Tage habe ich festgestellt, dass es nichts Besseres geben kann, als mit dir unterwegs zu sein. Ich liebe die neue Rune, aber ich habe dich wieder mit denselben Augen wie damals gesehen, nur anders und besser. Du bist und bleibst meine Wildblume, Rune. Ich habe mir vorgestellt, wie es wäre, jeden Tag und für mein restliches Leben mit dir unterwegs zu sein. Ich wollte dich fragen, ob du dir vorstellen könntest, wieder als Schaustellerin unterwegs zu sein, mit mir. Nicht auf dem Jahrmarkt deines Vaters, sondern einem x-beliebigen. Andauernd werden irgendwo helfende Schausteller gesucht, wir hätten das tun können. Wir wären immer unterwegs und immer zusammen. Wir wären wild ... und frei.«

Rune ist fassungslos und ich muss gestehen, dass es mich ein wenig verletzt. Denn es ist nicht nur das, was ich in ihren Augen sehe, sondern es ist auch Abscheu und diese war noch niemals dagewesen.

»Ich kann nicht glauben, was ich da höre«, spricht sie leise und abgeneigt. »Das kann nicht dein Ernst sein.«

Jetzt bin ich es, der sie ablehnend ansieht. »Ist es denn so abwegig?«

Sie sieht mich an, als würde ich Witze machen. Ihre Tränen sind jetzt wieder getrocknet, was unter gewöhnlichen Umständen etwas Schönes wäre. Doch an diesem Moment ist rein gar nichts mehr schön. Es ist, als würden sich zwei Fremde gegenüberstehen.

»Ja, verflucht. Nach meiner gerade stattgefundenen Panikattacke ist es sehr abwegig, Adam. Sehr. Ich verstehe gar nicht, wie du so etwas noch fragen kannst.«

»Natürlich ist mir klar, dass ich über deine Panikattacke nicht einfach hinwegsehen würde, Rune. Wo denkst du denn hin?«

»Ach, nein? Das heißt, du findest immer noch, dass es eine super Idee wäre, einen auf Schausteller zu machen? Das ist kein verdammtes Abenteuer, Adam!«

Ich fasse es nicht, wie abschätzig sie gerade mit mir redet.

»Du denkst also, ich könnte meine Angst, so einen Platz zu betreten, einfach übergehen. So tun, als ob die Angst gar nicht da wäre?«, fährt sie fort und ich schüttle erbost mit dem Kopf.

»Das habe ich nicht gesagt, Rune. Würdest du bitte aufhören, mir die Wörter im Mund zu verdrehen?« Mit jedem weiteren Satz, den sie von sich gibt, werde ich wütender, doch ich beherrsche mich, es nicht in meine Stimmlage miteinfließen zu lassen. »Was ich denke, ist, dass ich dir helfen könnte, über diese Angst hinwegzukommen. Wir könnten uns auch professionelle Hilfe holen, damit du mit jemandem darüber reden kannst, der in die ganze Sache nicht verwickelt war. Ich würde dich nie zu etwas drängen, Rune. Aber ich finde, dass du es versuchen solltest.«

Sie kneift ihre Augen zusammen. »Wir werden gar nichts davon tun.« Jetzt dreht sie sich um und blickt aufs Meer. Ich trete näher an sie heran.

»All die Jahre wolltest du Meeresbiologie studieren. Du hast wegen mir dein Stipendium aufs Spiel gesetzt. Weißt du, wie oft ich mir deswegen Vorwürfe gemacht habe? Doch du hast weiterhin dafür gekämpft und trotzdem geschafft, aufs College zu gehen. Du hast einen Job, um den dich tausende Studienabgänger beneiden würden. Und jetzt das? Du möchtest einfach alles hinwerfen?«, sie spricht nicht in meine Richtung und so leise, dass ich sie kaum verstehe. »Was ist aus diesem Adam geworden? Der, der für seine Träume gekämpft hat und nicht gleich alles hinwerfen möchte, nur wegen einer Woche Abenteuer mit seiner *Wildblume*.« Da ist er wieder, der spitze Ton. Sie spricht das Wort Wildblume so negativ aus, dass die Wut in mir noch größer wird. »Was wäre mit deinen Freunden? Deiner Mutter? Du würdest alles hinter dir lassen. Und stell dir vor, auch ich habe mir mittlerweile ein Leben aufgebaut. Denkst du, ich würde das alles zurücklassen wollen?«

»Ein Leben voller Lügen, Rune. Das waren doch deine Worte«, platzt es mir heraus.

Sie schnauft verächtlich. »Lieber ein Leben voller Lügen als zurück auf einem Jahrmarkt.« Sie dreht ihren Kopf wieder zum Horizont vor uns. Jetzt geht sie zwei Schritte ins Wasser hinein, dabei streift sie ihre Schuhe von den Füßen und schmeißt sie hinter uns in den Sand. Ich beobachte, wie sie einen Schritt nach dem anderen geht. Die kurze Shorts, die sie trägt, wird von dem Wasser der Wellen benetzt. Das Wasser befindet sich jetzt bereits über ihren Knien und ich frage mich ernsthaft, was sie damit bezweckt, da sie vor Kurzem noch sagte, dass sie Angst hätte im Wasser.

»Rune, was machst du da?«, rufe ich ihr nach.

Sie reagiert nicht und läuft weiter. Mittlerweile umgibt das Wasser schon ihre Hüften und heute ist der Wellengang nicht so harmlos wie die letzten Tage am Meer. Das Wasser trifft mit jeder neuen Welle ihren Oberkörper und ich bin mir sicher, dass sie sich keinesfalls mehr wohl dabei fühlen wird.

Ich laufe ihr nach, beschleunige meinen Schritt, bevor sie tiefer geht, und ziehe sie an ihrem Handgelenk zurück. Sie stolpert dabei über ihre eigenen Füße und fällt mir gegen die Brust. Ihre Hände krallen sich an meiner Haut fest.

»Was soll das, Rune?«

Ich sehe Angst in ihren Augen und Verunsicherung und so viele Dinge, die ich nicht verstehe. »Das ist es doch, was du willst, oder? Dass ich mich meiner Angst stelle. Und wenn ich dabei untergehe, Adam? Ist dir das egal?«

»Natürlich ist mir das nicht egal!«, sage ich gefangen. Rune hält mein Herz in einem Käfig und sie weiß nicht einmal, was sie mir damit antut. Ich möchte sie nicht leiden sehen, ich ertrage ihre Angst und ihr Unbehagen nicht. Versteht sie denn nicht, dass ich ihr helfen möchte?

»Bitte«, flehe ich sie an und ziehe sie zu mir. »Bitte, lass mich dir helfen. Am Anfang dieser Reise sagtest du mir, dass du nicht wüsstest, was du tun sollst. Und es stimmt, du sollst kein Leben führen, das dich nicht erfüllt und von Lügen belastet ist. Ich sehe es doch, Rune. Du bist nicht diese Person, die Designerklamotten trägt, die sich bis zur Unkenntlichkeit schminkt. Du legst keinen Wert auf Status oder Geld. Du gehörst raus in die Welt, mit mir. Bitte, ich möchte mit dir das Leben führen, das dich ausmacht, das aus dir diesen starken und unabhängigen Menschen gemacht hat.«

Tränen steigen ihr wieder in die Augen und auch ihre Wut scheint langsam abzuebben.

»Bitte«, wiederhole ich und halte ihr Gesicht zwischen meinen Händen. »Bitte, lass mich dir helfen.«

Kapitel 19

Rune

Adams Zorn von gerade eben hat sich in Luft aufgelöst. Stattdessen ist er betroffen, verzweifelt und ich bin mir sicher, dass er verrückt geworden ist. Er kann das nicht ernst meinen. Sein Vorhaben, ein Schaustellerleben zu führen, ist völlig aus den Wolken gegriffen. Möchte er mir helfen, über meine Angst hinwegzukommen, weil er mir damals nicht helfen konnte? Denn anstatt ihm eine Chance zu geben und seine Hilfe anzunehmen, habe ich ihm einen Brief geschrieben und mich für immer von ihm verabschiedet. Doch das, was er jetzt von mir verlangt, ist schier unmöglich.

»Bitte, lass mich dir helfen«, fleht er, doch in Wahrheit ist er derjenige, der mich hilfesuchend ansieht. Ich spüre den Druck seiner Hände auf meinen Wangen, seinen Atem an meinen Lippen. Wenn ich zulasse, dass er mir hilft – nein, das ist nicht möglich. Das wäre Wahnsinn. Er kann mir genauso helfen, wenn wir ein ganz normales Leben in San Diego führen. Warum musste er sich so etwas Außergewöhnliches und Wahnsinniges in den Kopf setzen? Ich verstehe es nicht und ich werde auch niemals Verständnis dafür aufbringen können.

»Was sagst du, Rune? Sollen wir es wagen?«, fragt er immer

noch verzweifelt, als würde unser ganzes Leben davon abhängen.

»Ich kann nicht, Adam. Ich kann nicht zurück auf den Rummel. Nie wieder.«

»Doch, das kannst du«, murmelt er und kommt mir mit seinen Lippen näher, so dass nur wenige Millimeter sie voneinander trennen. Ich spüre das kühle Wasser, in dem wir stehen, kaum noch und auch, dass wir mit jeder Welle weiter hineingezogen werden. Adam wühlt mich völlig auf. Er und das was er sagt. Ich bin verwirrt, traurig, enttäuscht und unglaublich überfordert.

»Das kannst du«, wiederholt er, erhöht den Druck seiner Handflächen auf meinen Wangen noch weiter und küsst mich schließlich, eindringlich und fordernd. Ja, ich spüre sogar Wut in seinem Kuss. Erregung und Verzweiflung. Ich erwidere den Kuss, umschließe seine Lippen intensiv, während er mich an meinem Po hochhebt und ich meine Beine um seine Hüften lege. Küssend läuft er mit mir zurück an den Strand und macht dabei große und schwere Schritte, um gegen das Wasser, das uns immer wieder zurück ins Meer zieht, anzukämpfen. Kaum sind wir zurück an Land, lässt er sich auf dem Sand nieder, wo ich rittlings auf seinem Schoß sitzen bleibe. Wir küssen uns weiter, hören auf, um uns anzusehen und uns wieder zu küssen. Seine Lippen schmecken so bittersüß, doch seine Augen sehen erschöpft und niedergeschlagen aus.

Er denkt, dass er mir helfen kann. Doch das kann er nicht.

In dieser Hinsicht möchte ich seine Unterstützung nicht. Das wird er schon verstehen, wenn sich unsere Gemüter wieder beruhigt haben und sobald sie das haben, werde ich ihn bitten, seine Entscheidung nochmals zu überdenken. Natürlich bricht es mir das Herz bei dem Gedanken, so oft von ihm getrennt zu sein. Aber das ändert nichts an der Tatsache, dass die Meeresbiologie alles war, was er sich jemals gewünscht hat. Er kann sie nicht an den Nagel hängen. Das muss ihm doch klar sein?

Es ist nicht viel los an diesem Strandabschnitt, doch bevor unsere Küsse zu mehr führen, höre ich auf und beobachte seinen schweren Atem. Er hat die Augen geschlossen. Als er sie wieder öffnet, zieht er mich weiter auf seinen Schoß und vergräbt sein Gesicht an meiner Halsbeuge. Ich fahre ihm durchs Haar und bitte ihn schließlich, uns ans Auto zurückzuführen.

Während der Fahrt spricht niemand ein Wort, nicht einen Ton. Die Tatsache, dass ich nicht bereit bin, auf sein Vorhaben einzugehen, und er immer noch von dieser Idee überzeugt ist, schwebt schwer im Innenraum dieses Autos. Das Auto, das uns die letzte Woche zu jedem so wunderbaren Ort gebracht hat bei Tag und bei Nacht. Ich hasse es, dass das heutige Erlebnis so einen Schatten auf unseren kleinen Trip werfen muss.

Zum Glück sind es von Laguna Beach nach San Diego keine siebzig Meilen. Die anderthalb Stunden Schweigen schaden uns nicht. Vielleicht wird ihm das helfen, wieder einen klaren Kopf zu bekommen. Ich wünsche es ihm, doch vor allem uns. Ich weiß nicht, was aus uns werden soll, wenn er nach wie vor darauf bestehen sollte und was passieren wird, wenn ich ihm weiterhin meine kalte Schulter zeige. Doch was ist daran kalt? Er kann mich nicht dazu zwingen, oder? Das würde er niemals tun. Auch wenn er sich in vielerlei Hinsicht verändert hat, und Dinge getan hat, die der frühere Adam damals nicht getan hätte, wird er nicht so weit gehen.

Adam parkt das Auto vor meiner Wohnung und steigt aus. Er hilft mir dabei, meine Tasche von der Ladefläche zu lösen, und reicht sie mir. Die Sonne wird bald untergehen und sein Flug nach San Francisco geht um halb neun. Eigentlich hätten wir noch ein wenig Zeit, doch er macht nicht den Eindruck, mit nach oben kommen zu wollen.

»Ich muss noch Kev bei Silvia abholen. Je nachdem wie der Verkehr ist, sollte ich jetzt losfahren«, seine Stimme klingt belegt und so sachlich.

»Okay«, erwidere ich und versuche ihm, in die Augen zu sehen. Doch er weicht meinem Blick aus. »Können wir heute Abend noch mal telefonieren, bitte?«

Als er mich endlich ansieht, erkenne ich ihn nicht wieder. Er sieht betroffen und enttäuscht aus und ich weiß sofort, dass er immer noch davon ausgeht, dass sein Plan aufgehen wird. »Klar«, antwortet er nur. Nicht erfreut, sondern trocken.

Ich nicke und nehme die Tasche über meine Schulter. »Bis heute Abend.«

Er presst seine Lippen aufeinander und bringt noch ein, »mach's gut, Rune«, raus, bevor er ins Auto steigt, mir noch einen letzten Blick zuwirft und davonfährt.

Adam hat mich am Abend unserer Ankunft nicht mehr angerufen. Er hat mir zu später Stunde geschrieben, dass er gelandet sei, aber noch etwas mit Kev vorbereiten müsse und dann zu müde wäre. Von der Fahrt, vom Flug, von was auch immer. Es war ein Vorwand, das weiß ich genau.

Auch heute, zwei Tage später, hat er mir nur sporadisch eine Nachricht geschrieben, dass es ihm leidtäte, dass er sich nicht meldet, doch dass er gerade zu viel um die Ohren hätte.

Jetzt habe ich Feierabend und möchte mich eigentlich auf den Weg nach Hause machen, doch dann entscheide ich mich spontan dazu, mit Silvia etwas trinken zu gehen. Wir treffen uns in der Bar, in der Adam und die Band ihren zweiten Auftritt damals hatten. Auch Kev hat eine Woche bei ihr verbracht und ich sehe sie heute seitdem das erste Mal. Sie grinst übers ganze Gesicht und sieht ... glücklich aus. Als sie mir gegenübertritt, muss ich unweigerlich anfangen zu lachen.

»Was hat Kev bloß mit dir angestellt, dass du zwei Tage nach seiner Abreise immer noch so ...«, beginne ich den Satz, den sie sofort für mich beendet.

»Durchgevögelt aussiehst? Ja, ich weiß. Gott ... die Woche

war der reinste Wahnsinn.«

Wir setzen uns an einen der wenigen freien Tische und bestellen was zu trinken. Silvia bestellt sich einen Long Island Ice Tea und ich Gin Tonic.

»Musst du morgen nicht arbeiten?«, frage ich sie.

»Doch, aber wenn ich den hier trinke, spare ich mir die weiteren Drinks, weil der alleine mich schon betrunken genug macht.« Sie hält ihr Glas in die Höhe und wir prosten uns zu.

»Was gibt's denn so Wichtiges? Warum wolltest du dich mit mir treffen?«, fragt sie schließlich und nippt an ihrem Glas.

»Ich ... ähm ... wollte mich nur erkundigen, wie es dir geht und wie deine Zeit mit Kev war? Offensichtlich hattet ihr Spaß.«

Silvia grinst wieder. »Oh, ja. Den hatten wir.« Dann wirft sie mir einen eingehenden Blick zu. »Aber das ist doch nicht der eigentliche Grund, warum wir uns treffen, oder?«

Ich seufze. Oh Mann. Ich wusste gar nicht mehr, wie es sich anfühlt, mit jemanden über mich, mein Leben und meine Gefühle zu sprechen. Das letzte Mal, als ich das getan habe, war mit Mia.

»Adam und ich. Wir haben uns gestritten, glaube ich«, fange ich an und fühle mich unwohl.

»Nein, wirklich? Während des tollen Überraschungstrips?«

Ich nicke. »Ja, aber erst an unserem letzten Tag. Seit seiner Abreise hat er sich kaum gemeldet und ich ... ich weiß nicht,

was ich tun soll. Er hat einen unfassbar groben Fehler began-
gen beziehungsweise einen undenkbaren Vorschlag gemacht, wie es mit uns weitergehen soll. Ich kann darauf nicht
eingehen und jetzt redet er nicht mehr mit mir.«

»Was ... hat er dir auch einen Heiratsantrag gemacht?«,
fragt Silvia unverhohlen.

Ich räuspere mich. »Woher weißt du das denn jetzt? Ich
meine, nein, hat er nicht. Aber du spielst doch auf seine Ex-
Freundin an.«

»Entschuldige, Süße. Kev hat es mir erzählt.«

»Ach ja? Und dann sag mal einer, dass Frauen die Tratsch-
tanten sind.«

Sie sieht mich mit einem belustigten Blick an. »Was ist
denn dann passiert?«

Ich schnaube die Luft laut aus und nehme einen großen
Schluck meines Gin Tonics. Wie soll ich ihr das bloß erklären, ohne zu viel zu erzählen? Ich kann ihr unmöglich alles
sagen. »Er möchte seinen Job als Meeresbiologe hinschmei-
ßen und mit mir ... auf Reisen gehen.« Das hört sich doch
nicht schlecht an und entspricht so gut wie der Wahrheit.

Silvia wirkt nicht besonders überrascht. »Okay, ja, das ist
krass. Aber um ehrlich zu sein, wundert es mich nicht so
wirklich.«

»Was meinst du damit?«

»Na ja, Kevin und ich haben uns – neben dem vielen Sex
– auch erstaunlich oft miteinander unterhalten. Er hat mir
auch erzählt, wie so ein Tag bei denen auf dem

Forschungsschiff abläuft. Das hat mit einem *nine to five Job*, wie bei uns hier, nichts mehr zu tun. Der Job ist anstrengend und nervenaufreibend. Aber natürlich auch unglaublich spannend. Du warst ja selbst ein paar Tage dort, du weißt vermutlich, was ich meine.«

Ich nicke und höre ihr weiter zu.

»Jedenfalls hat Kev bereits angedeutet, dass Adam wohl nicht der Glücklichste ist, wenn sie unterwegs sind. Gerade die letzten sechs Wochen, nachdem du vom Schiff gegangen bist, war er wohl unausstehlich. Das war aber auch schon oft vorher so, er sagte etwas davon, dass Adams Vater ihm das Studium wohl versaut hat. Genauer ist er aber darauf nicht eingegangen.«

Ich denke über das, was Silvia sagt, nach und muss zugeben, dass es nicht ganz abwegig ist. Nachdem ich gegangen bin, konnte Adam kaum noch etwas Positives in diesem Studium sehen. Auf dem Schiff erzählte er mir noch, dass er das Studium vor allem deswegen anfing, um von daheim wegzukommen. Vielleicht hat er wirklich angefangen, nichts Positives mehr darin zu sehen. Das stimmt mich tatsächlich traurig, weil es einst das Größte für Adam war in die Meeresbiologie zu gehen.

»Was spricht denn dagegen, mit ihm auf Reisen zu gehen? Schauen, wohin es euch führt?«, fragt mich Silvia allen Ernstes, doch sie weiß natürlich nicht, was dahintersteckt.

»Ich habe mich doch hier gerade eingelebt. Mein Job macht mir Spaß, ich habe euch …«, während ich das aufzähle, blickt sie mich mit einem wissenden Blick an.

»Schon klar, Rune. Aber darf ich mal ehrlich zu dir sein? Bevor Adam hier aufgetaucht ist, warst du eine der verschlossensten jungen Frauen, die mir jemals begegnet ist. Du bist Anfang zwanzig und wirktest wie jemand, der schon sein ganzes Leben hinter sich hatte. Wie oft haben wir versucht, dich aus deinem Schneckenhaus zu holen? Mehr von dir zu erzählen?«, sie blickt mich mit großen Augen an und beantwortet sich im nächsten Moment ihre eigene Frage selbst. »Genau, jedes Mal, wenn wir uns mit dir getroffen haben! Dein Lachen war gespielt und du hast uns nur von deinem Job bei Fiona erzählt, nicht mehr und nicht weniger. Gut, ich weiß als einzige, dass du dein Sexleben nicht schleifen lassen hast, aber dass nie etwas Ernstes dabei war, weiß ich ebenfalls nur zu gut.«

Sie seufzt und gönnt sich einen weiteren Schluck ihres Drinks, auch ich tue das, weil ich weiß, was sie als Nächstes sagen wird.

»Und dann kam Adam und du ...«, sie macht eine Pause, um nach den richtigen Worten zu suchen.

Diese Pause nutze ich, um das, was sie sagen möchte, in meinen Worten zusammenzufassen. »Seitdem er wieder in mein Leben getreten ist, bin ich aufgetaut. Erwacht aus einem Schlummerschlaf. Ich bin ich, weil ich lache, weil ich weine, weil ich mich mit euch treffe, ohne dass ihr mich dazu zwingt. Ich bin glücklicher.«

Sie hebt einen Mundwinkel, streicht mir über meine

Hand und nickt. »Genau. Also was spricht dagegen? Warum möchtest du sein Angebot nicht annehmen?«

»Weil ich das nicht kann. Es hat mit meiner Vergangenheit zu tun und das weiß er genauso gut wie ich. Es geht um tiefe Verletzungen, deren Wunden noch nicht verheilt sind und sie werden es vermutlich auch nie. Und es macht mich traurig und sogar wütend, dass er das nicht sieht oder nicht sehen will. Er will mir helfen, doch es gibt keinen Weg, mir zu helfen.« Silvia versteht vermutlich nur Bahnhof. »Ich verlange von dir nicht, dass du das verstehst. Das kannst du gar nicht, weil du nicht die ganze Geschichte kennst, und das ist okay.« Ich atme schwermütig ein und wieder aus.

»Vielleicht erzählst du mir ja mal die ganze Geschichte«, erwidert sie gutmütig. Sie hebt ihr Glas, damit wir uns nochmals zuprosten können.

»Danke fürs Zuhören«, sage ich, während unsere Gläser aneinanderstoßen. Auch wenn ich heute keinen problemlösenden Ratschlag erwartet habe, fühle ich mich besser, weil Silvia da war und mir zugehört hat.

Es ist Freitagabend und ich habe immer noch keinen Anruf von Adam erhalten. Alles was ich weiß, ist, dass er bald wieder seinen nächsten Forschungstrip antreten wird. Ich beginne ihm die Tatsache, dass er sich nicht meldet, zu verübeln, und das ist ein schreckliches Gefühl. Wenn ich ihm schreibe, wann wir wieder telefonieren können, blockt er es ab und einmal hat er sogar gar nicht geantwortet. So muss sich Sarah gefühlt haben, als er auch ihre Anrufe während unseres einwöchigen Trips immer wieder abgewiesen hat. Irgendwann hat sie es wohl verstanden und rief nicht mehr an.

Ich fasse es nicht, dass er so stur ist und sich so pubertär verhält, nur weil ich nicht auf sein Angebot eingegangen bin.

Die letzten Tage im Büro waren nicht ohne. Doch ich möchte mir nicht eingestehen, dass ich mir mehr als einmal vorgestellt habe, wie es wäre, mit Adam unterwegs zu sein. Dabei meine ich nicht als Schausteller, sondern einfach so. Warum können wir nicht einfach ein ganz normales Paar sein? Könnte Adam nicht auch auf festem Boden als Meeresbiologe arbeiten? Vielleicht hier in der Nähe? Ich vermisse ihn, sehr sogar und ich verfluche ihn zugleich, weil er mir das antut.

Ich fahre mit der Straßenbahn Richtung Balboa Park, weil ich seit dem einen Abend mit Adam nie wieder dort war. Dabei ist das einer meiner Lieblingsplätze. Sobald ich den Park betrete, laufe ich den Weg zum botanischen Garten. Die tropische Wärme und die Vielseitigkeit der Pflanzen haben schon immer beruhigend auf mich gewirkt. Ich hoffe, auch heute diese Ruhe dort zu finden. Als ich den Eingangsbereich betrete, kommt mir schon dieser besondere und blumige Duft entgegen. Er ist nicht nur blumig, sondern auch tropisch und warm. Er ist so angenehm, dass ich sofort eine wohlige Gänsehaut bekomme.

Ich laufe weiter und bin sofort von deckenhohen und leuchtendgrünen Pflanzen umgeben. Dieser Ort wird von der grellen Sonne draußen durchflutet und durch die meterhohen, gitterartigen und metallischen Fenster, sehe ich den strahlend blauen Himmel. Familien, Paare und andere Besucher laufen herum, machen Fotos und unterhalten sich.

Plötzlich vibriert mein Handy und kündigt eine neue Nachricht an.

Es ist Adam und ich traue meinen Augen nicht, als ich sie lese.

Ich bin gerade in San Diego. Wo bist du?

Sofort tippe ich ihm eine Antwort ein: *Jetzt gerade im Balboa Park, im botanischen Garten.*

Seine Antwort kommt binnen Sekunden: *Okay, warte, ich bin gleich da.*

Ich kann es nicht glauben. Was macht er denn hier?

Mein Herz flattert, wie die Flügel der Schar von bunten Schmetterlingen, die vor mir an einem Baumstamm herumfliegen.

Ich bewege mich weiter auf dem steinigen Boden und das Geräusch der Absätze meiner Schuhe ist dabei nicht zu überhören. Wieder trage ich einen Hosenanzug, weil ich heute Morgen einen wichtigen Kundentermin hatte. Vielleicht hätte ich lieber nach Hause gehen sollen, um mich umzuziehen. Irgendwie fühle ich mich nicht wohl, Adam so vor die Augen zu treten.

Eine halbe Stunde später laufe ich gerade an der langen, weißen Wendeltreppe vorbei, an der die Pflanzen hinaufwachsen und zur offenen Decke führen, als ich Adam erblicke. Er trägt einen schwarzen Rucksack bei sich und schaut sich suchend um. Noch hat er mich nicht gesehen, deswegen entscheide ich mich dazu, ihn noch eine Weile zu beobachten, bevor ich mich zu erkennen gebe. Ich wünschte, ich könnte in ihn hineinsehen. Wie wird er mich begrüßen? Ist er extra nach San Diego gekommen, um mich zu sehen? Dabei wird er doch bald wieder abreisen.

Er läuft um die Treppe herum und ich bewege mich im selben Tempo ebenfalls darum, so dass er mich nicht sieht. Wenn er stehen bleibt, oder sich umdreht, tue ich dasselbe und bewege mich zwei Schritte zurück, damit das alte, metallische Gestell der Treppe zwischen uns steht. Schließlich geht er zu einem abgelegenen und meterhohen Fenster, vielmehr ist es eine Art Terrassentür, die seit Jahren nicht mehr geöffnet wurde. Der untere Teil ist beinahe vollständig verrostet und die weiße Farbe ist kaum noch zu erkennen. Der Rahmen am oberen Ende ist halbrund und die Scheiben so groß wie die riesigen Steinplatten, auf denen wir stehen. Ohne ersichtlichen Grund hält er dort an und blickt hinaus.

Ich trete hinter ihn. Da sich in diesem Abschnitt gerade kaum noch jemand befindet, muss er die Absätze meiner Schuhe hören, trotzdem dreht er sich nicht um. Nun trennt uns kein ganzer Meter mehr voneinander und so bleibe ich hinter ihm stehen. »Adam«, sage ich leise und sehe, wie seine Schultern zusammenzucken.

Als er sich umdreht und mich anblickt, möchte ich ihm sofort in die Arme fallen. Doch irgendetwas hält mich davon ab. Vermutlich seine Haltung, die Art und Weise, wie er mich ansieht. In ihm tobt ein Sturm, der sich auch deutlich im blau seiner Iris bemerkbar macht, das heute dunkler ist als sonst. Sein Gesicht ist erschöpft und ein bisschen blass.

»Ich habe gespürt, dass du da bist, obwohl ich dich nicht gesehen habe«, sagt er trocken und fast emotionslos.

»Ich habe dich auch eine Weile beobachtet«, gestehe ich und möchte lächeln, doch ich schaffe es nicht. Diese Situation wirkt mit jedem Moment befremdlicher auf mich, weil Adam vor mir steht, aber ich ihn nicht spüren kann.

»Warum bist du hier?«, frage ich schließlich.

Er legt seine Stirn in Falten und tut so, als sollte ich das wissen. »Um dich zu sehen.«

»Oh, ach so, du machst aber nicht gerade den Eindruck, als würdest du dich darüber freuen. Stimmt etwas nicht, Adam? Denn wenn es so ist, würde ich es gerne gleich erfahren.« Ich schäme mich kein bisschen dafür, dass ich mich nun so schnippisch äußere. Denn ich dachte eigentlich, dass das zwischen Adam und mir was ganz Besonderes werden könnte. Das war es doch auch, während unserer Reise und auch vorher. Wir waren doch dabei, einen längst vergangenen Zauber wieder aufblühen zu lassen, oder nicht? Ich hatte eigentlich den Eindruck, dass wir auf einem guten Weg waren und jetzt ist irgendetwas zerbrochen und ich verstehe nicht, warum es so kommen musste.

Er antwortet nicht, sondern sieht mich bedrückt an, weil er genau weiß, dass ich recht habe. Plötzlich streckt er seinen

Arm aus und hält mir seine Hand entgegen. Ich nehme sie an und beginne die Wärme darin zu spüren. Sofort greifen seine Finger fest zu und er zieht mich zu sich. Jetzt liegen unsere Oberkörper aneinander und ich bin ihm heute, wegen meiner hohen Schuhe, näher als sonst. Er muss sich nur ein kleines Bisschen nach unten lehnen, um mich zu küssen. Doch dies ist kein Begrüßungskuss. Es ist ein Es-tut-mir-leid-Kuss, ein Bitte-versteh-mich-Kuss oder ist es sogar eine Art ... Abschiedskuss?

Sofort löse ich meine Lippen von seinen und blicke ihn an. »Was ist los, Adam?« Hier stimmt etwas nicht.

Er seufzt. »Ich muss mit dir reden.«

»Ja, das sehe ich. Bitte rede«, verlange ich inständig.

»Ich bin nur kurz in San Diego. Eigentlich auch nur für ein paar Stunden.«

»Nur ein paar Stunden? Eure Forschungsreise geht doch erst nächste Woche wieder los, oder nicht? Musst du heute schon wieder zurück nach San Francisco?«

»Es wird keine Forschungsreise geben. Jedenfalls nicht auf dem Pazifik.«

»Wenn nicht dort, wo dann?«

»Ich ... werde versetzt, jedenfalls wurde es mir angeboten.«

Ich verstehe nicht, wovon er spricht. Als wären seine andauernden Reisen nicht *Versetzung* genug. »Wohin wirst du versetzt, Adam? Würdest du bitte die Güte haben mir alle Informationen mitzuteilen?«

»Nach Deutschland. Kevins Großvater hat schon vor

einigen Monaten dort einen weiteren Standort gegründet und nun möchte er uns ein komplett neues Forschungsteam zur Verfügung stellen. Kevin und ich könnten den Standort leiten, die Exkursionen und alles, was dazugehört. Ich würde fast das Dreifache von dem Verdienen, was ich jetzt bekomme.«

Ich meine, mein Herz nicht mehr schlagen zu spüren. Doch das ist Blödsinn, denn dann wäre ich jetzt tot. Doch irgendwie ist es auch das, was Adam mir gerade antut. Er bringt mich um. Das kann nicht sein Ernst sein. Deutschland?

»Du hast die Stelle also schon angenommen? Ohne auch nur einmal mit mir darüber zu reden? Stattdessen hast du meine Nachrichten und Anrufe ignoriert und mich völlig im Dunkeln tappen lassen. Was soll das, Adam? Was wird das, verdammt?«

»Ich habe die Stelle noch nicht angenommen.«

Plötzlich keimt Hoffnung in mir auf. Es ist ein kurzes aber so hoffnungsvolles Gefühl, das sich in mir breitmacht, dass ich gerne vor Erleichterung weinen möchte.

»Dann bleib hier!«, stoße ich ohne Rücksicht auf alles, was jemals zwischen uns stand, aus. »Dann bleib hier, Adam.«

Kummer breitet sich in seinem Blick aus, nicht nur das, sondern auch eine ganze Portion Bedauern.

»Du möchtest, dass ich weiterhin in der Meeresbiologie arbeite?«

»Natürlich! Das kannst du doch auch hier! Wenn nicht

für Kevins Großvater, dann für irgendein anderes hohes Tier.«

»Ich habe mir ein Ultimatum gestellt. Für mich gibt es nur einen Grund hierzubleiben.«

Ich hebe seine Hand und halte sie an meine Brust. »Wir sind der Grund, richtig? Wir. Adam und Rune.« Mittlerweile kann ich meine Tränen nicht mehr zurückhalten.

Adam nickt, dabei treten selbst ihm beinahe Tränen in die Augen. »Genau. Du bist der Grund für alles in meinem Leben. So wie damals. Das hübscheste Mädchen, dem ich in meinem jungen Leben jemals begegnet bin. Tapfer und einzigartig. Laut und leise. Zurückhaltend und frech. Du bist immer alles für mich gewesen, Rune. Und das wirst du auch immer sein.«

»Wenn das so ist, Adam ... Warum dieses Ultimatum? Was meinst du?«

»Ich würde nicht hierbleiben und dir weiterhin dabei zusehen, wie du dieses gespielte Leben führst.« Plötzlich klingt er nicht mehr so liebevoll und zuversichtlich. Er klingt ernst und resigniert und reißt damit wieder die Wunden auf, die seit dem letzten Mal, als er damit angefangen hat, dabei waren zu verheilen.

Ich lasse seine Hand sofort los. »Was willst du damit sagen?«

»Du weißt, was ich damit sagen möchte. Immerhin lasse ich dir die Wahl, nicht so wie du damals, als du einfach gegangen bist und mir in einem Brief deine Entscheidung mitgeteilt hast.« Er meint das wirklich ernst.

»Du meinst, du lässt mich entscheiden, ob du nach Deutschland gehen sollst, um dort als Meeresbiologe weiterzuarbeiten, oder hierbleibst, um mit mir ein Schaustellerleben zu führen? Ist das ernsthaft die Wahl, die du mir stellst?«

Bitte antworte mit Nein, Adam. Bitte sag, dass das nicht wahr ist.

Doch Adam nickt und bricht damit mein Herz in tausend Teile.

»Das ist die Wahl zwischen Cholera und Pest!«, erklingt meine Stimme jetzt laut und wütend. »Das kann nicht dein Ernst sein!«

Ein paar Leute, die sich in unserer Nähe befinden, drehen sich fragend um, doch laufen dann schnell wieder weiter.

»Du gehörst hier nicht hin, Rune. Wie eine exotische Blume in einem Gewächshaus«, sagt auch er jetzt zornig und zeigt mit seiner Hand um sich herum. »Ist es wirklich das, was du willst?«

»Ich möchte mit dir zusammen sein, Adam! Wenn du deinen Job als Meeresbiologe an den Nagel hängen würdest, um als Schausteller zu arbeiten, dann such dir einen Job hier in San Diego! Ich dachte, ich würde dir etwas bedeuten!«

»Das tust du! Verdammt, sonst würde ich dich nicht vor diese Wahl stellen! Verstehst du denn nicht, dass ich mir nichts sehnlicher wünsche, als bei dir zu bleiben?«

»Und warum nicht hier? Warum nicht hier, Adam?« Wieder treten Tränen in meine Augen. »Hast du nicht gesehen, dass ich nicht zurückkann? Nicht weil ich nicht will, sondern weil ich es einfach nicht kann!«

Adam leidet. Ich sehe, wie er leidet und wie eine Welt in ihm zusammenbricht. Und ich breche mit, denn seine Entscheidung ist schon längst gefallen.

Kapitel 20

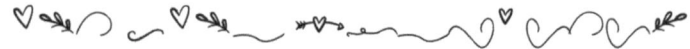

Adam

Ich kann nicht glauben, was hier gerade geschieht. Vor einer Stunde ist mein Flieger in San Diego gelandet und ich bin mit dem Vorsatz hierhergekommen, Rune ein für alle Mal davon zu überzeugen, dass sie sich mit mir zusammen ihren Ängsten stellen kann. Dass ich für sie da sein werde, um ihr den Rücken zu stärken. Aber sie tritt mit Händen und Füßen nach mir. Ich kann nicht fassen, dass sie es vorzieht, mich wegziehen zu sehen, anstatt zurück zu ihren Wurzeln zu finden. Ihr muss doch klar sein, dass ich sie nie ins kalte Wasser fallen lassen würde.

Ihr Wohl ist alles, was ich mir wünsche und wenn wir es langsam angehen würden, dann könnten wir es schaffen! Ich verstehe nicht, wie ihr dieses Lügenleben hier in San Diego plötzlich so wichtig sein kann!

»Wie kannst du mir das antun, Adam«, entweicht ihr ihre Stimme jetzt nur noch leise und zerbrechlich. »Wie soll das mit uns weitergehen, wenn du dich zehntausend Kilometer weit weg befindest?«

»Ich kann nicht glauben, dass du das in Erwägung ziehst«, gebe ich kopfschüttelnd und verzweifelt von mir. Sie bevorzugt es tatsächlich mich nach Deutschland ziehen zu lassen.

»Was hast du gedacht? Dass du wie ein Retter in der Not auf deinem weißen Ross hierherkommst und mich zurück in mein altes Leben, das ich so sehr gehasst habe, zerrst? Das kannst du nicht von mir verlangen!«

»Es wäre nicht dein altes Leben, Rune. Es wäre ein neues Leben, mit mir und auf einem anderen Jahrmarkt mit neuen Menschen, einer neuen Geschichte. Das hier bist nicht du und es macht dich nicht glücklich, warum willst du mir das allen Ernstes weiß machen, dass du so auf Dauer glücklich werden kannst?« Ich zeige mit meiner ausgestreckten Hand auf ihr falsches Äußeres, auf die hohen Schuhe, auf den Designeranzug.

Ihr Blick wirkt jetzt gekränkt, weil ich so abschätzig über sie rede, obwohl ich ihr gesagt habe, dass ich die neue Rune genauso liebe. Das stimmt auch, doch nun bin ich derjenige, der gekränkt ist. Denn sie möchte, dass ich nach Deutschland ziehe.

»Das ist also deine Entscheidung?«, frage ich jetzt trocken und versuche mir mein zerbrochenes Ich nicht anmerken zu lassen.

»Nein, Adam. Das ist *deine* Entscheidung. Weil du seit fast einer Woche weißt, dass ich niemals zurück auf den Rummel gehen würde. In dem Moment, als du dir dieses Ultimatum gestellt hast, hast du dich gegen mich entschieden. Gegen *die neue* Rune.«

Wir drehen uns im Kreis und verletzten uns mit jedem weiteren Satz mehr. Das Schlimmste ist, dass sie von mir denkt, ich hätte mich gegen sie entschieden. »Das stimmt nicht und das weißt du.«

»Gut genug fürs Bett war ich trotzdem wieder mal, nicht wahr? So wie damals. Das kleine Luder, ein kleines Abenteuer. Das wilde Mädchen«, spricht sie jetzt abschätzig und stößt provozierend ihre Hand gegen meine Brust.

»*Hör auf*!«, keife ich jetzt ebenfalls lauter und umfasse ihr schmales Handgelenk.

Sie atmet die Luft scharf ein und sieht mich mit einem schmerzerfüllten Ausdruck an. Als sie auf ihr Handgelenk blickt, das zwischen meinen Fingern gefangen ist, erschrecke ich selbst und lasse sie sofort los. Verflucht, da ist sie wieder, diese Wut, die ich nicht im Geringsten beeinflussen kann.

Tränen laufen ihr weiter übers Gesicht und ich kann es mir nicht länger mit ansehen. Der Moment zu gehen ist jetzt gekommen. Bevor sie noch etwas sagen kann, drehe ich mich um, packe meinen Rucksack höher auf die Schulter und laufe davon. Ich blicke nicht zurück, denn auch Rune hält mich nicht davon ab.

Ich wünsche mir, dass es kein Abschied für immer ist. Doch ich weiß es nicht und das bricht meine Welt entzwei.

Damals trennten sich unsere Wege wegen eines tragischen Schicksalsschlags. Weil Rune nicht bereit war, sich von mir helfen zu lassen. Doch hier und heute haben wir uns mutwillig gegeneinander entschieden.

Während ich die Koffer ins Auto lade, steht Kevin neben

mir und fragt mich, warum ich ihm schon vor zwei Stunden geschrieben habe, er solle sich beeilen.

»Der Flug geht nicht früher, nur weil irgendeine Tarantel dich gestochen hat und du jetzt das Weite suchen willst«, sagt er und kratzt sich am Hinterkopf. »Ich habe meine letzten zwei Stunden mit Silvia wenigstens genossen.«

Als wir mit dem Mietwagen zum Flughafen fahren, fängt Kev wieder mit seiner Fragerei an, weil ich ihm vorhin nur gesagt habe, dass ich mit Rune in einen Streit geraten bin. »Was genau ist denn vorgefallen?«, will er wissen.

»Ich habe ihr am Ende unseres Trips gesagt, dass ich mir vorstellen könnte, mit ihr das Leben eines Schaustellers zu führen. Sie hat diesen Vorschlag eiskalt abblitzen lassen, sie hat nicht einmal kurz darüber nachgedacht.«

»Oh, wow. Krass, okay. Und das heißt, du hast ihr auch gesagt dass ...«

»Nein«, unterbreche ich ihn mit einem abschätzigen Ton, »das würde sie nicht verstehen und sowieso keinen Wert darauflegen.«

Kev starrt aus dem Fenster und betrachtet den stockenden Verkehr, in den wir geraten. »Vielleicht hätten wir doch früher fahren sollen.«

Der Flug von San Diego nach Hamburg wird über London gehen. Nach Ankunft werden wir in unser Hotel gebracht, haben einen Tag zum Durchatmen und fahren schließlich für eine Woche zu unserem neuen Labor, das direkt in Bremerhaven liegt. Diese ersten Tage vor Ort wären so oder so nötig gewesen, ob ich mich für oder gegen den Job entschieden hätte. Doch heute ist meine Entscheidung gefallen und ich werde noch eine ganze Weile länger dortbleiben, wahrscheinlich für immer.

Für die Sache mit Jonny muss ich nicht mehr in Amerika sein, denn das kann ich auch von Deutschland aus regeln. Die Band wird sich hiermit offiziell auflösen, da zwei ihrer Mitglieder auf der anderen Seite des Atlantik wohnen. Und meine Mom? Na ja, sie wird sich überlegen, wohin es sie die nächste Zeit zieht. Sie hat in San Francisco mittlerweile neue Freunde und Arbeitskolleginnen gefunden. Doch sie hat bereits mehrmals zu verstehen gegeben, dass ich ihr fehlen werde. Sollte sie sich eine Auszeit von ihrem Job nehmen können, möchte sie gerne für ein paar Monate nach Bremerhaven kommen. Sie könnte bei mir wohnen, in einem Hotel, in einer Ferienwohnung, das ist völlig egal. Bald würde ich so viel verdienen, dass das alles keine Frage des Geldes mehr wäre.

Komisch, irgendwie. Eigentlich war mir das Geld immer egal. Schon damals zu unseren Anfängen in San Luis Obispo gehörten wir nicht zu den wohlhabendsten Familien in der Stadt. Was okay war. Wir waren eine ganz normale Familie. Nachdem ich mein Stipendium bekam, entspannten sich die Geldsorgen meiner Eltern, weil mein Vater mir unbedingt dieses Meeresbiologie-Studium ermöglichen wollte. Letzten Endes musste ich wegen ihm einen Studienkredit aufnehmen. Doch mit meiner neuen Position in Bremerhaven wäre auch der demnächst abbezahlt.

»Dieser Streit ... zwischen Rune und dir ... das renkt sich doch wieder ein, oder?«

Gedankenverloren starre ich durch die Windschutzscheibe nach vorn und gebe ihm keine Antwort.

»Erde an Adam.«

»Keine Ahnung.«

»Was soll das heißen, keine Ahnung?«

Ich seufze. Kev wäre nicht mein Freund, wenn er nicht so lange nachbohren würde, bis er eine für ihn zufriedenstellende Antwort erhält.

Da wir uns immer noch im Stau befinden, blicke ich ihn nun an. »Ich ziehe nach Deutschland. Vermutlich für immer und Rune hat kein Problem damit also ... ist ihr eine Zukunft mit mir offensichtlich nicht wichtig.«

Jetzt verzieht er fast angewidert das Gesicht, als hätte er in eine Zitrone gebissen. »Was redest du denn da? Natürlich hat sie damit ein Problem! Sie liebt dich doch und du liebst sie? Warum quält ihr euch zu Tode?«

»Ja, wir lieben uns und das ist vermutlich das Problem.«

»Herrgott, Adam. Wie kann man nur so viel Unsinn auf einmal von sich geben? Ich raff es nicht. Nur weil sie dein Angebot nicht angenommen hat, reist du jetzt beleidigt nach Deutschland? Was ist los mit dir? Du musst für das Mädchen kämpfen!«

Ich schlage mit der flachen Hand aufs Lenkrad und starre ihn wütend an. »Kämpfen? Ich wollte für sie da sein, ihr helfen. Übrigens nicht zum ersten Mal. Damals vor fünf Jahren wäre ich auch gerne für sie da gewesen, aber sie ist ja einfach abgehauen! Also ja, entschuldige bitte, dass ich das kein zweites Mal ertragen werde.«

»Das heißt, du bist diesmal derjenige, der abhaut? Um dich zu rächen?«

»Rächen? Keiner redet hier von Rache.«

»Du rächst dich, anstatt ihr Verständnis entgegenzubringen. Das ist das, was du tust.«

Ich werfe meine Hände in die Luft und schlage sie über meinen Kopf zusammen. »Halt einfach deine Klappe, Kevin. Du hast keine Ahnung!«

Kevin schnauft verachtend und wirft sich schließlich genervt in seinen Sitz. Heute ist kein guter Tag, um mit mir darüber zu reden, und das hat auch er jetzt gemerkt. Wie durch ein Wunder löst sich der Verkehr auf und wir fahren endlich weiter Richtung Flughafen.

25. Oktober 2013 – San Luis Obispo

Wie jede Nacht stand ich am Fenster meines Schlafzimmers und starrte auf den Fleck, auf dem Rune immer auf mich wartete, wenn sie mich nachts heimlich besucht hatte.

Sieben Monate alias zweihundertvierzehn unerträgliche und verfluchte Tage waren seit unserem Abschied vergangen. Doch konnte man das einen Abschied nennen? Als ich sie das letzte Mal sah, haben wir uns versprochen, füreinander da zu sein und auf den anderen zu warten. Jedoch hatte Rune dieses Versprechen vor wenigen Wochen gebrochen.

Ich blickte auf den zerknitterten, hunderte Male zerrissenen und wieder geflickten Brief. Ihn jedes Mal aufs Neue zu lesen brach mich ein weiteres Stück entzwei, so dass ich bald das Gefühl hatte, nicht mehr zu existieren. Vielleicht war es auch das, was ich mir wünschte. Ich wollte nicht mehr existieren, ich wollte nicht mehr leben. Doch um nochmals den Schmerz zu spüren, las ich ihn erneut.

Lieber Adam,

Ich lebe noch. Auch wenn ich mir oft gewünscht habe, ich würde es nicht mehr tun. Meinem Vater und dem Jahrmarkt habe ich endgültig den Rücken gekehrt. In der Sekunde, in der ich Mias und Nicks leblose Körper vor mir liegen sah, habe ich begonnen, mein

Leben wie eine Außenstehende zu betrachten. Plötzlich stand ich neben mir, wie in einem Traum, und habe hilflos dabei zugesehen, wie meine Welt in sich zusammen brach. Ich musste raus aus meiner Haut, raus aus meinem Leben. Ich denke nicht, dass mich jemand wirklich vermisst. Die einzigen Menschen, denen ich jemals etwas bedeutet habe, mussten ihr Leben auf tragische Weise verlieren. Egal wo ich bin, ich höre überall seine Stimme und ihr herzliches Lachen. An manchen Tagen vermisse ich sie so sehr, dass ich nicht weiß, wie ich den nächsten Tag ohne sie überleben soll.

Der andere Mensch, dem ich etwas bedeute, bist du. Ich kann die Vorwürfe, die du dir machst, bis zu mir spüren. Mein erster Gedanke, wenn ich morgens aufstehe, gilt ihnen. Der zweite, dir. Ich möchte, dass du weißt, dass ich dir nicht die Schuld für ihren Tod gebe. Ich habe mir eingeredet, dass es Schicksal war. Auch wenn ich nicht weiß, welches verfluchte Schicksal zwei junge, sich liebende Menschen aus ihrem Leben reißt – ohne Grund und Verstand. Doch es scheint eine höhere Macht zu geben, die das für uns entscheidet. Und dieser Macht bin ich restlos ausgeliefert.

Adam, ich werde nicht zu dir zurückkommen. Ich muss meine Trauer und mein Leid alleine überstehen. Sonst spüre ich den Schmerz nicht. Und wenn ich den Schmerz nicht spüre, weiß ich nicht, ob ich noch am Leben bin.

Bitte verzeih mir, wenn ich dir sage, dass ich mein Versprechen brechen werde. Ich werde nicht auf dich warten und ich werde nicht

für dich da sein. Denn ich bin verloren und ich habe keine Kraft
mehr zu kämpfen.

Ich werde dich immer lieben.
Für immer. Deine Rune.

Meine Augen brannten und eine Träne lief mir über die
Wange.

Ich hatte aufgehört, wütend darüber zu sein, denn Wut
war einer meiner neuen und unerträglichen Begleiter geworden. Ich ertrug diesen Zustand nicht mehr.

Der Ärger, diese Aggression und die anschließende Empö-
rung. Alles hatte meine Welt zum Erliegen gebracht. Seitdem
Rune weg war, stand alles still und ich spürte nur dann etwas, wenn mein Vater mich oder meine Mutter anbrüllte.
Wenn er die Hand gegen sie erhob und ich derjenige war,
der dazwischen ging und seiner Gewalt restlos ausgeliefert
war.

Doch nicht einmal seine Schläge waren so schmerzhaft wie
das, was mir Rune angetan hatte. Sie hatte mir nicht einmal
die Chance gegeben, ihr zu helfen, mit ihr zu trauern, sie zu
unterstützen und gegen ihre Geister anzukämpfen. Sie hatte
sich wissentlich gegen mich und gegen uns entschieden und
diese Tatsache ließ mich immer weiter in ein dunkles und
endloses Loch fallen.

Manchmal wünschte ich mir, ihr nie wieder über den Weg
laufen zu müssen. Doch schon im nächsten Augenblick

vermisste ich sie so sehr, dass ich mich krampfhaft an den Erinnerungen von uns festkrallte, die mit jedem weiteren Tag verblassten.

Rune war verschwunden, für immer und sie nahm ein Stück von mir mit.

Kapitel 21

Adam

»Adam«, höre ich die liebevolle Stimme meiner Mutter. Ich kann kaum glauben, dass sie vor mir steht. Nach zahlreichen Flugverspätungen und Verzögerungen am Flughafen, ist sie müde aber gut angekommen. So fest, wie sie mich jetzt umarmt, kommt es mir vor, als wären wir eine Ewigkeit getrennt gewesen. Vielleicht waren wir das auch, ich weiß es nicht, denn ich habe jegliches Zeitgefühl verloren.

Sie blickt mich freudestrahlend an und ich lächle ebenfalls, jedenfalls gebe ich mein Bestes, es zumindest für ein paar Sekunden zu versuchen. »Du arbeitest zu viel«, entgegnet sie mir sofort und mir ist klar, dass sie sieht, was in mir vorgeht. Aus Rücksicht auf die Person, die noch hinter ihr steht, spricht sie Englisch.

Sie streichelt mir nochmals über den Arm und läuft in meine Wohnung hinein, um auch ihre Begleitung durchzulassen.

»Hey, Sarah.«

»Hallo, Adam«, begrüßt sie mich freudig und lächelt schüchtern, dabei macht sie zwei weitere Schritte auf mich zu und benimmt sich unsicher. Um keinen Staatsakt draus zu machen, halte ich einen Arm hoch und ziehe sie in eine kurze Umarmung. »Schön, dass ihr da seid.«

»Adam!«, ruft meine Mutter bereits durch die ganze Wohnung. »Dieser Ausblick!« Sie steht bereits an dem Panoramafenster im Wohnzimmer und starrt auf den Hafen, der direkt vor uns liegt.

»Ich hab ihn dir doch auf den Bildern schon gezeigt«, sage ich sanft und lege einen Arm um ihre Schulter, um mit ihr zusammen aus den deckenhohen Scheiben zu sehen. »Du hättest im Sommer schon herkommen sollen. Jetzt ist der Ausblick trüb und die Sonne ist kaum zu sehen«, beginne ich zu erzählen.

»Die Wettervorhersage hat aber einen sonnigen Herbst vorausgesagt. Ab morgen soll es schon wieder freundlicher werden«, hören wir Sarah hinter uns und drehen uns zeitgleich um.

Meine Mutter nickt freundlich und fragt, ob ich ihr den Schlüssel für ihre Ferienwohnung geben könnte, die sich direkt ein Stockwerk unter meiner befindet. Dadurch, dass ich die Besitzerin gut kenne, habe ich einen fairen Preis aushandeln können. Fast alle Wohnungen hier in der Straße werden für Airbnb-Gäste vermietet, wegen des beliebten Hafenblicks. Meine ist eine der wenigen Mietwohnungen in diesem Wohnblock.

»Ich mache mich kurz frisch und dann können wir uns später zum Abendessen wieder hier treffen, oder? Du wolltest kochen, hab ich das richtig verstanden?«, feixt sie und zwinkert mir zu.

»Ja, Mom. Ich koche uns was, wie versprochen.«

Im nächsten Moment hat sie die Wohnung bereits verlassen und ich stehe mit Sarah allein im Raum. Ihre glatten, blonden Haare hat sie zu einem Knoten nach oben gebunden und ein paar Strähnen haben sich gelöst.

»Bist du müde?«, frage ich. »Du kannst dich auch noch ein bisschen ausruhen, wenn du möchtest.«

Sie schüttelt mit dem Kopf und läuft auf mich zu. Ihr Blick wirkt vertraut und während sie sich durch das Zimmer bewegt, kommt es mir vor, als wären das ihre vier Wände.

»Nein, alles okay. Ich bin nicht müde«, sie setzt sich auf das hellgraue Sofa, kickt ihre Schuhe von den Füßen und lehnt sich zurück. »Der Ausblick ist wirklich traumhaft.«

»Möchtest du etwas trinken?«

»Gerne, könntest du mir einen Kaffee machen?«, bittet sie, und schaut grinsend in meine Richtung. »Mit viel Milch und Zucker.«

Als ob ich das nicht wüsste.

Zwei Minuten später setze ich mich neben sie und reiche ihr die Tasse. Als sich unsere Finger dabei berühren, blickt sie mich neugierig an.

Das weiße und enganliegende Oberteil schmeichelt ihrer zarten und schmalen Figur. Die hellblaue Jeans, die sie dazu trägt, ist an den Knien etwas ausgefranst und angerissen. Sie trägt roten Nagellack an den Fingern, das hat sie früher nie getan und streichelt sich damit über ihren freiliegenden Knöchel.

»Ich freu mich auf die nächsten Wochen«, sagt sie leise und schaut mich absichtlich nicht an, weil sie ganz genau weiß, dass ich sie dann weiterhin ungestört beobachten kann. »Das Praktikum bei euch wird sich gut in meinem Lebenslauf machen.«

»Praktika im Ausland machen sich immer gut. Gefällt dir Deutschland bisher?«

»Die Landung in Hamburg war etwas holprig, die Fahrt hierher aber umso interessanter. Ich verstehe jedoch nicht, wieso das Überholen nur von links erlaubt ist und die linke Spur immer belegt wird?«

Ich schnaube. »Das verstehen die wenigsten.«

»Wie geht es Kevin?«, fragt sie schließlich.

Ich hebe eine Augenbraue. »Er hat sich spontan freigenommen.«

»Oh? Okay ... das heißt, du bist ab morgen mein einziger Mentor?«

»Mentor klingt etwas übertrieben. Aber ja, ich bin für dich verantwortlich«, antworte ich zurückhaltend.

»Dann bist du mein Chef, sozusagen«, flüstert sie extra leise und wackelt mit ihren Augenbrauen. »Ist es schlimm, wenn man mit dem eigenen Chef schon mal was hatte?«

Wieder will es mir nicht gelingen, ein ehrliches Lächeln über die Lippen zu bekommen, und so lenke ich vom Thema ab.

»Ich gehe jetzt einkaufen für das Abendessen. Fühl dich wie zu Hause, das Gästezimmer ist ebenfalls schon eingerichtet«, während ich spreche, laufe ich an die Garderobe, ziehe meine Jacke über und greife nach dem Schlüssel, der auf dem Schuhschrank liegt, »ich bin in dreißig Minuten wieder ...«

Sarah steht plötzlich hinter mir und hat ihre Schuhe bereits angezogen. »Ich komme mit«, entschließt sie kurzer Hand und zieht sich ihren Mantel in Windeseile über. Bevor ich etwas dagegen sagen kann, hat sie mich schon überholt, die Wohnungstür geöffnet und wartet im Treppenhaus auf mich.

Die Sonne ist noch nicht untergegangen und die Temperaturen halten sich wacker. Für Ende September sollte ich mich nicht beschweren. Kevin hatte sich eigentlich auf diese Jahreszeit gefreut, weil er den heißen Sommer, der hinter uns lag, fast nicht mehr ertrug. Doch als er erfuhr, dass ich Sarahs Anfrage für ein Praktikum bei uns angenommen hatte, merkte er sich das Datum ihrer Anreise und flog genau an dem Tag nach San Diego. »Ich werde das nicht unterstützen«, hatte er beleidigt gesagt und wollte nicht weiter darauf eingehen. Ich auch nicht. Seit unserer Ankunft vor drei Monaten sprachen wir nur das Nötigste miteinander, was das gemeinsame Arbeiten nicht unbedingt erleichterte. Irgendwann hatten wir es sogar geschafft uns in der Firma aus dem Weg zu gehen. Wenn er mit den Mitarbeitern aufs Meer ging, blieb ich auf dem Land oder andersrum und wenn wir uns gezwungenermaßen beide an unserem Standort befanden, arbeiteten wir an unterschiedlichen Projekten und sahen uns tagelang nicht.

Für die Mitarbeiter versuchten wir anständig miteinander umzugehen, manchmal sprachen wir auch über private Dinge und nicht nur über Geschäftliches. Okay, er sprach über private Dinge und ich? Ich schwieg. Es gab rein gar nichts, was ich erzählen könnte, denn für mich gab es nur noch die Arbeit.

»Ich glaube, ich könnte mich ans Einkaufen hier gewöhnen«, plappert Sarah auf dem Beifahrersitz auf mich ein. »Es ist alles so geordnet und sauber. Schade, dass ich rein gar nichts von dem, was die Leute sagen, verstehe. Aber ein paar Brocken kannst du mir bestimmt beibringen, oder?«

»Klar, warum nicht«, antworte ich eher teilnahmslos und warte sehnsüchtig darauf, dass die Ampel endlich auf Grün schaltet.

Endlose vierzig Minuten später fahren wir in die Tiefgarage und anschließend mit dem Lift in den letzten Stock. Vor meiner Wohnungstür wartet meine Mutter bereits auf uns. »Ich bin hungrig«, gibt sie lächelnd und schulterzuckend zu.

»Dann kannst du uns beim Kochen ja behilflich sein!«, ruft Sarah entzückt, schnappt mir den Wohnungsschlüssel aus der Hand und schließt die Tür auf.

Während sie uns vorausläuft, wirft mir meine Mutter einen merkwürdigen Blick zu. Ich kann ihn nicht zuordnen. Generell habe ich die letzten Wochen verlernt, Emotionen in den Gesichtern anderer Menschen zu lesen oder sie einzuordnen. Was daran liegt, dass ich meine eigenen Gefühle in einem Kerker eingesperrt habe.

Ich habe Sarah und meine Mom mehrmals darum gebeten, im Wohnzimmer zu bleiben, während ich koche, doch sie möchten nicht hören.

Während beide in einem Gespräch vertieft sind, gehe ich an meinen Laptop, um meine geschäftlichen E-Mails zu checken. Normalerweise wäre ich um diese Uhrzeit noch im Labor, doch wegen meines Besuchs habe ich mir den Abend freigenommen. Als ich das Mail-Programm öffne, sehe ich auch eine ungelesene Nachricht in meinen privaten Mails, die ich erstmal ignoriere, da ich dort die letzten Wochen sowieso nur Werbung oder Spammails erhalten habe. Ich beantworte die zwei wichtigsten Mails bezüglich einer Studie, an der ich gerade sitze und möchte den Laptop eigentlich wieder herunterfahren, doch dann klicke ich doch in mein privates Postfach und lese die Mail.

Adam,
   Bitte melde dich, sobald du kannst.
   Ich weiß Bescheid ... Und ich kann das nicht so stehen lassen.
Rune.

»Alles okay, Schatz?«, höre ich meine Mutter aus der Küche rufen. »Sag bitte nicht, dass du schon wieder arbeitest.«

Ich bin wie erstarrt und weiß nicht, was ich als Nächstes tun soll. Ihr antworten? Sie gleich anrufen?

»Adam!«, höre ich die schrille Stimme von Sarah.

Auch wenn Rune kein Wort erwähnt, um was es geht, habe ich schon eine Vermutung und ich bin mir nicht sicher, ob ich mit ihr darüber reden soll oder wie ich es ihr erklären muss.

Kapitel 22

2 Tage zuvor

Rune

Das hier tue ich für mich, nicht für dich, Adam West.

Ich bin tapfer. Ich bin mutig. Ich schaffe das.

Grelle und blinkende Lichter. Ich höre bereits die wummernde und laute Musik. Die aufgeregten Schreie.

Lauf weiter.

Ich umklammere den Stoff meiner Handtasche mit aller Kraft, die ich habe. Meine Fingernägel graben sich darin hinein und hinterlassen Spuren auf dem unechten Leder.

Mein Herz, es schlägt. Nein, es rast. Es prescht mir gleich aus der Brust. Der Puls beschleunigt sich und ich schwitze am ganzen Körper.

Das hier tue ich für mich. Für Mia und für Nick.

Ich bleibe stehen, weil mich die Eindrücke überwältigen. Als ich auf den Boden unter mir starre, sehe ich, dass meine schwarzen Turnschuhe bereits von Staub bedeckt sind, der sich unter den kleinen Kieselsteinen befindet. Neben mir knallt der Schuss einer Schießbude und ich schrecke auf.

Ich laufe weiter.

Vor mir überqueren zwei junge Mädchen meinen Weg.

Sie sind fröhlich, aufgeweckt, eine von ihnen hält eine riesengroße Zuckerwatte in der Hand, die andere eine Tüte Popcorn. Ich bilde mir ein, Mia und mich in ihnen zu sehen. Denn sie sind nicht auffällig modern gekleidet, sondern schlicht. Und sie sind glücklich. *Warum bist du nicht hier, Mia?*

Mir läuft eine Träne über die Wange und ich möchte davonrennen. Ich spüre das Pochen meiner Halsschlagader und versuche zu atmen, doch ich schaffe es nur die Luft zitternd durch die Nase einzuziehen. Wenn ich jetzt meinen Mund öffne, schreie ich. Mir ist so schlecht, dass ich mich auf der Stelle hier auf den Boden übergeben möchte. Meine Beine schaffen es kaum noch, mein Gewicht zu tragen, doch ich gehe weiter, auch wenn ich das Gefühl habe, an meinen Tränen und meinem Kummer gleich zu ersticken.

Vielleicht sollte ich nicht hier sein. Es ist ein Fehler, denn ich werde hier nicht erwünscht sein.

Ich traue mich nicht, nach oben zu sehen, und lasse meinen Kopf wieder nach unten sinken, um mir die Tränen aus dem Gesicht zu wischen. Hunderte Menschen haben sich auf diesem Platz angesammelt. Mit zitternden Beinen mache ich kleine Schritte und bewege mich jetzt durch eine Gruppe aufgeregter Schüler. Jetzt erkenne ich, für welches Fahrgeschäft sie anstehen.

Ich erkenne die Farben schon von weitem, ich kenne sie auswendig. Die rotgelbe Schrift, die blau und weiß gestreiften Wagen. Die lauten und euphorischen Schreie.

Devil Rock.

Der Anblick erschüttert mich. Ich fasse mir an meine Brust, weil ich Nick im Kassenhäuschen sitzen sehe. Mein Kopf dreht sich nach links, wo ich die Geisterbahn der Zwillinge sehe. Wenn ich zwei Schritte gehe, steht auch der Wagen von Zauberer Augustus dort, dahinter das weiße Zelt, in dem er seine Show präsentiert. Es sieht immer noch alles genauso aus wie früher. Der lilafarbene Samtvorhang vor der Tür des hölzernen Wohnmobils, das vergoldete Dach. Und schließlich erblicke ich das Riesenrad. Auch wenn es sich schon die ganze Zeit vor meinen Augen befunden hat, konnte ich es nicht ansehen. Schon von weitem habe ich versucht, daran vorbei zu sehen. Doch jetzt sehe ich es. Groß und deutlich ragt es vor mir in den Himmel und ich beginne erneut zu weinen. Ich bilde mir ein, dass Mia aus dem Tickethäuschen auf mich zuläuft und mich in ihre Arme schließt.

Nicht weinen, Rune.

Doch das tue ich. Ich bin machtlos.

Nur weil du uns nicht mehr siehst, heißt es nicht, dass wir nicht da sind.

Ich falle auf meine Knie und vergrabe mein Gesicht in meinen Händen. Ich weine und schluchze. Ich bin nicht stark genug.

»Kleine Rune«, höre ich plötzlich. Ist die Stimme echt oder nur ein Streich meiner Fantasie? »Kleine Rune, steh auf.«

Starke Arme nehmen mich auf, halten mich und bringen mich hier weg. Ich kann meine Augen nicht öffnen, denn das traue ich mich nicht. Doch ich fühle mich in Sicherheit, denn ich weiß, dass die Stimme und die Umarmung echt sind. Ich spüre es. Ich weiß es. Doch plötzlich ist da nichts mehr. Es ist Dunkelheit, die sich wie ein Schatten anbahnt und mich völlig verschluckt.

Ich höre das Ticken einer Uhr und die Geräusche des Rummels etwas abgedämpft. Das Sofa, auf dem ich liege, ist bequem, doch ich traue mich nicht, meine Augen zu öffnen. Nichtsdestotrotz weiß ich bereits, wo ich bin. Der Geruch, das leise männliche Summen, welches mir in die Ohren dringt.

»Augustus«, hauche ich heiser. Als ich meine Augenlider nun öffne, sehe ich in die vertrautesten und liebevollsten Augen, die ich schon mein Leben lang kenne.

Er lächelt so, als wäre es nur eine Stunde her gewesen, dass er mich das letzte Mal gesehen hat. Nicht so, als würden mehr als fünf Jahre dazwischenliegen. Die Tatsache, dass keinerlei Vorwurf in seinem Blick liegt, nicht mal die kleinste Spur davon, bringen mich sofort dazu aufzustehen, die wenigen Schritte auf ihn zuzugehen und ihm in die Arme zu fallen.

Augustus erwidert die Umarmung sofort, zieht mich an sich und drückt mich so fest, dass ich fast ohnmächtig werde vor Glück. Ohnmächtig. War ich das gerade eben?

»Wie lange liege ich schon hier?«, frage ich, doch bleibe trotzdem an seine Brust gelehnt.

»Nicht lange. Du bist zusammengeklappt, vermutlich vor Erschöpfung.«

So fühle ich mich auch, als wäre ich einen Marathon gelaufen. Dabei habe ich doch nur ... Ich habe mich meiner größten Angst gestellt. Ich bin hierhergekommen, auf den Rummelplatz. Auf *unseren* Rummelplatz. Schon vor einer Woche habe ich überall die Plakate in der Stadt hängen sehen. Das letzte halbe Jahr habe ich es erfolgreich geschafft, all die Zeitungsartikel und Ankündigungen dieser vier Attraktionen zu umgehen. Ich hatte keine Ahnung mehr, wo sie sich befanden. Doch dann kamen sie direkt nach San Diego, nur drei Monate nachdem Adam abgereist war.

Während ich mich langsam aus Augustus Armen löse, sehe ich seinen musternden Blick.

»Ich weiß«, sage ich sofort und streiche durch mein kurzes Haar. »Ich habe sie vor ein paar Jahren abgeschnitten. Doch sie sind schon wieder deutlich länger geworden. Und bis vor Kurzem waren sie fast blond.«

Er lächelt sanft und sieht mir ins Gesicht. »Nein, das ist es nicht.«

Fragend schaue ich ihn an.

»Deine Augen. Sie leuchten nicht mehr«, stellt er fest und ich schenke ihm ein trauriges Lächeln.

»Nein, das tun sie nicht mehr«, gebe ich zu. Eigentlich haben sie bis vor drei Monaten wieder angefangen zu glänzen, Hoffnung zu hegen. Doch das ist jetzt Vergangenheit.

»Warum bist du hier?«, möchte er jetzt wissen.

Ich atme tief durch und gehe zurück zum Sofa, auf das ich mich wieder setze. »Weil ihre Stimmen wieder lauter wurden.«

Augustus nickt. »Wir vermissen sie auch. Doch dich vermissen wir noch viel mehr, Rune.«

Ich presse meine Lippen aufeinander. »Ich habe euch auch vermisst. Sehr sogar.« Ich spüre einen Kloß im Hals, doch spreche weiter. »Ich dachte, ich könnte dem Schmerz entkommen, wenn ich dem Ort des Geschehens entfliehe. Dem Ort, an dem ich einst jeden Tag mit ihnen erlebte.«

»Bist du deinem Schmerz entkommen?«, fragt er nüchtern, doch nach wie vor gar nicht anklagend.

Ich schüttle den Kopf. »Nein.« Seufzend lehne ich mich zurück. »Seit einem dreiviertel Jahr lebe ich hier in San Diego. Als ich sah, dass ihr bald anreisen würdet, sagte ich mir, dass dies ein Zeichen sei. Auch wenn ich furchtbare Angst davor hatte, musste ich wenigstens einen Versuch wagen. Ich wollte sehen, was geschieht, wenn ich diesen Platz betrete.«

Jetzt hebt er besorgt eine Augenbraue. »Es war zu viel für dich, kleine Rune.«

»Das war es wert«, entgegne ich leise und versuche erneut zu lächeln. Vielleicht gelingt es mir jetzt ein kleines Bisschen.

Augustus sieht auf die Uhr. »Wartest du hier bis nach meiner Show?«

»Nein, ich sollte lieber gehen. Aber ... denkst du, Tom und Liam möchten mich sehen? Morgen Vormittag vielleicht, solange hier noch nicht viel Betrieb ist.«

»Ganz sicher«, antwortet er darauf.

»Gibst du Liam meine Nummer? Er soll mich später anrufen.«

Augustus reicht mir einen Stift und Papier und beobachtet mich immer noch akribisch. Ich wusste, dass er mich nicht wiedererkennen würde, wenn ich jemals vor ihn trete. Dabei habe ich mich für normale Kleidung entschieden, Turnschuhe und meine Haare trage ich nach wie vor lockig. Der Ansatz ist noch weiter nachgewachsen und ich habe die hellen Spitzen mittlerweile dunkler färben lassen.

Nachdem ich ihm meine Handynummer notiert habe, begleitet er mich nach draußen und führt mich hinten rum an all den anderen Trailern vorbei. Niemand ist zu sehen, alle sind zu beschäftigt. Ich bin bereit mich mit Tom und Liam zu treffen, doch meinem Vater oder Mias Eltern über den Weg zu laufen, schaffe ich noch nicht. Wer weiß, ob ich es jemals schaffe.

Als wir den Rummel hinter uns gelassen haben und ich vor der Straße stehe, die mich zurück in die Zivilisation führt, bleibt Augustus neben mir stehen und hält meine Schultern. Diese weisen Augen, das reservierte Schmunzeln.

Jetzt lächle ich wirklich. »Du bist wie üblich kein bisschen älter geworden.«

»Äußerlich nicht«, entgegnet er souverän. »Doch in meinem Herzen schon.«

Es schmerzt, ihn so zu sehen. Denn Augustus war schon

immer unser Ruhepol und Schlichter. Klug bescheiden und faszinierend zugleich. Nichts konnte ihn aus der Ruhe bringen, das war vermutlich der Grund, warum dieser Mann nicht alterte. Als junges Mädchen dachte ich immer, er wäre von einem Zauber belegt, der ihn für immer in seinen jungen Vierzigern leben ließ. Die Damen besuchten seine Shows nicht nur wegen seiner Zauberkünste, sondern auch weil er ein unglaublich interessanter und gutaussehender Mann ist. Und das ist so, seitdem ich auf der Welt bin, also mindestens zwei Jahrzehnte. Augustus altert nicht. Nie.

Doch in dem Moment, als er das sagt, spüre ich etwas in seinem Ausdruck. Etwas in ihm ist zerbrochen, weil unsere kleine Familie nicht mehr vollständig ist.

Er nimmt einen langen Atemzug. »Ich dachte immer, dass das Schicksal uns zu unserem Weg leitet. Doch in der Nacht als Mia und Nick nicht zurückkamen und auch du verschwunden warst ...«

Ich antworte nicht darauf.

»Du dachtest, die Schuld für ihren Tod auf deine Schultern nehmen zu müssen, und bist deswegen gegangen. Weil du deinem Vater und Mias Eltern nicht mehr in die Augen sehen wolltest.«

Ich nicke und versuche, nicht wieder zu weinen.

»Doch das war nicht richtig, Rune. Denn du hast vergessen, dass du die Menschen zurückgelassen hast, die dir am stärksten zur Seite gestanden sind und auch immer stehen werden. Das war schon immer so. Wir hätten dir auch diesmal wieder den Rücken gestärkt.«

»Ich konnte nicht ...«, gebe ich leise von mir.

»Weil du dachtest, leiden zu müssen, um den Schmerz zu spüren und zu wissen, dass du noch lebst.«

Ich nicke und wundere mich, dass er genau dieselben Worte benutzt, die ich Adam in meinem Abschiedsbrief damals geschrieben habe.

Plötzlich überkommt mich eine so große Trauer, dass ich mich nicht mehr zusammenreißen kann. »Ich bringe nur Leid über euch. Wegen mir ist meine Mutter gestorben, wegen mir sind Nick und Mia nicht mehr da!«, sage ich laut und sofort umklammern Augustus Finger meine Oberarme.

Er drückt so fest zu, dass ich einen kurzen, stechenden Schmerz spüre. »Hör auf, Rune!«, sagt er bestimmt und sogar ein bisschen wütend. Augustus ist nie wütend. »Du weißt, dass das nicht stimmt!«

Sein grollender Ton und unterschwelliger Zorn bringen mich dazu, augenblicklich den Mund zu halten.

»Rune, wenn du dir das immer noch einredest, dann bist du kein bisschen reifer geworden die letzten Jahre. Im Gegenteil!«

Ich schlucke den Kloß hinunter, weil ich jetzt keine Schwäche zeigen möchte, denn das würde nur beweisen, dass er recht hat.

Er zieht mich näher an sich heran und bleibt nur wenige Zentimeter vor meinem Gesicht stehen. »Wann verstehst du endlich, dass dein Glück nicht auf dich warten wird? Du musst es dir nehmen, jedes kleine Bisschen davon. Du musst es in dich aufsaugen und du darfst nicht zulassen, dass dein Kummer dich zerfrisst. Wann wirst du das endlich begreifen?«

Ich möchte mich gerne gegen seine Worte wehren, doch ich habe keine Chance. Alles was er sagt, ergibt Sinn und das tut weh.

Ich habe fünf Jahre mit Adam und bei meiner richtigen Familie verloren, nur weil ich den Schmerz spüren wollte. Diese Tatsache überwältigt mich mit einem Gefühl, das ich dachte, längst hinter mir gelassen zu haben. Reue.

Ich bereue es, nicht früher hierhergekommen zu sein, ich bereue es, kein Lebenszeichen von mir gegeben zu haben. Ich bereue sogar, dass ich Adam einfach habe nach Deutschland gehen lassen.

Augustus Arme ziehen mich in eine Umarmung, während ich leise an seiner Brust weine. Mein ganzer Körper erzittert, weil mir jetzt bewusst wird, was ich alles verloren habe.

»Alles wird gut, kleine Rune. Alles wird gut.«

Irgendwann versiegen meine Tränen und ich blicke ihn an. »Woher weißt du das?«

»Weil du selbst das Ende deiner Geschichte schreibst, niemand sonst.«

Am nächsten Morgen sitze ich bereits eine Stunde früher im Lokal, in dem ich auf Tom und Liam warte. Es ist Samstag und auch heute wird wieder viel Betrieb auf dem Rummel zu erwarten sein. Deswegen habe ich Liam geschrieben, dass wir uns bereits um acht Uhr hier treffen können. Das Diner hat vierundzwanzig Stunden geöffnet, ist gemütlich eingerichtet und liegt nicht weit entfernt vom Festplatz.

Als Erster betritt Liam das Lokal, dicht gefolgt von Tom. Ihr Anblick beschert mir sofort eine Gänsehaut und, auch wenn ich es nicht zugeben möchte, fühlt es sich an, als würden sich meine Wunden ein weiteres Stückchen schließen. Genau das Gleiche habe ich auch gestern schon gespürt, als ich Augustus angesehen habe.

Liam lächelt breit und überglücklich und seine Augen strahlen unbefangen und offen. Seine Schritte beschleunigen sich und wenige Sekunden später steht er vor mir. Ich bin bereits aufgestanden und falle ihm in die Arme. So vertraut, so geborgen. Es fühlt sich an, als würde ich zu Hause ankommen.

Er löst sich von mir, um mich anzusehen. »Rune«, murmelt er nur und schüttelt den Kopf. »Ich kann es gar nicht glauben.«

Schließlich macht er einen Schritt zur Seite und auch Tom schließt mich sofort in seine Arme. »Was bin ich froh, dass du dich gemeldet hast.«

Beide jetzt vor mir stehen zu sehen, raubt mir fast den Atem und ich bin sehr gerührt. »Setzt euch doch«, sage ich und zeige auf die zwei mir gegenüberliegenden Plätze.

Beide haben sich so verändert. Das jungenhafte ist ihnen aus den Gesichtern gewichen. Sie sind erwachsen geworden, charmanter. Sie tragen nicht mehr diese übergroßen Basket-ballshirts, sondern normale Shirts und sogar Jeans, keine bequemen Jogginghosen.

Ich muss grinsen, weil sie mich so erwartungsvoll anschauen. »Habt ihr diese seriösen Klamotten nur wegen mir angezogen?«, scherze ich und Liam lacht herzlich.

»Nein, die tragen wir auch sonst. Stell dir vor.«

»Ihr seht anders aus«, gebe ich zu.

»So wie du«, sagt Tom ebenfalls lächelnd.

»Ja und deswegen hatte ich ein wenig Angst, euch vor die Augen zu treten.«

Die Servicekraft kommt zu uns an den Tisch und nimmt unsere Bestellung auf. Tom bestellt wie immer ein süßes Frühstück, Liam Rührei mit Speck. In dieser Hinsicht haben sie sich nicht verändert.

»Wie geht's euch beiden?«, frage ich und blicke meine zwei Freunde an. Unser Leben lang haben wir auf dem Rummel verbracht. Sie sind so etwas wie meine Brüder, auch wenn wir alle im selben Alter sind. Wir haben uns gehänselt, gestritten und wieder vertragen. Wie das Geschwister eben tun. Mia, Tom, Liam und ich, wir waren immer unzertrennlich. Im Homeschooling, genauso wie in unserer Freizeit. Auch wenn wir immer so gegensätzlich waren, waren wir ein harter Kern. Nichts konnte uns auseinanderbringen, dachte ich immer.

Liam antwortet, dass es ihnen gut geht. Sie sich nicht beschweren konnten und dass Tom ein Mädchen kennengelernt hat, auch eine Schaustellerin. Daraufhin erzählt Tom, dass er wenigstens bei einem Mädchen bleibt, nicht so wie sein Zwillingsbruder. Ich komme aus dem Grinsen nicht mehr heraus, denn für Mädchen haben sich beide damals kaum interessiert.

»Und wie geht's dir, Rune? Erzähl mal. Augustus hat nicht viel gesagt gestern, nur, dass du in der Nähe von Devil Rock ... zusammengeklappt bist.« Etwas Trauriges macht sich in Toms Blick breit.

Doch ich möchte nicht zurück zu diesem kummervollen Augenblick von gestern, deswegen beschließe ich, mich auf die schönen Dinge zu konzentrieren. »Ich hatte mir diesmal fest vorgenommen, euch zu sehen, doch ich habe meinen Mut ein wenig überstrapaziert. Aber ich bin unheimlich froh, dass ihr euch heute mit mir treffen wolltet.«

»Wir sind auch froh«, gesteht Liam.

»Weiß ... weiß mein Vater, dass ich da war?«, frage ich schließlich.

Tom und Liam wechseln einen wortlosen Blick miteinander. »Weißt du es noch gar nicht?«

»Was weiß ich nicht?«

»Er lebt schon seit einigen Monaten in einem Pflegeheim. Seit über einem halben Jahr jetzt«, erzählt Liam.

»Nein, das wusste ich nicht. Woher denn auch?«

Wieder dieser stumme Blickwechsel. »Wir dachten ... dass es Adam dir vielleicht erzählt hat.«

Ich bin verwirrt. »Adam ... Woher ... Wieso sollte gerade

er mir davon erzählen? Woher wisst ihr, dass ich mit ihm Kontakt hatte?«

Tom und Liam waren zum Glück nie die Sorte von Menschen, die um den heißen Brei herumredeten. Sie redeten damals nicht viel, auch das hat sich zu heute verändert.

Liam kommt sofort zum Punkt. »Er hat es uns erzählt, wir stehen regelmäßig in Kontakt. Dass er dir aber nichts über deinen Vater gesagt hat, wussten wir nicht.«

»Er steht regelmäßig mit euch in Kontakt?«

Liam nickt und ich frage mich allmählich, warum Adam nie auch nur ein Sterbenswörtchen erwähnt hat.

»Warum ist mein Vater in einem Pflegeheim?«, möchte ich jetzt wissen. »Was ist passiert?«

»Er hatte einen Schlaganfall. Devil Rock und das Schaustellerleben kann er seitdem nicht mehr führen und ist auf die Hilfe anderer angewiesen. Du kannst dir vorstellen, wie schwer es war, ihn davon zu überzeugen, dass ein Pflegeheim die einzige Lösung für ihn ist. So sehr wir es alle wollten, wir konnten nicht unsere Geschäfte führen und ihn pflegen.«

»Ist es wirklich so schlimm?«, frage ich etwas betreten.

»Seine rechte Körperhälfte war wochenlang vollständig gelähmt. Er kann nach wie vor nicht laufen, trotz der Therapien. Das Essen, die Toilettengänge, all das war anfangs kaum machbar. Es braucht Zeit. Er wird schon wieder«, erzählt Liam weiter.

Die nächste Frage ist unausweichlich. »Wer führt Devil Rock im Moment?«

»Meistens ich«, antwortet Tom.

»Aber du bist doch mit der Geisterbahn beschäftigt und hast auch Augustus immer ausgeholfen. Und wer hilft Mias Eltern?«, frage ich weiter.

Liam bemerkt meine Unruhe und legt seine Hand auf meine. »Das ist schon okay, Rune. Es ist alles machbar. Es gibt genug helfende Hände, wir haben noch ein paar Schausteller dazugewonnen, die mit uns mitreisen.«

Ich atme schwer, weil ich ganz genau weiß, wie das Geschäft läuft. Unsere Eltern sind selbst Kinder von Schaustellern, seit mehreren Generationen bereits. Kinder von Schaustellern helfen ihren Eltern, das war schon immer so.

Doch jetzt bricht alles auseinander. Das Riesenrad hat keinen Nachfolger mehr und Devil Rock nicht mal einen richtigen Besitzer. Plötzlich läuft mir ein eiskalter Schauer über den Rücken.

Mit all diesen Erkenntnissen kommt mir ein Gedanke sofort: »Aber das Pflegeheim meines Vaters, das kostet doch unheimlich viel Geld?«

»Die Einnahmen von Devil Rock ...«, beginnt Tom.

»Decken gerade knapp die Instandsetzung. An schlechten Tagen mussten wir an unsere Ersparnisse«, beende ich unaufgefordert seinen Satz. Ich war damals erst siebzehn und Nick hat sich um all diese Dinge gekümmert, weil er älter war als ich. Doch die Kostensituation hatte ich immer sehr gut vor Augen.

Liam blickt zu Tom, bevor er sagt: »Adam hat dir nichts

davon erzählt?«

»Was hat er mir noch verheimlicht?« Mein Ton ist ungewollt schnippisch. Nicht wegen Tom oder Liam, sondern wegen Adam. Was kommt denn noch?

Tom ergreift das Wort. »Als er von dem Schlaganfall deines Vaters erfahren hat und dass wir alle die Kosten nicht mehr tragen konnten, hat er ... Adam hat eine Stiftung gegründet.«

Adam hat was?

»Mit den Spendengeldern konnten wir die gesamte letzte Revision von Devil Rock bezahlen, sowie die täglich anfallenden Kosten«, erzählt er weiter. »Ohne diese Stiftung wären wir aufgeschmissen.«

Ich schließe die Augen und atme tief ein, halte die Luft an und wünschte, Adam hätte mir das gleich erzählt. Ich fahre mir nervös durch die Haare, während ich geräuschvoll ausatme. »Ich verstehe nicht, warum mir Adam das nie erzählt hat.«

»Er hat damit nie geprahlt. Für ihn war es selbstverständlich und er hat nie auch nur irgendwann eine Gegenleistung von uns verlangt«, erklärt Tom.

»Nur ein paar Freifahrten auf Devil Rock«, fügt Liam schmunzelnd hinzu.

»Er war bei euch?«, möchte ich sofort wissen, doch noch bevor ich die Frage zu Ende stelle weiß ich, dass er das gewesen sein muss. Und auch Tom und Liam nicken zeitgleich.

Der Gedanke an Adam, wie er allein mit Devil Rock

gefahren ist, über den Rummel ging und all die Zeit mit meiner Familie in Kontakt geblieben ist, als ich es nicht konnte, überwältigt mich.

Adam ... *Warum hast du mir das nie erzählt?*

Kapitel 23

Adam

Sarah hat zum Abendessen zu viel Wein getrunken und schläft bereits tief und fest in ihrem Bett im Gästezimmer, während meine Mutter und ich die Küche aufräumen.

Als wir fertig sind, setzen wir uns auf das große Sofa, das mitten im Raum steht, und starren auf den Hafen, der hinter der Scheibe vor uns liegt. Auch sie gönnt sich jetzt ein Glas Wein.

»Ist alles in Ordnung, Adam?«, fragt sie mich geradeheraus. Endlich können wir Deutsch miteinander reden.

In dem Moment, in dem ich sie anblicke, ist es, als würde sie mich schon eine Ewigkeit beobachten. Vermutlich tut sie das schon die ganze Zeit. Bestimmt schon den ganzen Tag, seitdem sie meine Wohnung betreten hat.

Ich nicke. »Ja, warum fragst du?«

Sie lächelt und schnaubt gleichzeitig. »Weil ich meinen Sohn viel zu gut kenne. Ich kenne dich schon dein ganzes Leben, Adam. Du kannst mir nichts vormachen.«

Das Erste, was meine Mutter heute sagte, als sie mich gesehen hat, war, dass ich nicht so viel arbeiten solle. Also versuche ich das Gespräch in diese Richtung zu lenken. »Wir haben verdammt viel zu tun im Labor. Vor allem jetzt, wenn

Kev nicht da ist, habe ich die volle Verantwortung.«

»Ich rede aber nicht von deiner Arbeit, Liebling.«

Natürlich nicht.

»Ich kenne dich ganz unten, Adam. Am Boden zerstört, wütend, niedergeschlagen. Wie oft habe ich versucht, dich aus diesem Loch zu holen, in das du vor vielen Jahren gefallen bist. Der Zorn deines Vaters machte es nur schlimmer«, sie schluckt und kämpft mit ihren Tränen und ich lege eine Hand auf ihre. »Du hast den Weg aus deinem Kummer gefunden. Kev war für dich da und in ihm fandest du endlich einen Freund, den du so sehr gebraucht hast. Als du dein Studium begonnen hast, weitere Freunde und Abstand gewinnen konntest, habe ich dich endlich wieder lächeln sehen. Dabei meine ich dein echtes, wahres Lächeln. Eins, das auch deine Augen glänzen lässt, deine Grübchen zeigt – allein mit diesem Lächeln kannst du hunderten Mädchen das Herz brechen. Doch das ist dir nicht einmal bewusst. Ich dachte, dass Sarah vielleicht das eine Mädchen ist, das auch dein Herz höher schlagen lässt. Doch heute erst habe ich gemerkt, dass es nicht eure Trennung war, die dich mitgenommen hat. Denn jetzt ist Sarah bei dir und du wirkst nach wie vor in dich gekehrt und auf eine gewisse Weise verletzt. Das bist nicht du und ich frage mich, was dahintersteckt.«

Ich lege meinen Kopf in den Nacken und lasse mich auf das Sofa sinken. »Oh, Mom. Warum bist du bloß so, wie du bist ...«

Sie lacht leise.

»Kannst du dich noch an Rune erinnern?«, frage ich und richte mich nun auf.

»Was für eine Frage. Natürlich.«

»Ich bin ihr wieder begegnet vor wenigen Monaten. Wie aus dem Nichts stand sie da, in einer Bar, in der wir gerade einen Auftritt hatten. Während des Soundchecks haben mich ihre verlorenen und mutlosen Augen angesehen. Mir wurde beinahe schlecht, weil ich niemals mehr damit gerechnet hatte, sie wieder zu sehen. Sie hatte sich so verändert. Sie war nicht mehr das Mädchen, in das ich mich damals verliebt habe. Aber sie war immer noch Rune und, Gott, ich konnte sie nicht noch einmal gehen lassen. Sie hat mich zurück in ihr Leben gelassen und vielleicht hätten wir so etwas wie ein richtiges Paar werden können. Doch auf einmal war ich derjenige, der sie vor eine Wahl gestellt hat, die sie unmöglich hätte treffen können. Also bin ich hierhergekommen und habe gehofft, ich könnte mich in die Arbeit vertiefen und alles vergessen. Doch es ist egal, wie sehr ich versuche, mich auf andere Dinge zu konzentrieren ... Sie fehlt mir. Sie fehlt mir sogar sehr.«

»Hast du sie angerufen, um ihr das zu sagen?«, fragt sie und ich schüttle als Antwort mit dem Kopf.

Meine Mutter wirft mir dann diesen einen, anklagenden Blick zu, den nur Mütter draufhaben.

»Vor welche Wahl hast du sie gestellt?«, will sie schließlich wissen.

Ich schüttle den Kopf. »Das spielt keine Rolle. Denn alles

was ich möchte, ist mit ihr zusammen zu sein. Egal wo, egal wie. Ich glaube nur, dass sie mich nicht mehr haben möchte, denn ich vermute, dass sie jetzt von der Stiftung für Devil Rock erfahren hat. Ich habe es die ganze Zeit vor ihr verheimlicht. Vermutlich verflucht sie mich jetzt bereits.«

»Du bist ihr vor wenigen Monaten nähergekommen und hast ihr nie von der Stiftung erzählt?«, fragt meine Mutter erstaunt. Jeder wusste darüber Bescheid. Ich habe all mein Erspartes in dieses Projekt investiert, nur mit Jonnys Hilfe konnte ich sie über die Bank, in der er arbeitet, problemlos gründen. Zwei Drittel meines Lohns und alles, was ich jemals besaß, ist in die Gründung dieser Foundation geflossen. Die *Nick & Mia Foundation*, so habe ich sie genannt.

»Nein, es kam nicht dazu.«

»Warum sollte sie dich deswegen verfluchen?«

»Weil ich nach Deutschland abgehauen bin und sie jetzt - von wem auch immer - erfahren hat, dass ich ihr das die ganze Zeit verheimlicht habe.«

»Du hast nichts Schlimmes getan, Adam. Sie wird das mit Sicherheit verstehen.«

»Na ja, wir reden von einer Stiftung für etwas, das sie längst aus ihrem Leben gestrichen hat. Nicht nur das, sie schafft es nicht einmal mehr, einen Fuß auf einen Jahrmarkt zu setzen«, erzähle ich weiter, während meine Mutter aufmerksam zuhört.

»Kannst du es ihr verübeln?«

»Ich habe es ihr verübelt und deswegen hasst sie mich.«

»Hass ist ein hartes Wort, Adam. Rune wird dich deswegen nicht hassen.« Mom, streicht mir über eine Wange und steht auf, um ihr leeres Weinglas in die Küche zu bringen. Als sie zurückkommt, legt sie ihre Hände von hinten auf meine Schultern. »Morgen ist ein neuer Tag.«

Ich drehe mich zu ihr um. »Gute Nacht, Mom. Danke fürs Zuhören.«

Sie lächelt stolz. »Du bedankst dich? Mein erwachsener Sohn erzählt mir aus seinem Leben, *ich* sollte mich bedanken.« Dann zwinkert sie, schnappt sich ihren Wohnungsschlüssel und wünscht mir ebenfalls eine gute Nacht, bevor sie meine Wohnung verlässt.

Mit einem Mal wird es still um mich herum. Ich sehe auf die Uhr und denke daran, dass es in San Diego bereits Mittag ist. Auf Runes E-Mail habe ich noch nicht reagiert. Ich weiß nicht, was ich dazu sagen soll. Was möchte sie hören? Sie kann es nicht so stehen lassen? Was möchte sie dagegen tun. Die Spendengelder werden weiterhin auf das Konto fließen, um der Aufrechterhaltung von Devil Rock zu dienen. Mittlerweile sind es so viele Spenden, dass mein Lohn obendrauf kaum noch nötig ist, um alle Kosten zu decken. Trotzdem wird der größte Teil meines Gehalts weiterhin in die Stiftung miteinfließen. Einen finanziellen Puffer zu haben, kann niemals schaden. Jedenfalls werde ich in dieser Hinsicht keine Rücksicht auf Rune nehmen. Ich habe die Stiftung nicht wegen ihres Vaters gegründet, denn ich weiß, dass er ihr nie die Liebe gab, die sie verdient hat. Ich habe die Stiftung für uns gegründet, für uns alle. Für Nick, der ein würdevoller Nachfolger seines Vaters gewesen wäre. Für Mia, die ehrliche Träumerin. Für Tom und Liam, die herzlichsten und verständnisvollsten jungen Männer, von denen es zu wenige auf dieser Welt gibt. Für Augustus, einen mysteriösen und weisen Mann, der wie ein Vater für Rune da war. Und ich habe es für Rune getan, weil sie es nicht konnte.

Ich nehme mein Handy in die Hand, um wenigstens ein Lebenszeichen von mir zu geben, und schreibe Rune eine Nachricht:

Rune, ich habe deine E-Mail gesehen. Es ist bereits spät. Ich melde mich morgen bei dir, sobald es bei euch früher Vormittag ist. Versprochen. Adam.

Es ist Samstagmorgen, was für die meisten Menschen Wochenende bedeutet. Doch wie jeden Tag bin ich bereits vor dem Wecker wach. Eigentlich würde ich jetzt sogar ins Labor fahren, doch meiner Mutter und Sarah habe ich versprochen, das Wochenende mit ihnen zu verbringen. Ab Montag wird Sarah ihr Praktikum bei uns starten und meine Mutter wird ein paar langjährige Freundinnen besuchen.

Ich gehe ins Bad und sehe von Weitem einen Zettel auf dem Tisch liegen.

Bin mit deiner Mom Brötchen holen gegangen. Sarah

Dass beide schon wach und unterwegs sind, wundert mich. Gut, Sarah ist gestern bereits früh ins Bett. Und meine Mutter hat sich von ihr vermutlich überreden lassen. Meine

Mom mag Sarah eigentlich, sie mochte sie schon immer. Sarah ist das nette Mädchen von nebenan, das jede Mutter ihrem Sohn wünscht. Doch dann sagte meine Mutter gestern, dass sie sehe, dass Sarah mich nicht aufmuntern könne. Weil ich sie gut genug kenne, weiß ich, dass sie erst zufrieden sein wird, wenn sie wieder ein ehrliches Lächeln auf meinen Lippen sieht. Ich befürchte, dass sie lange darauf warten kann.

Es klingelt an der Tür und ich frage mich, warum Sarah ihren Schlüssel nicht benutzt, den ich ihr gestern gegeben habe. Ich trage immer noch meine Boxershorts und ein Shirt darüber. Eigentlich wollte ich mir einen Kaffee machen, bevor beide wieder zurück sind, doch nun sprinte ich bereits zurück in mein Schlafzimmer, um mir wenigstens eine Hose überzuziehen.

Noch bevor ich die Schlafzimmertür erreiche, folgt dem Klingeln ein lautes Klopfen an der Tür »Adam, mach auf«, höre ich eine Stimme, die weder zu Sarah noch zu meiner Mutter gehört. »Adam«, höre ich erneut.

Das ist ... *Runes Stimme!*

Ich erstarre in meiner Bewegung, komme nicht vor und nicht zurück. Doch dann klopft sie nochmals und ich marschiere, ohne weiter darüber nachzudenken, zur Wohnungstür und reiße sie auf.

Rune hebt gerade ihren Arm, weil sie wieder klopfen wollte, und hält ihre andere Hand über der Klingel. Als sie mich sieht, klingelt sie trotzdem, vermutlich vor Schreck.

»Du bist da«, stellt sie überrascht fest.

»Ich wohne hier, warum sollte ich nicht da sein?«, antworte ich nach außen hin teilnahmslos. Doch innerlich bin ich überfordert und vor allem aufgewühlt.

Dann sieht sie an mir herunter, verharrt mit ihrem Blick auf meinen nackten Beinen und bewegt ihr Gesicht schließlich wieder hoch, um mir in die Augen zu sehen. Ihr Haar ist dunkler geworden, das Blond ist gar nicht mehr zu sehen und es ist ein weiteres Stück gewachsen. Lockige Strähnen hängen ihr im Gesicht, ihre Wangen sind gerötet und sie atmet schnell durch ihren halbgeöffneten Mund ein und aus. Sie öffnet ihre Lippen ein Stück weiter, als würde sie etwas sagen wollen, doch dann schließt sie ihn wieder.

Zeichnet sich auf ihren Zügen jetzt ein dezentes Lächeln ab? Das kann nicht sein. Aber dann erkenne ich es ganz deutlich. Ihr Mundwinkel zuckt ein bisschen, bevor sie ihr Gesicht nach unten wendet, damit ich es nicht sehe.

»Was machst du hier, Rune?«, möchte ich wissen.

»Du hast mir nicht auf meine E-Mail geantwortet«, spricht sie jetzt wieder an mich gewandt.

»Und dann setzt du dich zum ersten Mal in deinem Leben in ein Flugzeug, um ... was? Um mich zu sehen? Um mir einen Vorwurf zu machen wegen ...«, fange ich an, doch komme nicht weit, weil Rune jetzt einen Schritt auf mich zu macht. Es folgt ein weiterer und noch einer. Jetzt ist sie mir so nah, dass ich nicht weiß, was ich tun soll. Aus einem Reflex gehe ich rückwärts, während sie mir nachkommt.

»Hör ... auf ... so unglaublich dickköpfig zu sein, Adam«,

sagt sie langsam und macht eine warnende Geste mit ihrem Finger.

»Dickköpfig? Du nennst *mich* dickköpfig?« Ich bin so weit in die Wohnung hineingelaufen, dass ich mit meinen Beinen an die Lehne des Sofas stoße und nicht weiterkomme.

»Weißt du was? Mir war der frühere Adam lieber. Er war verständnisvoller. Ruhiger. Er wäre nicht stur mit dem Kopf durch die Wand. Der frühere Adam hätte sich nie in ein Flugzeug gesetzt, um für immer zu verschwinden, nur weil einmal etwas nicht so läuft, wie er es sich vorgestellt hat.« Rune spricht so ernst und doch kann ich den Anflug eines Schmunzelns in ihrer Stimme nicht ignorieren. Oder bilde ich es mir nur ein? Werde ich verrückt, weil ich mich die letzten drei Monate so isoliert und abgekapselt habe vor jeglichem sozialen Kontakt?

Mit jedem Wort ist sie mir nähergekommen und jetzt trennen uns kaum noch wenige Zentimeter. Millimeter, denn sie steht unmittelbar vor mir. Ihr Körper berührt mich an keiner Stelle und doch spüre ich sie überall auf meiner Haut. Ihr fordernder Blick, ihre Offenheit. Es ist, als würde die frühere Rune vor mir stehen, nur erwachsener. Herrgott, weiß sie, wie anziehend sie jetzt gerade auf mich wirkt? Hat sie nur die geringste Ahnung, was ihre Anwesenheit mit mir tut?

»Ich stelle dich vor die Wahl«, haucht sie und klingt dabei, als würde sie mir ein Geheimnis anvertrauen. »Entweder du verharrst weiterhin in deiner Eisschicht, gibst vor in diesem harten Kern leben zu müssen und ignorierst weiterhin jeglichen Anflug von Reue oder Schwäche.« Sie steht direkt vor mir, ihre Lippen befinden sich unmittelbar unter meinem Gesicht. Ich atme ihren Duft ein, den ich so vermisst habe. Während sie weiter redet, lehne ich meinen Kopf nach unten und ihr entgegen. »Oder«, flüstert sie, »du küsst mich jetzt und versprichst mir, dass du mir nie wieder irgendetwas verheimlichen wirst, das so schwerwiegend und wichtig ist.«

Einundzwanzig, zweiundzwanzig, dreiundzwanzig ... Und augenblicklich bewege ich meine Hände zu ihren Hüften, wo ich sie ruckartig zu mir ziehe. Unsere Lippen finden unmittelbar zueinander, wie zwei Magneten. Denn sie sind füreinander bestimmt. Genauso wie wir. Rune ist für mich bestimmt, das war sie schon immer.

Ich fahre meine Hände an ihrem Rücken hoch, drücke sie noch weiter an mich heran, während sich unser Verlangen in unserem Kuss wiederfindet. Es ist, als wären wir ohne einander nicht fähig, zu überleben. Sie legt ihre Arme auf meine Schultern und schlingt sie um meinen Hals, schmiegt sich an mich und intensiviert die Bewegung ihrer Lippen.

Wir lassen uns hinter uns auf das Sofa fallen, ich lege mich zwischen ihre Beine, während sie mir ihre Hüften entgegen presst und wir uns ununterbrochen weiter küssen. »Gott, Rune«, presse ich zwischen zusammengebissenen Zähnen hervor. Ich begehre sie, möchte sie lieben, sie überall auf meinem Körper spüren. Die Sehnsucht ist so groß, dass ich nicht mehr daran denke, dass die Wohnungstür immer noch offensteht.

»Adam«, höre ich auf einmal eine Stimme, die nicht zu Rune gehört. Es ist Sarah. Unser Kuss endet im selben Moment und gleichzeitig drehen sich unsere Köpfe in ihre Richtung, wo auch meine Mutter steht, die sich räuspert und versucht ein Lachen zu unterdrücken.

Doch Sarahs Blick ist erschrocken, fast ein wenig entrüstet. Rune dreht ihr Gesicht wieder zu mir und übt mit ihren Händen einen leichten Druck auf meine Brust aus, um anzudeuten, dass ich langsam aufstehen solle.

Das würde ich gerne, doch dann wandert unser Blick zeitgleich zwischen ihre Beine und auf meinen Schritt. Ich schlucke und jetzt ist Rune diejenige, die sich ein Lächeln unterdrücken muss.

Laut räuspernd stehe ich trotzdem auf und ziehe mir ein Kissen vor meine Boxershorts. Rune steht auf und zieht sich ihre Bluse zurück in Form. Sie fährt sich kurz durchs Haar.

Meine Mutter begrüßt sie sofort. »Hallo, Rune. Was machst du denn hier?«

»Hallo Mrs West. Ich bin … ich wollte Adam überraschen.«

»Ach bitte, nenn mich Claudia. Die Überraschung ist dir gelungen.«

Auch ich kann jetzt ohne Kissen wieder aufstehen und verabschiede mich kurz ins Schlafzimmer, um mir etwas anzuziehen. Während ich nach meiner Jeans suche, höre ich, wie meine Mutter und Rune sich unterhalten. Sarah sagt kein

Wort, auch nicht, als ich zurück ins Wohnzimmer komme.

Als sich Runes und meine Blicke wieder begegnen, sind sie hingebungsvoll und zart. Ich muss mit ihr sprechen.

»Sarah«, sagt meine Mutter ruhig. »Ich glaube, wir sollten die beiden kurz ... in Ruhe reden lassen. Was hältst du davon, wenn wir in diesem netten Café um die Ecke frühstücken gehen?«

Sarah blickt erst mich und schließlich Rune an. Sie mustert sie akribisch und ich sehe ihr all die Fragen an, die ihr in diesem Moment durch den Kopf gehen. Ich habe ihr nie etwas von Rune erzählt. Zu tief waren die Wunden und verletzten Gefühle. Vielleicht wird meine Mutter ihr ein paar Dinge erklären können. Doch alles, was ich jetzt möchte, ist mit Rune zu reden.

»Okay«, bestätigt Sarah schließlich, legt die Tüte mit den Brötchen auf den Tisch und läuft zur Wohnungstür, ohne sich nochmals umzudrehen.

»Bis später«, ruft meine Mutter und verlässt ebenfalls die Wohnung.

Als die Tür ins Schloss fällt, sehen Rune und ich uns wieder an.

»Sarah sah etwas ... mitgenommen aus«, stellt Rune fest und ich wundere mich, dass sie kein Bisschen überrascht über ihre Anwesenheit ist.

»Wusstest du ... wusstest du, dass Sarah und meine Mutter hier sind?«, möchte ich wissen.

Rune nickt. »Kevin hat es Silvia erzählt, die es natürlich

keine zwei Sekunden für sich behalten konnte.«

»Wer hat dir von der Stiftung erzählt, Rune«, platzt es jetzt aus mir heraus. »War das auch Kev?«

Rune schüttelt mit dem Kopf und schenkt mir einen interessierten und fast berechnenden Blick, als warte sie nur auf meine Reaktion, sobald sie mit der Sprache rausrücke.

»Wer war es dann?«

»Tom und Liam.«

Mein Herz macht einen Satz und ich traue meinen Ohren nicht. Das merkt sie sofort und ihre herzliche Lache erfüllt den ganzen Raum.

»Wie ... Was ... Wieso?«, frage ich verdattert.

»Ich war dort, vor zwei Tagen.«

»Rune«, entfährt es mir und in wenigen Schritten stehe ich wieder vor ihr und nehme sie in meine Arme. »Du warst nicht auf irgendeinem Jahrmarkt, du warst auf ...«

Sie nickt tapfer und mein Puls beschleunigt sich mit jeder Sekunde. Ich kann es nicht fassen und ich drücke sie so fest an mich, wie ich nur kann.

»Warum?«, frage ich und hoffe, es war nicht der Tatsache geschuldet, dass ich nach Deutschland gegangen bin. »Ich meine ... ich wollte dich mit meiner Abreise nicht dazu drängen. Das schwöre ich, Rune. Es tut mir so leid, dass ich dich vor diese ...« Rune hält mir die Hand sanft auf die Lippen, damit ich nicht weiterspreche.

»Ich habe es für mich getan. Für Mia und für Nick. Doch ich habe die Wirkung von all dem ein wenig unterschätzt.

Ich bin zusammengeklappt. Doch Augustus war da, zum Glück.«

»Ich wünschte so sehr, ich hätte bei dir sein können«, gestehe ich, weil ich mir schreckliche Vorwürfe deswegen mache.

Sie schüttelt den Kopf. »Ich wollte es alleine schaffen. Es war gut, dass du nicht da warst. Wärst du da gewesen, hätte ich es nie getan. Ich war zu stolz mich meiner Angst zu stellen.«

»Du warst zu stolz und ich zu dickköpfig«, gebe ich zu und Rune legt ihren Kopf schräg und betrachtet mich.

»Wir haben uns verändert«, sagt sie. »Das ist mir in den letzten Monaten klar geworden. Wir können nicht verzweifelt versuchen, unser siebzehnjähriges Ich wieder zum Leben zu erwecken. Das sind wir nicht mehr.«

»Ich weiß«, gebe ich zu. »Es tut mir leid, dass ich das von dir verlangt habe.«

Liebevoll blickt sie mich an. »Das ist okay. Denn nur so konnte ich über meinen Schatten springen. Ich habe festgestellt, dass ich keine Zeit mehr verlieren möchte im Leben. Die fünf Jahre in Einsamkeit haben mir gezeigt, wohin ich nie wieder möchte. Und tatsächlich werde ich versuchen, meine Rummelfamilie öfter zu besuchen. Ihr nächster Stopp wird San Luis Obispo sein«, erzählt sie aufgeweckt. »Sobald ich wieder zurück in Amerika bin, möchte ich sie auch dort besuchen. Denn ich denke, dass ich nur dann über Nick und Mias Tod hinwegkomme, wenn ich darüber spreche. Und mit wem sollte ich reden außer mit ihnen? Vielleicht kommt auch einmal der Tag, an dem ich mich wieder in Mias Riesenrad setzen werde und mir schreiend eine Fahrt auf Devil Rock gönne.«

Eine Träne läuft ihre Wangen hinab, die ich ihr sofort weg küsse.

»Ich weiß nicht, wie viel Zeit bis dahin vergehen wird, doch ich habe mir vorgenommen, es auf mich zukommen zu lassen. Das bin ich mir schuldig«, spricht sie jetzt mit sicherer Stimme.

Ich könnte stolzer kaum sein. »Das darfst du und das sollst du auch. Lass dir Zeit, Rune.«

Wir küssen uns, diesmal sanft und ungestört. Berühren uns, streicheln uns zaghaft und ich erkenne, dass Rune absolut recht hat. Wir sind jetzt erwachsen, führen ganz andere Leben als damals mit siebzehn, haben die Möglichkeit, alles besser zu machen. Wir dürfen Fehler machen, doch wir stehen wieder auf und leben weiter. Manchmal ist das Leben hart, manchmal nicht. Doch es ist immer unser Leben, denn nur wir haben es in der Hand und können das Beste daraus machen.

»Adam?«, fragt sie mich zwischen einem unserer Küsse.

»Ja?«

»Bitte komm mit mir zurück nach Amerika.«

Ich atme tief durch und mein Brustkorb hebt sich langsam, dabei streiche ich ihr eine Strähne aus dem Gesicht und fahre mit meinem Daumen über ihre feuchten Lippen. Ich gebe ihr keine Antwort, sondern küsse sie nochmals und immer wieder, weil ich das mein Leben lang tun möchte. Für immer Rune.

Für immer Rune und Adam.

Epilog

30. Dezember 2020 – San Luis Obispo

Rune

»Rune! Komm raus! Es ist so weit!«, Adams Stimme über-schlägt sich fast vor Aufregung.

Ich lege das aufgeschlagene Buch zur Seite und sprinte die metallischen Stufen hinab. »Jetzt schon?«, frage ich aufge-bracht, doch Adam hört mich gar nicht, denn er ist schon davongerannt.

Es ist bereits dunkel geworden und alles ist mucksmäus-chenstill. Ein komisches Gefühl, wenn man bedenkt, wie laut und aufgewühlt es hier vor wenigen Stunden noch war.

Meine Schuhsohlen bekommen den Boden unter mir kaum zu fassen und als ich vorne ankomme, rutsche ich bei-nah aus, doch Adam packt mich an meinem Arm und ver-hindert, dass ich mit meinem Hintern auf der nassen Wiese lande. Er schenkt mir ein schelmisches Lächeln und wendet seinen Kopf wieder nach vorne.

Augustus schlendert mit einer Seelenruhe auf uns zu und bleibt neben mir stehen. Liam wartet bereits und auch Tom gesellt sich mit seiner Frau im Arm zu uns. Mias Eltern hal-ten sich an ihren Händen und warten, dass auch die restliche

Jahrmarkttruppe sich zusammenfindet.

Einen knappen Meter hinter uns höre ich die aufgeregte Stimme von Silvia und Kevs herzliche Lache. Auch sie sind heute Morgen extra hierhergefahren, um mit uns dieses Ereignis zu zelebrieren.

»Sind alle bereit?«, ruft Mias Vater laut und ein einheitliches Jubeln hallt über den ganzen Platz. Wir beginnen zusammen von drei runter zu zählen und als wir die eins erreichen, wird es für eine Sekunde lang ruhig, bevor der gesamte Jahrmarkt vor uns aufleuchtet. Das laute Surren des Stroms ist zu hören und schon im nächsten Augenblick das laute Klatschen und die Freude aller Anwesenden.

Ich drehe mich einmal um meine eigene Achse, betrachte die angsteinflößende Geisterbahn, die bunt beleuchteten Süßigkeitenwagen, das Schaukelkarussell und schließlich Devil Rock in seiner vollen Pracht. Noch nie sah es so gut aus wie heute, denn seit wenigen Tagen dürfen wir es offiziell unser Eigen nennen.

»Happy Birthday, Rune«, flüstert mir Adam ins Ohr und ich bekomme eine Gänsehaut.

Ich schmiege mich in seinen Arm und rieche die Sonne und das Salz auf seiner Haut, weil er den ganzen Mittag auf dem Meer verbracht hat. Ich liebe diesen Geruch an ihm, denn er steht für Freiheit und Unabhängigkeit.

Gemeinsam drehen wir uns zum Riesenrad, das hell erleuchtet und eindrucksvoll in den Himmel ragt. Es ist das erste Mal, dass dieser Anblick mir keine Tränen mehr in die

Augen jagt. Denn ich verbinde damit nicht mehr die Tatsache, dass Mia nicht mehr da ist, sondern meine starke Verbindung zu ihr. Sie wird immer in meinem Herzen weiterleben, genauso wie Nick. Er wäre jetzt stolz auf seine kleine Schwester, die sich ab heute mit ihrem Freund um unseren Devil Rock kümmern und ihn durch ganz Amerika fahren und präsentieren wird.

Nachdem Adam vor zwei Jahren mit mir nach Amerika kam, bekamen wir endlich die Chance, ein richtiges Paar zu werden. Er arbeitete weiterhin für Kevs Opa in San Francisco, ging aber nicht mehr so oft auf Forschungsreisen und arbeitete manchmal auch tagelang von zu Hause aus. Oder sagen wir, von San Diego aus. Wir suchten uns eine größere Wohnung, wo wir in diesen Wochen ungestört leben konnten.

Nachdem ich Cathy, Lorelei und Silvia alles erzählte, waren sie geschockt. Vor allem Cathy. Es folgten ernste Gespräche mit ihrer Mutter, die jedes Recht dazu hatte, mich wegen all der gefälschten Zeugnisse vor die Tür zu setzen. Doch sie behielt mich, weil sie auf meine wertvolle Unterstützung nicht mehr verzichten wollte. Auch die Tatsache, dass ich eigentlich nicht die Person war, die ich vorgab zu sein, ließ Cathy nicht ganz ungerührt. Doch sie und die anderen hörten sich meine Geschichte an und eventuell habe ich jetzt tatsächlich drei wahre Freundinnen in ihnen gefunden. Vor allem in Silvia. Denn sie war diejenige, die mich an dem Tag der Offenbarungen sofort in ihre Arme nahm und beteuerte, dass ihr meine Vergangenheit *sowas von egal war*, so ihre Worte. Sie ist jetzt mit Kevin zusammen, mehr oder weniger, was eine gefühlte Ewigkeit gedauert hat. Sie war damals nicht bereit für eine richtige Beziehung, geschweige denn, für eine Fernbeziehung. Kev und sie sind nun dabei, herauszufinden, welche Art von Zusammensein zu ihnen passt.

Ich habe einmal meinen Vater besucht, vor nicht allzu langer Zeit. Tom begleitete mich und gemeinsam erzählten wir ihm, dass ich Devil Rock nun wieder übernehmen werde. Ich fürchte, dass wir niemals diesen einen, wahren Vater-Tochter-Bezug zueinander haben werden. Doch vielleicht war es auch ein bisschen Dankbarkeit, die ich in seinen Augen sah, als ich mich an dem Tag im Pflegeheim von ihm verabschiedete.

Nun stehe ich hier, auf unserem Rummelplatz, der ab heute unser Zuhause sein wird.

Ich erinnere mich an den Tag, an dem wir uns dafür entschieden haben, tatsächlich Schausteller zu werden. Es war ein großer und beängstigender Schritt. Und diesmal war es tatsächlich nicht Adam, der damit anfing, sondern ich. Denn insgesamt lagen fast drei Jahre hinter mir, in denen ich ein beständiges und normales Leben geführt hatte.

Immer wieder besuchte ich Augustus und die anderen und jedes Mal aufs Neue, spürte ich eine innere Kraft, die mich zu ihnen zog. Adam sagte mir vor Kurzem, dass er es auch gespürt hat, doch dass er es mir nicht sagen wollte, so lange, bis ich mich selbst dafür entschied.

Wenn ich an unsere erste, gemeinsame Fahrt auf Devil Rock zurückdenke, die wir nach all den Jahren wieder zusammen erlebten, muss ich heute noch grinsen. Diese Euphorie und das Freiheitsgefühl, das Adam und ich in dem genau gleichen Moment spürten, waren unbeschreiblich. Als die Fahrt endete, sahen wir uns an und wussten, dass wir ganz genau hierhin gehörten.

Adam wird Zeit zum Surfen haben, wenn wir uns an einem Ort am Meer befinden und auch die Musik wird nach wie vor einen wichtigen Teil in seinem Leben erfüllen. Ich liebe die Abende, wenn er für uns spielt und singt, denn sie fühlen sich leicht und kostbar an.

Mias Vater räuspert sich und ergreift das Wort. »Wie jedes Jahr möchten wir auch heute das Vergangene mit euch zusammen zelebrieren und uns bei euch für die letzten Monate bedanken. Dieses Jahr endet mit einem besonderen Ereignis, denn Rune und Adam werden von nun an für unseren Devil Rock verantwortlich sein, mit uns reisen und darüber freuen wir uns sehr.«

Adam drückt mich näher an sich heran.

»Es ist schön, dass ihr jetzt zur Familie gehört«, sagt er und ich sehe eine Träne in seinen Augen glitzern.

Ich denke an den Tag, als ich ihnen nach all den Jahren wieder begegnete. Er war voller Tränen, doch vor allem voll von Liebe, denn sie waren immer so etwas wie meine Ersatzeltern gewesen, weil meine Mutter bei meiner Geburt starb. Unser Zusammentreffen bestand nie aus Vorwürfen oder

Beschuldigungen, denn, so wie ich, sind sie unendlich froh, dass wir uns wiedergefunden haben.

Mittlerweile beginnt auch die Musik aus den Lautsprechern zu spielen, all die Kinder der Schaustellerfamilien kreischen und rennen umher, weil der heutige Abend nur uns gelten soll. Heute öffnen sich die Pforten nicht für die Besucher, sondern ausschließlich für uns, bevor morgen der reguläre Silvesterbetrieb beginnt.

Ich blicke Adam in seine leuchtenden Augen. Es ist, als wären wir nach einer langen Reise endlich angekommen. Auch Adam ist jetzt eine Wildblume, meine Wildblume. Die letzten Jahre haben uns stärker gemacht und wir sind an all den Ereignissen gewachsen. Nichts und niemand wird uns mehr trennen.

»Bist du glücklich, Adam?«, frage ich und stelle mich direkt vor ihn. Unsere Hände verschränken sich ineinander und er zieht mich näher zu sich heran.

»Ich war noch nie so glücklich wie heute«, bestätigt er mit einem strahlenden Lächeln, festigt seinen Griff um meine Hand und zieht mich in die Richtung von Devil Rock. Die Musik pulsiert unter unserer Haut und auch Kev und Silvia gesellen sich zu uns. Bevor wir einsteigen, rennt Adam zu Tom, der im Kassenhäuschen sitzt und ruft ihm etwas zu, das ich nicht hören kann, weil die Musik so ohrenbetäubend laut ist.

»Wagen Nummer drei«, ruft er unseren Freunden zu, »dort spürt ihr die Kräfte am besten.« Kev und Silvia gehorchen sofort, lassen sich von Adam anschnallen und freuen sich auf die Fahrt.

Ich muss laut lachen. Als er auf mich zukommt, zwinkert er und zieht mich in einen Wagen hinter ihnen. Auch wir schnallen uns an, Adam ruft Tom zu, er solle die Fahrt starten und bereits in der nächsten Sekunde nehmen die Wagen rasant an Tempo zu. Sofort dringen die zusätzlichen Kräfte auf unsere Körper ein. Kev und Silvia schreien sich vor uns die Seele aus dem Leib, während ich meine Augen schließe und den Moment genieße. Ich spüre Adams Hand auf meinem Arm und sehe ihn an.

»Lächle, Rune. Denn am Ende ist das alles, was wir tun können.«

Ende

Danksagung

Um es in Kevins Worten zu sagen: »Mamma Mia, das war ein Ritt!«

Noch nie war ich so aufgewühlt und emotionsgeladen, wie bei diesem Roman. *Wildflowers 2* hat mir alles abverlangt. Ich wollte es unbedingt richtig machen, hatte Angst, dass die Fortsetzung von Rune & Adam die Erwartungen nicht erfüllen würde und habe gezittert und gebangt, als es die ersten Testleser dann endlich zu lesen bekommen haben. Doch all das Bangen, Anpassen und drüber schlafen haben sich gelohnt!

Ganz, ganz, ganz herzlichen Dank an alle, die mich in den letzten Wochen so tatkräftig unterstützt haben: Ich danke euch so, so, so sehr, weil jeder einzelne von euch ein Stückchen an dem Endergebnis beigetragen hat. Egal ob mit aufbauenden Worten oder wertvoller Kritik. Danke: Katya, Marika, Mel, Taja. Danke Linda und Ava – für eure Meinung und Hilfe beim Korrekturlesen!

Ich danke dir, Emely – dafür, dass du jeden Zweifel und jede endlose Sprachnachricht von mir ertragen und mich immer wieder aufgebaut hast. Wir verstehen uns einfach in jeder Hinsicht und mittlerweile tun wir das fast blind ohne große Worte. Dafür bin ich unendlich dankbar!

Dir Eva, den allergrößten Dank – du bist so viel mehr als

nur Lektorin gewesen. Du warst ebenso eine Schulter zum Ausheulen, hast mich bekräftigt und alles dafür gegeben, das Beste aus diesem Roman zu holen. Das hast du mit Herz und Seele getan – du bist einfach der Wahnsinn! Anders kann ich es nicht sagen.

Auch ganz großen Dank an meine Wildblumen-Blogger, die mich auch bei diesem Band wieder unterstützt haben: Mel, Marika, Tini, Laura, Alex, Sonia, Elisa, Cara-Liv, Cori, Corinna, Jeanny, Malika, Selina, Vivi, Nicole, Naomi, Desiree, Julia, Leinani. Ihr seid einfach toll!

Last but not least bedanke ich mich bei jedem Leser von Band 1, für jede Rezension, für jede Meinung und jedes liebe Wort, das mich erreicht hat. Ich hoffe sehr, dass euch das *Ende* von Rune & Adam gefallen hat.

Über die Autorin

Die Autorin ist 1986 geboren, verheiratet und liebt es, in den kleinen Pausen des Arbeitsalltags und Mama-Daseins zu lesen und zu schreiben. Für Cristina Evans gibt es die *perfekte Liebesgeschichte* nicht – denn diese wäre schlicht und ergreifend zu einfach. Sie ist immer auf der Suche nach einer neuen Herausforderung, die ihren Büchern das gewisse Etwas verleiht. Spätestens dann, wenn sie von Kopf bis Fuß in ihre Geschichten eingetaucht ist und sich darin wieder findet, ist sie ihren Helden und Protagonisten machtlos ausgeliefert. Denn das ist der Moment, in dem sie anfangen, ihre Romanze selbst zu schreiben.